Jack Vance

De Maanvlinder

en andere verhalen

DE MAANVLINDER

EN ANDERE VERHALEN

JACK VANCE

VERZAMELD WERK **31**

Vertaling Warner Flamen (1, 2, 3, 5, 6, 8),
Evert Jan de Groot (4) en Jaime Martijn (7, 9)
Omslagillustratie Howard Kistler

Uitgegeven door Spatterlight, Amstelveen 2020

ISBN 978-1-61947-261-7

www.spatterlight.nl

Inhoud

De nieuwe Eerste

Muziek, feestelijke verlichting, het glijden van schoenen over glanzend eikenhout, parfums, gedempte gesprekken en gelach.

Arthur Caversham uit het twintigste-eeuwse Boston voelde de lucht langs zijn huid strijken, en kwam tot de ontdekking dat hij spiernaakt was.

Het was op het debutantenfeest van Janice Paget; driehonderd gasten in deftige avondkleding omringden hem.

Een ogenblik voelde hij geen andere emotie dan een lichte verbijstering. Zijn aanwezigheid hier leek het resultaat te zijn van een logische reeks van gebeurtenissen, maar zijn geheugen was wat wazig en hij kon geen vast aanknopingspunt vinden.

Hij stond iets ter zijde van de rest van de rij jongelieden, tegenover de rood met gouden calliope waar het orkest zat. Het buffet, de kommen punch, de champagnekarretjes met clowns erachter als kelner, waren rechts van hem; links zag hij door de open flap van de circustent de tuin, verlicht door strengen gekleurde lampen, rood, groen, geel, blauw, en aan de overkant van het grasveld nog een draaimolen.

Waarom was hij hier? Hij herinnerde zich niets, was zich niet bewust van een doel... De nacht was warm, de overige jongemannen in hun volledige uitmonstering moesten het behoorlijk benauwd hebben, dacht hij... Er knaagde iets aan zijn aandacht. Hij zag één belangwekkend aspect van de zaak over het hoofd.

Hij merkte dat de jongelieden in zijn buurt zich van hem hadden verwijderd. Hij hoorde geamuseerd gegrinnik, verbaasde uitroepen. Een meisje dat langs hem heen danste zag hem over de schouder van haar begeleider en gaf een verschrikt kreetje. Giechelend en blozend sloeg ze haar ogen neer.

Er was iets mis. Deze jonge mannen en vrouwen waren zo verbaasd over zijn naakte huid dat het hem in verlegenheid bracht. Zijn gevoel dat er iets moest gebeuren werd acuut. Hij moest iets doen. Taboes die dergelijke intense reacties opriepen, konden niet geschonden worden zonder onaangename gevolgen, besefte hij. Hij miste kleren: kleren moest hij bemachtigen.

Hij keek om zich heen, inspecteerde de jongemannen die hem beken met schunnige pret, walging of nieuwsgierigheid. Hij wendde zich tot een van deze laatsten.

"Waar kan ik kleren krijgen?"

De jongeman haalde zijn schouders op. "Waar heb je de jouwe gelaten?"

Twee zwaargebouwde mannen in donkerblauw uniform kwamen de tent in. Arthur Caversham zag hen uit zijn ooghoek en zijn geest begon door wanhoop gedreven op volle toeren te werken.

Deze jongen leek een typische vertegenwoordiger van de groep om hem heen. Welk soort smeekbede zou betekenis voor hem hebben? Net als ieder ander menselijk wezen kon hij tot handelen worden aangezet als de juiste toon werd aangeslagen. Met welke prikkel kon hij hem in beweging krijgen?

Een beroep op zijn medeleven?

Dreigementen?

Het vooruitzicht op een beloning?

Caversham verwierp alle drie. Door de taboeregels te schenden had hij zijn aanspraak op sympathie verspeeld. Dreigen zou hoongelach opwekken, en hij bezat geen middelen om iemand te belonen. De prikkel moest indirect zijn... Hij bedacht zich dat jongelieden zich gewoonlijk verenigden in geheime genootschappen. In de duizend beschavingen die hij had bestudeerd gold dit bijna feilloos. Groepshuizen, narcoticacultussen, tongs, seksuele inwijdingsriten — hoe het ook heette, de uitwendige aspecten waren altijd bijna gelijk: een pijnlijke inwijding, geheime tekens en wachtwoorden, eenvormigheid van het groepsgedrag, de plicht diensten te verlenen. Als deze knaap lid was van zo'n verbond, reageerde hij misschien op een beroep op zijn groepsgeest.

Arthur Caversham zei: "Ik ben in deze taboesituatie geplaatst door de broederschap. In naam van de broederschap: zoek alsjeblieft passende kleding voor mij."

De jongen staarde hem verbaasd aan. "De broederschap?…Bedoel je de studentenclub?" Een begrijpende glimlach verspreidde zich over zijn gezicht. "Is dit soms een ontgroeningsstunt?" Hij lachte. "Dan zetten ze wel alle sluizen open, hoor."

"Ja," zei Arthur Caversham. "Mijn studentenclub."

De jongen zei: "Kom dan maar mee, deze kant op — en maak voort, want daar komt de arm der wet. We glippen onder de tent door. Ik leen je mijn overjas tot je terug bent in je huis."

De twee geüniformeerde mannen die zich rustig tussen de dansers door drongen hadden hen bijna bereikt. De jongen tilde een flap van de tent op, Arthur Caversham dook eronderdoor, zijn vriend volgde hem. Samen renden ze door de veelkleurige schaduwen naar een hok, beschilderd met vrolijke rode en witte strepen, dat bij de ingang van de tent stond.

"Hou je gedekt," zei de knaap. "Ik haal mijn jas uit de garderobe."

"Prachtig," zei Arthur Caversham.

De jongen aarzelde. "Van welk huis ben je? Waar studeer je?"

Arthur Caversham zocht wanhopig in zijn herinnering naar een antwoord. Eén enkel feit kwam boven.

"Ik kom van Boston."

"Boston University? Of MIT? Harvard?"

"Harvard."

"Aha." De jongen knikte. "Ik ben Washington en Lee. En jij?"

"Dat mag ik niet zeggen."

"O," zei de jongen, verbaasd maar tevredengesteld. "Nou — één moment dan…"

Beerwald de Halforn hield halt, verdoofd van uitputting en wanhoop. De restanten van zijn peloton zegen rondom hem ineen en staarden naar de horizon waar de nacht gloeide en flakkerde. Veel dorpen, veel houten boerderijen waren in brand gestoken en de Brands van de Medaillonberg zwolgen in mensenbloed.

Het bonzen van een verre trom prikkelde Beerwalds huid, een diep, bijna onhoorbaar *trumm-trumm-trumm*. Van veel dichterbij hoorde hij een hese menselijke schreeuw van angst, daarna uitgelaten moord-kreten, niet van mensen. De Brands waren lang, zwart en hadden menselijke gestalten, maar waren geen mensen. Ze hadden ogen als lampen van rood glas en blinkend witte tanden en vanavond schenen ze vastbesloten alle mensen ter wereld af te slachten.

"Duiken," siste Kanaw, zijn rechter schildknaap, en Beerwald dook in elkaar. Tegen de hemel afgetekend marcheerde een colonne lange Brandkrijgers, zwierig wiegend, onbevreesd.

Beerwald sprak plots: "Mannen, wij zijn met dertien. In man-tot-man-gevechten met deze monsters staan wij machteloos. Vannacht is hun voltallige krijgsmacht de berg afgekomen; hun nest moet vrijwel verlaten zijn. Wat hebben wij te verliezen als wij ons ten doel stellen het nest van de Brands met vuur te vernietigen? Alleen ons leven, en wat is dat nu nog waard?"

Kanaw zei: "Ons leven is niets; laat ons terstond vertrekken."

"Moge onze wraak groot zijn," zei Broctan, de linker schildknaap. "Moge het nest van de Brands witte as zijn als de dageraad gloort…"

De Medaillonberg torende hoog in de lucht. Het ovale nest lag in de Pangbornvallei. Bij de ingang van de vallei verdeelde Beerwald het peloton in twee en plaatste Kanaw aan het hoofd van de tweede helft. "Wij lopen geruisloos op twintig meter van elkaar. Als een van de groepen een Brand opschrikt, kan de andere groep hem van achter aan-vallen en het ondier doden voor de vallei in rep en roer raakt. Begrijpt iedereen wat de bedoeling is?"

"Ja."

"Voorwaarts dan, op naar het nest."

De vallei stonk als naar zuur leder. Uit de richting van het nest klonk een gedempt gerammel. De bodem was zacht, bedekt met renmos, voorzichtige voeten maakten geen gerucht. Zich laag bij de grond voortreppend zag Beerwald de gestalten van zijn mannen bewegen tegen de lichtere hemel, die hier indigo was met een paarse rand. De boze gloed van brandend Echevasa lag op de zuidelijke helling.

Een geluid. Beerwald siste en zijn troepen verstarden. Ze wachtten. Ploffende voetstappen — toen een schorre schreeuw van razernij en schrik.

"Dood hem, dood het monster!" kreet Beerwald.

De Brand zwaaide zijn knots of het een zeis was, maaide een van de mannen ermee van de grond en zwaaide het lichaam op de knots mee. Beerwald sprong naderbij, sloeg met zijn zwaard en sneed terwijl hij ermee hakte; hij voelde de pezen springen, rook de hete stroom van Brandbloed.

Het gerammel was nu opgehouden, en kreten van Brands doorsneden de nacht.

"Voorwaarts," hijgde Beerwald. "Pak je tondeldoos en steek het nest in vuur. Vuur, vuur, vuur…"

Hij liet zijn heimelijke gedrag varen en rende naar voren. Recht voor hem rees de donkere koepel op. Onvolgroeide Brands stortten zich naar buiten, piepend en jankend, samen met de genetrices — ondieren van twintig voet lang die op handen en voeten kropen en gromden en met hun tanden knarsten terwijl ze zich voortbewogen.

"Dood hen!" schreeuwde Beerwald de Halforn. "Dood hen! Vuur, vuur, vuur!"

Hij rende naar het nest, hurkte, maakte vonken met zijn tondeldoos en blies. De in salpeter gedrenkte lap vlamde op; Beerwald voedde het vuur met stro en hield de lap dan tegen het nest. Het mengsel van rietpulp en dunne takken knetterde.

Hij sprong op toen een horde jonge Brands op hem afliep. Zijn zwaard rees en daalde; de jongen werden gespleten, ze konden zijn koorts niet weerstaan. Daar kwamen de enorme genetrices aankruipen, drie stuks met gezwollen buik, een stank uitwasemend die zijn neus teisterde.

"Uit dat vuur!" schreeuwde de eerste van de drie. "Uit, vuur. De Grote Moeder ligt binnengesloten. Te vruchtbaar om zich te roeren. Vuur, schande, vernietiging!" En ze klaagden, "Waar zijn de dapperen? Waar zijn onze krijgers?"

Trumm-trumm-trumm klonk het geluid van trommels. De echo van hese Brandstemmen rolde door de vallei.

Beerwald stond met zijn rug naar het vuur. Hij schoot vooruit, hakte de kop van een kruipende genetrix, sprong terug. Waar waren zijn mannen? "Kanaw!" schreeuwde hij. "Laida! Theyat! Gyorg! Broctan!"

Hij speurde om zich heen, zag overal flakkerende vuren. "Mannen! Dood de kruipende moeders!" En opnieuw naar voren springend hakte en hieuw hij, en weer zuchtte en kreunde een genetrix en rolde opzij.

De Brandstemmen gingen over in verschrikte uitroepen, het triomfantelijk getrommel werd gestaakt, de doffe voetstappen werden luid.

Achter Beerwald brandde het nest met een plezierige hitte. Van
binnen klonk een schril gejammer, een schreeuw van ontzaglijke pijn.

In de springende vlammen zag hij de aanstormende Brandkrijgers.
Hun rode ogen schoten vuur, hun tanden blikkerden als witte vonken.
Ze rukten op, ze zwaaiden hun knuppels, en Beerwald omklemde zijn
zwaard, te trots om te vluchten.

Nadat hij zijn luchtslede aan de grond had gezet bleef Ceistan een
paar minuten naar de dode stad Therlatch zitten kijken: een muur van
ongebakken stenen van dertig meter hoog, een stoffige poort, een paar
ingestorte daken die boven de kantelen uitstaken. Achter de stad strekte
de woestijn zich uit tot aan de wazige vormen van de Altilunebergen op
de horizon, die rossig waren in het licht van de tweelingzonnen Mig en
Pag.

Toen hij de stad uit de lucht verkende had hij geen teken van leven
waargenomen, noch verwacht, niet na duizend jaar van verlatenheid.
Misschien rolden er een paar zandkrabbers in de hitte van de oude
bazaar. Voor het overige zou zijn aanwezigheid de straten verrassen.

Ceistan sprong uit de slede en naderde de poort. Hij liep erdoor,
bleef staan om belangstellend links en rechts te kijken. In de verschroei-
ende lucht leken de bouwwerken bijna eeuwig. De wind verzachtte alle
scherpe hoeken en rondde ze af; het glas was gebarsten door de hitte
van de dag en de kou van de nacht; voor alle ingangen lagen hopen
zand.

Bij de poort kwamen drie straten uit. Ceistan zag geen reden tot
voorkeur. Ze waren allemaal bestoft, smal en kronkelden na een honderd meter uit het gezicht.

Ceistan wreef nadenkend over zijn kin. Ergens in de stad lag een met
koper beslagen kist die het Perkament van Kroon en Schild bevatte.
Volgens de traditie verleende dit de leenman immuniteit voor de
energiebelasting en Glay, Ceistans heer, had zich op het perkament
beroepen; volgens hem rechtvaardigde het document zijn nalatigheid.
Nu had men hem uitgedaagd de geldigheid van zijn bewering te staven. Op het ogenblik bevond hij zich in het gevang op een aanklacht

wegens rebellie en de volgende ochtend zou hij tegen de bodem van een luchtslede genageld worden en in westelijke richting afgeduwd, tenzij Ceistan terugkeerde met het perkament.

Na duizend jaar was er weinig reden tot optimisme, vond Ceistan. Maar Heer Glay was een rechtschapen man en hij zou zijn uiterste best doen... Als hij bestond, zou de kist waarschijnlijk tentoongesteld staan in het Legalicum van de stad, of in de Moskee, of in de Zaal der Relikwieën, of misschien in het Sumptuarium. Hij zou deze gebouwen allemaal doorzoeken, twee uur per gebouw bestedend; de aldus door te brengen acht uren zouden reiken tot het einde van het rosse daglicht.

Zonder bepaalde reden koos hij de middelste straat en weldra kwam hij uit op een plein. Aan de overzijde stond het Legalicum, de Zaal der Archieven en Beslissingen. Ceistan aarzelde. Het inwendige van het gebouw was halfdonker en zag er somber uit. Geen geluid verstoorde de stoffige ruimte behalve het zuchten en fluisteren van de droge wind. Hij trad binnen.

De grote zaal was verlaten. De muren waren versierd met rode en blauwe fresco's, zo helder alsof ze gister waren geschilderd. Iedere muur telde er zes. De bovenste helft beeldde een misdaad uit en de onderste de straf.

Ceistan doorliep de zaal naar de achterliggende vertrekken. Hij trof slechts stof en de geur van stof. Hij waagde zich in de crypten, die verlicht werden door oubliëttes. Het lag er vol afval en puin, maar een koperen kist zag hij niet.

Hij ging weer omhoog naar de zuivere lucht en schreed over het plein naar de Moskee, waar hij binnenging onder de reusachtige architraaf.

Het Confirmatorium van de Nuntiator lag breed en kaal voor hem. De mozaïekvloer werd schoongeveegd door een sterke tocht. In de lage zoldering zaten duizend openingen, die uitkwamen op de cellen erboven; zo konden de vrome lieden zich laten raden door de Nuntiator terwijl hij onder hen doorliep, zonder dat ze hun smekende houding hoefden op te geven. Middenin het paviljoen vormde een glazen schijf het dak van een holte in de vloer. Onderin stond een kist en in de kist stond een koperbeslagen koffer. Ceistan rende hoopvol de treden af.

Maar de koffer bevatte juwelen — de tiara van de Oude Koningin, de borstvellopes van het Gonwand Corps, de grote bal — half smaragd, half robijn — die in oude eeuwen over het plein werd gerold om het eind van het oude jaar aan te geven.

Ceistan liet ze terugvallen in de koffer. Relikwieën hadden op deze planeet van dode steden geen waarde, en synthetische edelstenen waren oneindig veel zuiverder van kleur en van licht.

Bij het verlaten van de Moskee controleerde hij de stand van de zonnen. Ze waren voorbij het zenit. De ballen van ros vuur spoedden zich alweer naar het westen. Hij aarzelde, keek fronsend naar de aarden muren, peinsde dat het niet onmogelijk was dat kist en perkament fabels waren, zoals zoveel in het dode Therlatch.

Een windvlaag wervelde over het plein en Ceistan hoestte met droge keel. Hij spuwde, proefde een bittere smaak in zijn mond. In de nabije muur was een fontein aangebracht. Hij keek er verlangend naar, maar in deze gestorven straten was zelfs de herinnering aan water dood.

Opnieuw schraapte hij zijn keel, spuwde, ging op weg naar de Zaal der Relikwieën aan de andere kant van de stad.

Hij betrad het grote schip langs vierkante pilaren van klei. Rode lichtbundels straalden omlaag door de kieren en spleten in het dak en hij voelde zich een dwerg in de enorme ruimte. Aan alle zijden bevonden zich in glas gevatte nissen, die elk een oud voorwerp van verering vertoonden: het harnas waarin Plange de Gewaarschuwde de Blauwe Vlaggen aanvoerde; de kroon van de Eerste Slang; een uitstalling van antieke Padang-schedels; Prinses Thermosteraliams bruidsjapon van geweven palladium-spinrag, zo fris als op de dag dat ze hem droeg; de oorspronkelijke Tabletten van Legaliteit; de grote schelptroon van een vroegere dynastie; een dozijn andere voorwerpen. Maar de kist was er niet bij.

Ceistan zocht een toegang naar een mogelijke crypte, maar behalve daar waar de stoffige luchtstromen groeven in het porfier hadden uitgesleten, was de vloer glad en ononderbroken.

Weer de dode straten in, en nu waren de zonnen achter de ingestorte daken verdwenen zodat de straten in magenta schaduw lagen.

Met zware voeten en brandende keel, en een gevoel van verslagenheid, richtte Ceistan zijn schreden naar het Sumptuarium op de citadel. De brede treden op, onder de kopergroene poort door in een hal die beschilderd was met levendige fresco's. Deze beeldden de meisjes van

Therlatch bij het spel uit, aan het werk, in blijdschap en verdriet: slanke wezens met kort zwart haar en glanzende ivoren huid, sierlijk als waterwimpels, rond en verrukkelijk als chermoyanpruimen. Ceistan liep de hal door met menige blik opzij, terwijl hij zich voorstelde dat deze wezens van genot van weleer nu het stof onder zijn voeten waren.

Hij liep een gang af die rond het gebouw leidde en toegang gaf tot de kamers en suites van het Sumptuarium. De laatste sporen van een wondermooi tapijt knersten onder zijn schoenen en de muren pronkten met beschimmelde rafels, eens gobelins van de fijnste materialen. Bij de ingang van ieder vertrek beeldde een fresco een maagd van het Sumptuarium uit, alsmede het teken dat zij diende; bij elk van deze kamers wierp Ceistan een snelle onderzoekende blik naar binnen en liep dan door naar de volgende. De lichtstralen die door de kieren binnendrongen dienden hem als tijdmeter. Steeds verder naderden ze de horizontale stand.

Kamer na kamer na kamer. In sommige stonden kisten, in andere altaren, dozen met manifesten, triptieken, wijwaterbakken. Maar niet de kist die hij zocht.

En voor hem lag de hal waardoor hij binnen was gekomen. Nog drie kamers te onderzoeken, dan zou het licht verdwenen zijn.

Hij kwam bij de eerste en deze was behangen met nieuwe gordijnen. Toen hij ze opzijschoof, keek hij uit op een binnenhof in het lange licht van de tweelingzonnen. Een straaltje water sijpelde over treden van appelgroene jade in een tuin, even zacht en fris en groen als de tuinen van het noorden. Een meisje kwam geschrokken overeind van een ligbank. Ze was even levendig en verrukkelijk als de maagden van de fresco's. Ze had kort, donker haar, een gelaat zo zuiver en teer als de grote witte jasmijnbloem boven haar oor.

Een ogenblik staarden Ceistan en het meisje elkaar in de ogen; toen verdween haar schrik en ze lachte schuchter.

"Wie ben jij?" vroeg Ceistan verwonderd. "Ben je een geest of woon je hier in het stof?"

"Ik ben echt," antwoordde zij. "Mijn thuis ligt in het zuiden, in de Palram-oase, en ik ben bezig aan de periode van afzondering die alle meisjes van het ras moeten ondergaan als ze streven naar Hoger Onderricht... Dus kun je je zonder vrees naast mij neervlijen, en rusten, en vruchtenwijn drinken en mij gezelschap houden gedurende de lange, eenzame nacht, want dit is mijn laatste week in afzondering en ik ben mijn eenzaamheid moe."

Ceistan deed een stap voorwaarts, toen aarzelde hij. "Ik moet mijn opdracht vervullen. Ik zoek de koperen kist met het Perkament van Kroon en Schild. Weet jij hiervan?"

Ze schudde het hoofd. "Het perkament bevindt zich niet in het Sumptuarium." Ze rees overeind en strekte haar ivoren armen uit als een kat. "Geef je speurtocht op, laat mij jou verkwikken."

Ceistan keek naar haar, zag op naar het verflauwende licht, keek naar de twee nog overblijvende deuren. "Eerst moet ik mijn speurtocht voltooien; dat ben ik verplicht aan mijn Heer Glay, die onder een luchtslede genageld en westwaarts gezonden worden zal tenzij ik hem hulp breng."

Het meisje zei pruilend: "Ga dan, naar de stoffige kamers, en ga met dorstige keel. Niets zul je vinden, en als je zo koppig volhardt, zal ik verdwenen zijn als je terugkomt."

"Het zij zo," antwoordde Ceistan.

Hij verliet haar en liep de gang af. De eerste kamer was kaal en dor. In de volgende en laatste lag het skelet van een man in een hoek gegooid; dit zag Ceistan in het laatste rode licht van de tweelingzonnen.

Er was geen koperen kist, geen perkament. Dus moest Glay sterven, en Ceistan werd het zwaar te moede.

Hij ging terug naar de kamer waar hij de maagd had gevonden, maar ze was vertrokken. De fontein was dichtgedraaid, alleen de stenen glansden nog vochtig.

Ceistan riep: "Meisje, waar ben je? Kom terug, mijn plicht is ten einde…"

Geen antwoord volgde.

Ceistan haalde zijn schouders op, begaf zich naar de hal en naar buiten, waar hij zich tastend een weg zocht door de verlaten, schemerige straten naar de poort en zijn luchtslede.

Dobnor Daksat werd zich bewust dat de forse man in de geborduurde zwarte mantel tegen hem sprak.

Terwijl hij zijn omgeving in ogenschouw nam, die tegelijk vreemd en vertrouwd was, werd hij gewaar dat de stem van de man hooghartig, neerbuigend klonk.

"U strijdt mee in een zeer gevorderde classificatie," zei de man. "Ik verbaas me over uw... eh, zelfvertrouwen." En hij monsterde Daksat met een glimmend en berekenend oog.

Daksat keek naar de vloer, fronste toen hij zijn kleding zag. Hij droeg een lange mantel van zwartpurper fluweel die als een klok tot zijn enkels hing. Zijn broek was van vuurrood corduroy, nauw om middel, heupen en kuiten, met een wijde bolling van groen laken tussen kuit en enkel. De kleren waren de zijne, dat was duidelijk: ze kwamen hem verkeerd en tegelijk toch ook normaal voor, net als de bewerkte gouden knokkelbeschermers aan zijn handen.

De man met de donkere mantel sprak verder terwijl hij de blik gericht hield op een punt boven Daksats hoofd, alsof Daksat niet bestond.

"Clauktaba is jarenlang met de eer der Imagisten gaan strijken. Bel-Washab was vorige maand de Overwinnaar van Korsi; Tol Morabait is een erkend meester. En dan is daar nog Ghisel Ghang van West Ind, die zijn gelijke niet heeft bij de creatie van vuursterren, en Pulakt Havjorska, de kampioen van het Eilandenrijk. Zo is het onderhevig aan scepsis of u, nieuw, onervaren en zonder een schat van beelden, meer vermoogt dan ons allen beschamen met uw armoede des geestes."

Daksats hersens worstelden nog met de verbijstering en hij voelde weinig boosheid om de onverbloemde minachting van de man. Hij zei: "Wat betekent dit eigenlijk precies? Ik geloof niet dat ik volledig op de hoogte ben van mijn positie."

De man bestudeerde hem spottend. "Aha, nu wordt u door schroom bevangen? Terecht, dat verzeker ik u." Hij zuchtte, wapperde met zijn handen. "Wel, wel — jongelieden zijn nu eenmaal onstuimig en misschien heeft u wel beelden geschapen waarvan u dacht dat ze u niet tot schande strekten. In ieder geval, het publiek zal u negeren; de grote aandacht gaat uit naar de geometrieën van Clauktaba en de sterrenbliksems van Ghisel Ghang. Ik raad u dan ook aan uw beelden bescheiden, sober en beperkt te houden, aldus vermijdt u de schande van bombast en dissonantie... Nu, het is tijd dat u naar uw imagicon gaat. Deze kant op. Denk eraan, grijzen, bruinen, gedempte lilatinten, misschien wat nuances van oker en roest; dan begrijpen de toeschouwers dat u uitsluitend mededingt om de ervaring en niet de meesters uitdaagt. Hierheen dan..."

Hij opende de deur en leidde Dobnor Daksat een trap op en de nacht in.

Ze kwamen uit in een groot stadion met tegenover hen zes reusachtige schermen van twaalf meter hoog. Achter hen in het donker zat rij na rij toeschouwers — duizenden en nog eens duizenden, en het rumoer dat ze maakten had het effect van een zachte omhelzing. Daksat keerde zich naar hen toe, maar alle gezichten en individualiteiten versmolten tot een enkele entiteit.

"Hier," zei de forse man. "Dit is uw toestel. Gaat u zitten, dan zal ik de ceretemps aansluiten."

Daksat liet zich gewillig in een zware stoel planten die zo zacht en diep was dat hij zich bijna voelde zweven. Op zijn hoofd en in zijn hals en op de brug van zijn neus werden dingen bevestigd. Hij kreeg een scherpe prik, een gevoel van druk, gebons, toen een kalmerende warmte. Uit de verte riep een stem boven het rumoer van de menigte uit: "Nog twee minuten tot grijze mist! Twee minuten tot grijze mist! Attentie, Imagisten, twee minuten tot grijze mist!"

De grote man boog zich over hem heen. "Kunt u goed zien?"

Daksat richtte zich iets op. "Ja... alles is zichtbaar."

"Goed. Bij het sein 'grijze mist' zal deze draad aangloeien. Als hij uitgaat is uw scherm aan de beurt en moet u uw best doen."

De verre stem zei: "Eén minuut tot grijze mist! De volgorde is: Pulakt Havjorska, Tol Morabait, Ghisel Ghang, Dobnor Daksat, Clauktaba en Bel-Washab. Er zijn geen handicaps; alle kleuren en vormen zijn toegestaan. Ontspant u zich, bereidt uw hersenkwabben voor, en nu — grijze mist!"

De lamp op het paneel bij Daksats stoel ging aan en hij zag vijf van de zes schermen oplichten tot een prettig parelgrijs dat enigszins kolkte alsof het in beroering was. Alleen het scherm voor hem bleef leeg. De grote man die achter hem stond, stak zijn hand uit en porde Daksat aan. "Grijze mist, Daksat, ben je doof en blind?"

Daksat dacht grijze mist, en meteen kwam zijn scherm tot leven met een wolk zilvergrijs, zuiver en helder.

"Hmf," hoorde hij de man achter zich snurken. "Nogal saai en weinig interessant — maar wel voldoende, lijkt me... Kijk hoe dat van Clauktaba reeds gonst met suggesties van hartstocht, hoe het huivert van emotie."

En met een blik op het scherm rechts van hem zag Daksat dat het waar was. Zonder werkelijk kleur te vertonen, vloeide en versluierde het grijs van Clauktaba alsof het een stortvloed van licht kluisterde.

Nu begon helemaal links op het scherm van Pulakt Havjorska kleur te gloeien. Het was een openingsbeeld, bescheiden en terughoudend — een groen juweel dat blauwe en zilveren druppels regende die een zwarte bodem troffen en daar in kleine oranje explosies verdwenen.

Daarna kwam er kleur op Tol Morabaits scherm: een zwart en wit geblokt veld waarvan sommige vakjes opeens groen, rood, blauw of geel opflitsten — warme, indringende kleuren, zuiver als banen van een regenboog. Het beeld verdween in een gemengde roze en blauwe blos.

Ghisel Ghang wrochtte een huiverende gele cirkel die een groen aureool tevoorschijn riep, dat op zijn beurt opbloeide tot een grotere band van schitterend zwart en wit. In het midden ontstond een bewerkelijk caleidoscopisch patroon. Het loste op in een briljante lichtflits; en op het scherm verscheen een moment lang hetzelfde patroon in een volkomen nieuw stel kleuren. Deze *tour de force* werd door de toeschouwers met een golf van rumoer begroet.

Het lichtje op Daksats paneel ging uit. Achter zich hoorde hij zeggen: "Nu."

Daksat keek naar het scherm en zijn geest was blank. Hij knarste met zijn tanden. Verzin iets — het geeft niet wat. Als het maar een beeld is... Hij stelde zich een vergezicht voor over de weiden langs de Melramyrivier.

"Hm," zei de man achter hem. "Plezierig. Een prettige fantasie, en tamelijk origineel."

Verwonderd bestudeerde Daksat het beeld op het scherm. Zover hij wist was het een ongeïnspireerde reproductie van een tafereel dat hij goed kende. Een fantasie? Was dat wat ze van hem verwachtten? Goed, dan produceerde hij een fantasie. Hij stelde zich voor dat de weiden begonnen te stralen, smolten, witheet oplichtten. De begroeiing, de oude stenen bouwwerken vloeiden ineen tot een traag ziedende massa.

Het oppervlak kwam tot rust en werd een spiegelgladde laag waarin de Koperen Pieken zich weerkaatsten.

De forsgebouwde man bromde: "Een beetje lomp, dat laatste, en zo deed je het lieflijke effect van die onaardse kleuren en vormen teniet..."

Daksat zakte terug in zijn stoel. Fronsend en gretig verbeidde hij zijn volgende beurt.

Intussen schiep Clauktaba een sierlijke witte bloem met purperen meeldraden op een groene stengel. De bloembladeren verwelkten, de meeldraden verstoven een krioelende wolk van geel stuifmeel.

Toen schilderde Bel-Washab aan het eind van de rij zijn scherm een lichtend onderwatergroen. Het golfde, bolde op en het oppervlak werd ontsierd door een onregelmatige zwarte vlek. Uit het midden van de vlek sijpelde een beekje van heet goud dat snel de zwarte vlek dooraderde en doorkruiste.

Dit was de eerste beeldenreeks.

Na een pauze van enkele seconden klonk een gedempte stem achter Daksat: "Nu begint de wedstrijd."

Op het scherm van Pulakt Havjorska verscheen een boze zee van kleuren: golven rood, groen, blauw, lelijke vlekken. Heel dramatisch ontstond rechtsonder een gele vorm, die de chaos overwon. Hij verspreidde zich over het scherm, werd in het midden gifgroen. Een gespleten zwarte vorm doemde op, boog zacht en vlot naar beide zijden. Zich omdraaiend zwierven de beide vormen sierlijk wiegend en buigend naar de achtergrond. Ver in het perspectief smolten ze ineen, schoten naar voren als een lans, vermeerderden zich tot een hele reeks lansen en vormden een hellend patroon van slanke zwarte staven.

"Magnifiek!" siste de man achter Daksat. "Zo juist, zo exact op tijd!"

Tol Morabait antwoordde met een donkerbruin veld, doorsneden door rode strepen en vlekken. Links verscheen een verticale groene arcering die dwars over het scherm naar rechts schreed. Het bruine veld drong naar voren, perste zich door de groene staven, drukte door, brak, en sommige fragmenten flitsten naar voren en verlieten het scherm. Op het zwarte veld achter de groene arcering, die nu vervaagde, lag een menselijk brein roze te pulseren. Aan het brein ontsproten zes insectenpoten en het geheel repte zich als een krab naar de verte.

Ghisel Ghang toonde een van zijn vuursterren — een kleine blauwe kogel die uiteenspatte. De uiteinden doorliepen wemelend een reeks van wonderschone patronen in de vijf kleuren blauw, violet, wit, purper en lichtgroen.

Dobnor Daksat zat stokstijf, met gebalde vuisten en knarsende tanden. Nu! Was zijn brein niet even volmaakt als dat van de lieden uit verre streken? Nu!

Op zijn scherm verscheen een boom, in conventionele tinten groen en bruin, en elk blad was een tong van vuur. Uit deze vuren stegen rookpluimen hoog op tot een draaiende, karnende wolk die een kegel van regen liet neerdalen op de boom. De vlammen verdwenen en hun plaats werd ingenomen door stervormige witte bloemen. De wolk schoot een bliksemschicht af die de boom in jammerlijke scherven van glas uiteen liet spatten. Een tweede schicht in de broze resten en het scherm schetterde wit, oranje en zwart, en doofde.

De man achter Daksat zei weifelend: "Over het geheel was het redelijk, maar denk aan mijn waarschuwing, en schep bescheidener beelden, aangezien —"

"Zwijg!" gebood Daksat ruw.

Zo verliep de wedstrijd. Ronde na ronde van schouwspelen, sommige zoet als canmelhoning, andere wild als de poolstormen. Kleur streed met kleur, patronen ontstonden en veranderden, soms in roemrijke harmonie, soms bitter en grof als de kracht van het beeld dat vereiste.

En Daksat bouwde droom na droom terwijl de spanning uit hem wegvloeide en hij alles vergat, buiten de stormachtige beelden in zijn geest en op het scherm, en zijn beelden werden even gecompliceerd en subtiel als die van de meesters.

"Nog één ronde," zei de man achter Daksat, en nu toverden de Beeldenaars hun meesterdromen tevoorschijn. Pulakt Havjorska bracht de groei en het verval van een grootse stad, Tol Morabait een rustige compositie in groen en wit, die onderbroken werd door een marcherend leger van insecten die een vuil zog achterlieten en de strijd aanbonden met mannen in beschilderd leer en met hoge hoeden, die bewapend waren met korte zwaarden en vlegels. De insecten werden vernietigd en van het scherm gejaagd, de dode soldaten werden beenderen en verdwenen in flakkerend blauw stof. Ghisel Ghang schiep drie vuursterren tegelijk, verschillend van elkaar: een verrukkelijke vertoning.

Daksat beeldde een gladde kiezelsteen, vergrootte hem tot een blok marmer, beitelde het tot de kop van een schone maagd. Een ogenblik staarde ze voor zich uit, toen flitsten verscheidene emoties over haar gelaat — vreugde om haar plotselinge bestaan, een peinzende blik, en ten slotte angst. Haar ogen werden melkblauw, haar gezicht veranderde in een sardonisch lachend masker met zwarte wangen en een spottende mond. Ze wierp het hoofd in de nek, de mond spuwde in de lucht. Het hoofd vervlakte tot een zwarte achtergrond, de druppels speeksel straalden als vuur, werden sterren, sterrenbeelden, en één daarvan zwol op, werd een planeet met lijnen die Daksat dierbaar waren. De planeet schoot naar de verre duisternis, de sterrenbeelden doofden uit. Dobnor Daksat ontspande zich. Zijn laatste beeld. Hij zuchtte uitgeput.

De man met de zwarte mantel verwijderde zwijgend de instrumenten van Daksats hoofd. Eindelijk vroeg hij: "De planeet die u op het laatst afbeeldde, was dat een eigen schepping of een herinnering aan een werkelijkheid? Het was er geen uit ons stelsel hier, toch gaf hij een sterke indruk van waarachtigheid."

Daksat staarde hem aan, verbaasd, en de woorden haperden in zijn keel. "Maar — dat is hier? Deze wereld! Was het niet deze wereld?"

De ander keek hem bevreemd aan. Hij haalde zijn schouders op, wendde zich af. "Over een ogenblik wordt de winnaar van de wedstrijd bekend gemaakt en het juwelen brevet uitgereikt."

De dag was winderig en bewolkt, de galei was laag en zwart en bemand met roeiers van Belaclaw. Ergan stond op de voorplecht. Hij staarde over de twee bittere zeemijlen naar de kust van Racland, waar hij wist dat de Racs met hun scherp getekende gezichten de zee gadesloegen vanaf het voorgebergte.

Een paar honderd meter achter hen spoot een fontein van water op.

Ergan sprak tot de roerganger: "Hun kanonnen hebben een groter bereik dan wij verwachtten. Ga nog een mijl verder uit de kust. Het risico van de stroming nemen we dan maar voor lief."

Nog terwijl hij sprak, klonk er een luid fluiten en hij zag een zwart, puntig projectiel uit de hemel op hem toeschieten. Het trof de galei in het midden en explodeerde. Hout, mensen en metaal vlogen alle kanten uit en de galei vouwde zich dubbel en zonk.

Ergan was overboord gesprongen. Zijn zwaard, helm en beenplaten wierp hij van zich af, bijna nog voor hij het water raakte. Naar adem snakkend van de schok zwom hij in cirkels rond, op en neer bewogen door de golfslag. Toen hij ten slotte een stuk hout vond, klemde hij zich eraan vast.

Van de kust van Racland kwam een sloep aanstevenen. Hij naderde met wit schuim voor de boeg terwijl hij stampend over de golven sneed. Ergan liet het stuk hout los en zwom zo snel hij kon weg van de wrakstukken. Hij kon beter verdrinken dan zich laten vangen; van de hongersnoodvissen die in deze wateren krioelden had hij meer genade te verwachten dan van de meedogenloze Racs.

Zijn inspanning ten spijt droeg de stroming hem naar de kust en uiteindelijk werd hij, al stribbelde hij zwak tegen, op een grindstrand gedeponeerd.

Hier werd hij ontdekt door een bende jongens en naar een nabije commandopost gemarcheerd. Men boeide hem en smeet hem in een kar die hem naar de stad Korsapan bracht.

In een grijs vertrek kwam hij tegenover een ondervrager van de geheime politie te zitten, een man met de grijze huid van een pad, een natte grijze mond en gulzige, priemende ogen.

"Jij bent Ergan," zei de officier. "Afgezant bij de Bargee van Salomdek. Wat was je opdracht?"

Ergan staarde de man in de ogen, hopend dat een geloofwaardig antwoord de weg naar zijn lippen zou vinden. Maar er kwam niets, en de waarheid zou onmiddellijk een invasie van Belaclaw én Salomdek tot gevolg hebben door de lange Rac-soldaten met hun smalle koppen, hun zwarte uniformen en zwarte laarzen.

Ergan zei niets. De officier boog zich naar hem toe. "Ik vraag het je nog eenmaal, daarna word je naar de kamer hier beneden gebracht." Hij zei "Kamer Hier Beneden" met hoorbare hoofdletters, en hij zei het genietend.

Ergan brak het koude zweet uit. Hij had gehoord van de martelingen van de Racs. Hij zei: "Ik ben Ergan niet; mijn naam is Ervard; ik ben een eerzaam handelaar in parels."

"Dit is niet waar," zei de Rac. "Je assistent is gevangengenomen en onder de compressiepomp hoestte hij je naam op, samen met zijn longen."

"Ik ben Ervard," zei Ergan. Zijn ingewanden knepen zich samen.

De Rac gaf een teken. "Breng hem naar de Kamer Hier Beneden."

Het lichaam van de mens, dat zenuwen heeft ontwikkeld als voorpost tegen het gevaar, lijkt speciaal gemaakt te zijn om pijn te lijden en werkt dan ook wonderwel samen met de vaardige handen van de folteraar. Deze kenmerken van het lichaam waren bestudeerd door de Rac-specialisten; op andere mogelijkheden van het zenuwstelsel was men bij toeval gestoten. Men had ontdekt dat bepaalde programma's van druk, hitte, spanning, wrijving, draaiing, rukken, geluids- en visuele schokken, ongedierte, stank en vuil een cumulatief effect hadden, terwijl één enkele methode die overmatig werd toegepast alras zijn stimulerende werking verloor.

Al deze kennis en dit vernuft werden met kwistige hand op Ergans citadel van zenuwen losgelaten. Ze lieten hem kennismaken met het complete scala van pijn: de scherpe steken, de doffe, blijvende gewrichtspijnen die 's nachts deden kreunen, de vurige flitsen, de schendingen met vuil en wellust, samen met af en toe een schok van tederheid wanneer ze hem toestonden een blik te werpen op de wereld die hij verlaten had.

Dan ging hij weer terug naar de Kamer Hier Beneden.

Maar altijd was het: "Ik ben Ervard de handelaar." En altijd trachtte hij zijn geest over de grens van de dood te drijven, maar altijd aarzelde zijn geest bij de laatste, onherroepelijke stap en Ergan bleef leven.

De Racs martelden op vaste tijden, zodat het afwachten, het naderen van het uur, een even grote kwelling veroorzaakten als de handelingen zelf. En dan klonken de zware, ongehaaste stappen buiten de cel, volgde het zwakke gespartel om hen uit handen te blijven, het ruwe gelach als ze hem in een hoek dreven en wegdroegen, en opnieuw het ruwe gelach als ze drie uur later zijn snikkende en jankende lichaam terugsmeten op de hoop stro die zijn bed vormde.

"Ik ben Ervard," zei hij, en hij trainde zijn geest te geloven dat dit de waarheid was, zodat ze hem nimmer konden betrappen. "Ik ben Ervard! Ik ben Ervard, ik handel in parels!"

Hij probeerde zichzelf met het stro te wurgen, maar hij werd voortdurend bewaakt door een slaaf en dit was niet toegestaan.

Hij probeerde te sterven door zelfverstikking en zou met vreugde geslaagd zijn, maar telkens als hij wegzonk in de gezegende verdoving ontspande zijn geest zich en namen zijn motorische zenuwen het hersenloze ademen weer op zich.

Hij at niets, maar dat maakte de Racs niets uit. Ze spoten hem vol opwekkende middelen en voedende medicijnen, opdat hij voortdurend op de toppen van zijn bewustzijn zou leven.

"Ik ben Ervard," zei Ergan, en de Racs knarsten woedend hun tanden. Het geval werd een uitdaging. Ergan trotseerde hun vindingrijkheid en zij studeerden lang en aandachtig op verfijningen en verbeteringen, op nieuwe vormen voor hun ijzeren werktuigen, nieuwe soorten rukkoorden, nieuwe richtingen voor de spanningen en drukuitoefeningen. Zelfs toen het niet belangrijk meer was of hij Ervard of Ergan was, omdat de oorlog nu was uitgebroken, werd hij vastgehouden en in leven gehouden, als een probleem, een ideaal geval: daarom werd hij bewaakt en vertroeteld met meer zorg dan gebruikelijk en de folteraars filosofeerden langdurig over hun technieken, brachten hier veranderingen aan, daar verbeteringen.

Toen liepen op een dag de galeien van Belaclaw aan land en de bepluimde soldaten vochten zich een weg over de muren van Korsapan.

De Racs bezagen Ergan met spijt. "Nu moeten wij gaan, en nog weiger je je aan ons te onderwerpen."

"Ik ben Ervard," kwaakte dat wat op de tafel lag. "Ervard de handelaar." Boven klonk een ontzettend gekraak.

"Wij moeten gaan," zeiden de Racs. "Jouw mensen bestormen de stad. Als je de waarheid vertelt, zul je leven. Lieg je, dan doden we jou. Dat is de keus. Je leven voor de waarheid."

"De waarheid?" mompelde Ergan. "Het is een list —" En toen hoorde hij het overwinningsgezang van de soldaten van Belaclaw. "De waarheid? Waarom niet?...Vooruit." En hij zei: "Ik ben Ervard," want hij geloofde nu dat dit de waarheid was.

De Galactische Eerste was een magere man met roodbruin haar dat schaars over zijn fijn gewelfde schedel lag. Zijn gezicht, dat verder geen opvallende kenmerken bezat, ontleende zijn kracht aan grote donkere ogen die flakkerden met een licht als van vuur achter rook. Lichamelijk was hij de top van zijn jeugd gepasseerd; zijn armen en benen waren mager en de gewrichten los; zijn hoofd neeg voorover alsof de complexe machinerie van zijn hersens het bezwaarde.

Terwijl hij met een flauwe glimlach van zijn bank opstond, keek hij naar de elf Ouden aan de andere kant van de galerij. Ze zaten aan een tafel van gepolitoerd hout met de rug naar een muur die begroeid was met ranke klimop. Het waren ernstige mannen, langzaam in hun bewegingen, en hun gezicht was getekend door wijsheid en inzicht. In het systeem was de Eerste de uitvoerende macht van het heelal en de Ouden vormden het beraadslagend lichaam, dat bekleed was met bepaalde beperkende bevoegdheden.

"Wel?"

De Oudste keek zonder zich te haasten op van de computer. "U bent de eerste die opstaat van zijn bank."

De Eerste wierp een blik door de galerij, nog steeds glimlachend. De overigen lagen in verschillende houdingen, sommigen met de armen stijf als stokken, anderen koesterden zich in foetushouding. Een was half van zijn bank gegleden. Zijn ogen waren open en staarden in de verte.

De Eerste verplaatste zijn blik weer naar de Oudste, die hem met kalme nieuwsgierigheid gadesloeg. "Is het optimum vastgesteld?"

De ander raadpleegde de computer. "Zesentwintig zevenendertig is het optimale resultaat."

De Eerste wachtte, maar de Oude sprak niet verder. De Eerste liep naar de albasten balustrade achter de ligbanken. Hij leunde naar buiten, zag uit over het landschap — kilometer na kilometer van heiig, zonnig land met een vonkende zee in de verte. Een lichte bries woei langs zijn gezicht, woelde door zijn schaarse roestbruine haar. Hij haalde diep adem en boog zijn vingers en handen een paar maal, want de herinnering aan de folteraars van Racland lag hem nog vers in het geheugen. Na een ogenblik draaide hij zich om en steunde zijn handen achter zich op de balustrade. Nog steeds was er geen teken van leven te bespeuren bij de overige kandidaten op de rij banken.

"Zesentwintig zevenendertig," zei hij zacht. "Ik durf mijn eigen uitslag te schatten op vijfentwintig negentig. Ik herinner me in de laatste episode een onvolledige persoonlijkheidshandhaving."

"Vijfentwintig vierenzeventig," zei de Oudste. "De computer oordeelt dat Beerwald de Halforns laatste trotseren van de Brandkrijgers geen voordeel opleverde."

De Eerste dacht erover na. "Hij heeft gelijk. Koppigheid heeft geen nut als het niet een van tevoren bepaald doel bevordert. Een gebrek dat ik moet zien af te zwakken." Hij keek de Ouden beurtelings aan. "U uit geen commentaar, u bent merkwaardig zwijgzaam."

Hij wachtte, maar de Oudste reageerde niet.

"Mag ik vragen wat de hoogste uitslag was?"

"Vijfentwintig vierenzeventig."

"Mijn resultaat." De Eerste knikte.

"De hoogste score is de uwe," antwoordde de Oudste.

De glimlach van de Eerste verdween; een vragende rimpel verscheen op zijn voorhoofd. "Desondanks zijt gij onwillig mijn tweede ambtstermijn te bevestigen; er heerst nog twijfel onder u."

"Twijfel en onzekerheid," antwoordde de Oudste.

De mond van de Eerste werd wat smal, hoewel hij nog beleefd vragend de wenkbrauwen fronste. "Uw houding verbaast mij. Mijn staat van dienst blaakt van louter onbaatzuchtigheid. Mijn intelligentie is fenomenaal, en in deze laatste reeks proeven, die ik ontwierp om uw laatste twijfel te ontzenuwen, behaalde ik het beste resultaat. Ik heb mijn sociale intuïtie en plooibaarheid bewezen, mijn leiderschap, plichtsbetrachting, verbeeldingskracht en besluitvaardigheid. In ieder meetbaar opzicht bezit ik de beste kwalificaties voor het ambt dat ik bekleed."

De Oudste zag zijn ambtsgenoten een voor een aan. Geen van hen wenste te spreken. Hij rechtte zijn rug.

"Onze houding is moeilijk te benoemen. Alles is zoals u zegt. Uw intelligentie is geen punt van discussie, uw karakter is voorbeeldig, u heeft uw ambtsperiode met eer en toewijding vervuld. U heeft onze eerbied, onze bewondering en dankbaarheid verdiend. Wij zijn ons bewust dat u deze tweede termijn ambieert met prijzenswaardige drijfveren: u beschouwt uzelf als degene die het best in staat is de zaken van de melkweg te coördineren."

De Eerste knikte grimmig. "Maar u bent een andere mening toe-gedaan."

"Zo bot is ons standpunt niet."

"Wat is uw standpunt precies?" Hij wees naar de banken. "Kijk naar deze mannen. Het zijn de besten van de melkweg. Een van hen is dood. Die zich daar op de derde bank roert is gek geworden. De anderen zijn bitter geschokt. En vergeet niet dat deze test uitdrukkelijk ontworpen is om de kwaliteiten te meten die essentieel zijn voor de Galactische Eerste."

"Deze test is voor ons van grote interesse geweest," zei de Oudste op vriendelijke toon. "Hij heeft aanzienlijke invloed gehad op onze overwegingen."

De Eerste aarzelde, peilde de ondertonen van deze woorden. Hij ging naar voren en zette zich neer tegenover de rij Ouden. Met scherpe blik onderzocht hij de gezichten van de elf mannen, tikte een, twee, driemaal met zijn vingertoppen op de glanzende tafel.

"Zoals ik heb opgemerkt, heeft deze test iedere kandidaat gemeten wat betreft juist die kwaliteiten die essentieel zijn voor een optimaal gedrag in dit ambt, en wel op deze manier: de Aarde in de twintigste eeuw is een planeet met ingewikkelde sociale afspraken. Op Aarde moet de kandidaat als Arthur Caversham zijn sociale intuïtie gebrui-ken — een uiterst belangrijke kwaliteit in deze melkweg met zijn twee miljard zonnen. Op Belotsi wordt Beerwald de Halforn beproefd op zijn moed en zijn vermogen om tot positieve actie op te wekken en leiding te geven. In de dode stad Therlatch op Praesepe Drie wordt de plichtsbetrachting van de kandidaat gemeten in de persoon van Ceistan, en als Dobnor Daksat achter het Imagicon op Staff worden zijn creatieve denkbeelden vergeleken met die van de vruchtbaarste talenten die er zijn. En ten slotte worden op Chankozar, als Ergan, zijn wil, uithoudingsvermogen en veerkracht tot hun uiterste grenzen beproefd.

"Iedere kandidaat wordt in identieke omstandigheden geplaatst door middel van een kunstgreep die te gecompliceerd is om nu over uit te weiden. Ik volsta ermee te zeggen dat iedere kandidaat objectief gewaardeerd wordt naar zijn prestaties en dat de resultaten van de ver-schillende kandidaten onderling vergelijkbaar zijn."

Hij pauzeerde terwijl hij schattend de reeks ernstige gezichten opnam. "Ik moet er de nadruk op leggen dat ik er niet van profiteerde dat ik de test zelf ontworpen heb. De mnemonische synapsen worden van geval tot geval afgekoppeld en alleen de fundamentele persoonlijkheid van de kandidaat reageert. Allen werden onder precies gelijke omstandigheden getest. Naar mijn mening geven de uitslagen die de computer registreert een objectieve en betrouwbare index van het vermogen van de kandidaat om de uitermate verantwoordelijke post van Galactisch Bewindsman te vervullen."

De Oudste zei: "De uitslagen zijn inderdaad veelbetekenend."

"Dan bevestigt u mij in mijn ambt?"

De Oudste glimlachte. "Niet zo snel. Ik geef toe dat u intelligent bent, ik geef toe dat u veel bereikt hebt tijdens uw ambtstermijn."

"Wilt u zeggen dat een ander meer bereikt zou hebben?"

De Oudste haalde de schouders op. "Dat kan ik onmogelijk weten. Ik wijs op uw prestaties, zoals de Glenartbeschaving, de Dageraad op Masilis, de regering van koning Karal op Aevir, de onderdrukking van de opstand op Arkid. Zo zijn er veel voorbeelden. Maar er zijn ook tekortkomingen: de totalitaire regeringen op Aarde, de barbarij op Belotsi en Chankozar, die in uw test zo nadrukkelijk tot uiting komen. Dan is er verder de decadentie van de planeten in de Elfhonderdnegende Zwerm, de opkomst van de priesterkoningen op Fiir, en veel meer."

De Eerste klemde zijn kaken op elkaar en de vuren achter zijn ogen brandden feller.

De Oudste vervolgde: "Een van de meest opmerkelijke verschijnselen in de melkweg is de neiging van de mensheid om de persoonlijkheid van de Eerste te absorberen en weer uit te stralen. Er schijnt een enorme resonantie te zijn die van de hersens van de Eerste door de geest van de mensen vibreert, vanaf het Midden helemaal tot de uiterste grenzen. Het is iets dat bestudeerd moet worden, geanalyseerd en onder controle gebracht. Het effect is alsof iedere gedachte van de Eerste een miljardvoud versterkt wordt, alsof iedere stemming van hem de toon van duizend beschavingen aangeeft, alsof ieder facet van zijn persoon weerspiegeld wordt in de moraal van duizend culturen."

Toonloos zei de Eerste: "Ik heb dit verschijnsel opgemerkt en er veel over nagedacht. De bevelen van de Eerste worden zodanig verbreid dat ze een subtiele in plaats van een openlijke invloed hebben. Misschien is dit de achtergrond van de zaak. In ieder geval is deze invloed des te meer reden om iemand met bewezen deugden voor deze post aan te wijzen."

"Zeer juist opgemerkt," zei de Oudste. "Uw karakter is inderdaad onberispelijk. Wij Ouden zijn echter bezorgd over de vloed van autoritaire regimes op de planeten van de melkweg. Wij vermoeden dat hierin dit beginsel van resonantie aan het werk is. U bent een man met een onverzettelijke wil, en wij menen dat uw invloed ongewild de oorzaak is van de eruptie van autarchieën."

De Eerste bleef zwijgen. Hij keek naar de rij ligbanken waar de overige kandidaten nu het bewustzijn herkregen. Het waren mannen van verschillende rassen, een bleke Noordman van Palast, een stoere rode Hawolo, een grijsharige, grijsogige Eilander van de Zeeplaneet — elk de meest vooraanstaande man van zijn geboorteplaneet. Zij die waren bijgekomen zaten kalm op hun bank, ordenden hun gedachten of probeerden liggend de proef uit hun geest te bannen. Er was een hoge tol geëist: een van de mannen was dood, een tweede was buiten zinnen en zat jankend naast zijn bank ineengedoken.

De Oudste vervolgde: "De laakbare trekken van uw karakter worden misschien wel het best uitgebeeld in de test zelf."

De Eerste opende zijn mond om te spreken maar de Oudste stak zijn hand op. "Laat mij spreken; ik zal trachten eerlijk met u te zijn. Als ik uitgesproken ben is het woord aan u.

"Ik herhaal dat uw fundamentele richting tot uiting komt in de bijzonderheden van de test die u heeft ontworpen. De kwaliteiten die u daarmee meet, zijn die welke u het belangrijkst acht, dat wil zeggen, de idealen waardoor u uw leven laat leiden. Ik ben er zeker van dat dit geheel onbewust is geschied, en daardoor des te onthullender is. U bent van mening dat de essentiële kenmerken van de Eerste zijn: sociale intuïtie, agressiviteit, loyaliteit, verbeeldingskracht en koppig volhouden. Als man met een sterk karakter streeft u ernaar deze idealen in uw gedrag te verwezenlijken; zo is het in het geheel niet verwonderlijk dat u in deze proef, door u ontworpen, door u geijkt, de hoogste uitslag behaalt.

"Ik zal dit met een analogie verduidelijken. Als de arend een examen leidde om te bepalen wie de Koning der Dieren was, dan zou hij alle kandidaten beoordelen op hun vliegvermogen en zelf zou hij nood-zakelijkerwijs winnen. Zo redenerend zou de mol het graafvermogen belangrijk achten en volgens zijn testmethoden zou *hij* onherroepelijk tevoorschijn komen als Koning van het Dierenrijk."

De Eerste lachte scherp en liet zijn hand door zijn bruine lokken gaan. "Ik ben arend noch mol."

De Oudste schudde het hoofd. "Nee. U bent ijverig, plichtsgetrouw, verbeeldingsrijk, onvermoeibaar — dat heeft u bewezen, zowel door proeven voor deze kwaliteiten te ontwerpen als door een hoge uitslag in die proeven te behalen. Maar omgekeerd, juist door het ontbreken van andere proeven, toont u de gebreken in uw karakter."

"En dat zijn?"

"Medeleven. Erbarmen. Liefde." De Oudste ontspande zich. "Het is vreemd. Uw voorganger op twee na was rijk begiftigd met deze kwa-liteiten. Tijdens zijn bewind ontloken overal in het heelal de grootse humanitaire systemen die gebaseerd waren op het idee van de men-selijke broederschap. Nog een voorbeeld van resonantie — maar ik dwaal af."

De Eerste zei met een sardonische trek om de mond: "Mag ik u dit vragen: heeft u de nieuwe Galactische Eerste al gekozen?"

De Oudste knikte. "Wij hebben een definitieve keuze gemaakt."

"Wat was zijn uitslag in de test?"

"Volgens uw telmethode: zeventien tachtig. Als Arthur Caversham bracht hij er weinig van terecht: hij probeerde de politieagenten de voordelen van het naaktlopen uit te leggen. Hij mist het vermogen om op stel en sprong een list te verzinnen: uw tegenwoordigheid van geest bezit hij niet. Als Arthur Caversham merkte hij dat hij naakt was. Hij is oprecht en open, en probeerde dan ook de positieve aspecten van zijn situatie te verklaren in plaats van een manier te bedenken om zijn straf te ontlopen."

"Vertel verder over deze man," zei de Eerste kort.

"Als Beerwald de Halforn leidde hij zijn bende naar het nest van de Brands op de Medaillonberg. Maar in plaats van het nest te verbran-den ging hij in gesprek met de koningin en smeekte haar het nutteloze moorden te staken. Zij reikte door de deuropening en trok hem naar binnen en doodde hem. Hij faalde — maar de computer gaf hem een hoge waardering voor zijn open benadering.

"In Therlatch was zijn gedrag even onberispelijk als het uwe, en aan het Imagicon waren zijn verrichtingen voldoende. De uwe benaderden de genialiteit van de Meester-Imagisten, wat een hele prestatie is.

"De martelingen van de Racs zijn het slopendste element van de proef. U wist heel goed dat u onbeperkt pijn kunt weerstaan; daarom bepaalde u dat alle andere kandidaten eveneens deze hoedanigheid moesten bezitten. De nieuwe Eerste schiet hier zwaar tekort. Hij is gevoelig, en het idee dat de ene mens de andere met opzet pijn doet, maakt hem misselijk. Ik kan eraan toevoegen dat geen van de kandidaten in de laatste episode een volmaakt resultaat haalde. Twee anderen evenaarden uw prestatie —"

De Eerste toonde zich geïnteresseerd. "Welke waren dat?"

De Oudste wees ze aan: een lange, zwaargespierde man met een gezicht als uit rots gehouwen die somber bij de balustrade in de zonnige verte stond te staren, en een man van middelbare leeftijd die in kleermakerszit op zijn bank zat, met de blik strak gericht op een punt een meter voor hem. Zijn gelaatsuitdrukking was er een van onverstoorbare kalmte.

"De een is hard en halsstarrig tot het uiterste," zei de Oudste. "Hij weigerde ook maar een woord te zeggen. De ander bekleedt zich met een uiterlijke objectiviteit als hij door iets onaangenaams overvallen wordt. Sommige andere kandidaten is het niet zo goed vergaan en in bijna alle gevallen is therapie noodzakelijk."

Hun ogen richtten zich op het krankzinnige schepsel dat met lege ogen heen en weer door de galerij schuifelde terwijl het gedempt in zichzelf mompelde en neuriede.

"De proeven waren geenszins waardeloos," zei de Oudste. "Wij hebben veel geleerd. Volgens uw telling behaalde u de meeste punten. Volgens andere normen die wij Ouden hanteerden, was uw plaats lager."

Met samengeknepen mond vroeg de Eerste: "Wie is dit toonbeeld van altruïsme, liefde, medeleven en edelmoed?"

De waanzinnige dwaalde naderbij, viel op handen en voeten, kroop piepend naar de muur. Hij drukte zijn gezicht tegen de koele steen, hij staarde wezenloos omhoog naar de Eerste. Zijn mond hing open, zijn kin was nat, zijn ogen bewogen zich schijnbaar onafhankelijk van elkaar.

De Oudste glimlachte vol deernis. Hij streelde het hoofd van het waanzinnige wezen. "Dit is hem. Hier is de man die wij verkiezen."

De voormalige Galactische Eerste zat zwijgend met strakke mond, zijn ogen brandend als verre vulkanen.

Aan zijn voeten vond de nieuwe Eerste, heerser over twee miljard zonnen, een dood blad, stak het in zijn mond en begon te kauwen.

DE MENSEN KEREN TERUG

DE OVERBLIJVER SLOOP STEELS langs de steile rots omlaag, een gebogen, mager wezen met gekwelde ogen. Hij bewoog zich snel voort over steeds korte afstanden, onder dekking van de platen van donkere lucht, rende mee achter iedere glijdende schaduw, kroop soms op handen en voeten met zijn hoofd dicht bij de grond. Aangekomen bij de laatste lage rotsuitwas, hield hij halt en tuurde over de vlakte.

Ver weg rezen heuvels op die verwazigden in de lucht, die gevlekt en gelig was als slecht melkglas. De tussenliggende vlakte strekte zich uit als rottend fluweel, zwartgroen en gerimpeld, met strepen oker en roestrood. Een fontein van gesmolten rots spoot hoog in de lucht en vertakte zich tot zwart koraal. Halverwege de horizon evolueerde een familie van grijze voorwerpen op een doelbewust lijkende manier: bollen versmolten tot piramiden, werden halve bollen, sprietende witte spitsen, hemel-doorstekende palen; toen, als laatste tour de force, tesseracts.

De Overblijver interesseerde dit niets: hij had behoefte aan voedsel en op de vlakte waren planten. Bij gebrek aan beter zouden ze voldoen. Ze groeiden uit de bodem, of soms uit een zwevende klomp water, of rond een kern van hard zwart gas. Er waren vochtige lappen zwart blad, bundels ruwe doorns, lichtgroene peulen, stengels met bladeren en verwrongen bloemen. Er waren geen bepaalde soorten en de Overblijver wist nooit van tevoren of de bladeren en ranken die hij gister gegeten had, hem vandaag zouden vergiftigen.

Hij probeerde het materiaal van de vlakte met zijn voet. Het glazige oppervlak (hoewel het tegelijk een constructie van rode en grijsgroene piramiden leek) aanvaardde zijn gewicht, maar zoog dan opeens aan zijn been. Plots koortsachtig rukte hij zich los, sprong achteruit, hurkte op de tijdelijk harde rots.

De honger raspte zijn maag. Hij moest eten. Hij nam de vlakte in ogenschouw. Niet al te ver weg speelden een paar Organismen — glijdend, duikend, dansend, zwierig elegante houdingen aannemend. Mochten ze naderbij komen, dan zou hij proberen er een te doden. Ze leken op mensen, en zouden dan ook goed voedsel moeten zijn.

Hij wachtte. Lange tijd? Korte tijd? Allebei was mogelijk; tijdsduur had kwantitatieve noch kwalitatieve realiteit meer. De zon was verdwenen, er bestond geen vaste kringloop of herhaling. Tijd was een woord zonder betekenis.

Niet altijd was het zo geweest. De Overblijver had een paar flarden van herinnering aan vroeger dagen behouden, vóór systeem en logica afgedankt werden. De Mens had over de Aarde geheerst dankzij één enkele veronderstelling, dat een gevolg teruggevoerd kon worden op een oorzaak, die zelf weer het gevolg was van een eerdere oorzaak.

Het werken met deze grondwet had royale resultaten opgeleverd en ander gereedschap leek nergens voor nodig. De Mens prees zich gelukkig met zijn ongespecialiseerde, universele bouw. Hij kon leven in de woestijn, op de vlakte of op het ijs, in het woud of in de stad; de Natuur had hem niet een vorm gegeven die tot een bepaald milieu beperkt was.

Hij was zich niet bewust van zijn kwetsbaarheid. De logica was zijn speciale milieu, zijn hersens waren het speciale gereedschap.

Toen kwam het verschrikkelijke uur dat de Aarde een plaatselijk gebied van non-causaliteit binnendreef en alle ordelijke spanningen tussen oorzaak en gevolg in het niets oplosten. Het speciale gereedschap van de mens werd nutteloos; het kon geen vat krijgen op de realiteit. Van de twee miljard mensen leefden er nog maar enkelen — de waanzinnigen. Zij waren nu de Organismen, de heersers van het tijd perk. Hun dissonante aard kwam zo exact overeen met de grillen van het milieu dat hij tot een eigenaardige, wilde wijsheid werd. Of misschien was de gedesorganiseerde materie van de wereld, losgeslagen van de oude rangschikking, bijzonder gevoelig voor psychokinese.

Nog een handvol anderen, de Overblijvers, zag kans te blijven bestaan, maar slechts dankzij een labiel geheel van omstandigheden. Zij waren degenen die het sterkst vervuld waren van de oude causale dynamiek. Deze liet zich nog voldoende gelden om de stofwisseling van hun lichaam te beheersen, maar reikte niet verder. Hun aantal slonk snel, want hun ordelijke verstand verschafte hun geen mogelijkheid om het milieu aan te pakken. Soms begon hun geest te vonken en te rammelen en dan renden ze ijlend en sprongen makend de vlakte op.

De Organismen bezagen alles zonder verrassing of nieuwsgierigheid; hoe kon verrassing nog bestaan? De waanzinnige Overblijver hield zich bijvoorbeeld op in de nabijheid van een Organisme en probeerde diens manier van bestaan te dupliceren. Het Organisme at een mondvol plant; de Overblijver evenzo. Het Organisme wreef zijn voeten in met gebroken water, de Overblijver evenzo. Weldra stierf dan de Overblijver aan vergiftiging of gescheurde ingewanden of huidkwetsuren, terwijl het Organisme uitrustte in het vochtige zwarte gras. Of het Organisme trachtte de Overblijver op te eten; dan rende de laatste in doodsangst weg, niet in staat enig aspect van de wereld te verdragen — hij rende, sprong, tornde op tegen de dikke lucht met zijn ogen groot, zijn mond wijd open, roepend en hijgend tot hij ten slotte wegzonk in een plas ijzer of verdwaalde in een vacuümbel, waarin hij dan rondfladderde als een vlieg in een fles.

De Overblijvers waren nu nog maar met weinigen. Finn, hij die hurkte op de rots die uitzag over de vlakte, leefde met vier anderen. Twee van hen waren oude mannen en zouden spoedig sterven. Finn eveneens, tenzij hij wat te eten vond.

Op de vlakte zette een van de Organismen, Alfa, zich neer, greep een handvol lucht, een blauwe vloeistofbol en een kei, kneedde ze in elkaar, trok aan het mengsel of het stroop was, gaf er een ferme ruk aan. Het rolde als een touw uit zijn hand. De Overblijver dook ineen. Wie wist welke duivelse streek het schepsel in gedachten kwam! Hij en alle anderen zoals hij — ze waren onvoorspelbaar! De Overblijver hunkerde naar hun vlees, maar het Organisme zou hém opeten als de gelegenheid zich voordeed. In deze strijd was Finn sterk in het nadeel. De van logica gespeende handelingen van de Organismen verbijsterden hem. Als hij wegrende om aan hen te ontsnappen, dan begon de angstaanjagende verwarring. De richting die hij koos, was maar zelden de richting die de wisselende wrijving van de bodem hem toestond. Maar de Organismen die hem dan achtervolgden waren even ongebonden als de omgeving. Soms spanden de twee dissonanten samen, soms hieven ze elkaar op. In het laatste geval konden de Organismen hem te pakken krijgen...Het was onverklaarbaar. Maar wat niet? Het woord 'verklaring' had geen betekenis.

Ze bewogen zich in zijn richting; hadden ze hem gezien? Hij maakte zich klein tegen de stroeve gele rots.

De twee Organismen stopten niet ver van hem. Hij hoorde de geluiden die ze maakten en hij dook nog verder in elkaar, ziek van de honger en de angst die met elkaar streden.

Alfa zeeg op zijn knieën, ging plat op zijn rug liggen met armen en benen languit en richtte zich tot de hemel met een reeks van melodieuze kreten, sisklanken en gekreun. Het was een privé-taal die hij zojuist had geïmproviseerd, maar Bèta verstond hem goed.

"Een visioen," riep Alfa. "Ik zie voorbij de hemel. Ik zie stippen, tollende cirkels. Ze versmallen tot harde knopen; nooit zullen ze meer ontward worden."

Bèta zetelde op een piramide en keek over zijn schouder naar de gevlekte hemel.

"Een intuïtie," zong Alfa, "een beeld vanuit de andere tijd. Het is hard, genadeloos, onbuigzaam."

Bèta balanceerde zich op de piramide, dook door het glazige oppervlak, zwom onder Alfa door, kwam boven en ging naast hem liggen.

"Zie de Overblijver op de heuvel. In zijn bloed is het totaal van het oude ras — de smalle benauwde mensen met een geest als een barst. Hij wasemde die intuïtie uit. Lomp schepsel — een stoethaspel," zei Alfa.

"Ze zijn allemaal dood, allemaal," zei Bèta. "Al zijn er nog drie of vier over." (Als *verleden*, *heden* en *toekomst* niet meer zijn dan uit een andere tijd overgebleven ideeën, zoals boten op een drooggevallen meer — dan kan de voltooiing van een proces nooit worden vastgesteld.)

Alfa zei: "Dit is het visioen. Ik zie de Overblijvers over de Aarde krioelen; dan vervliegen ze naar nergens, als muggen in de wind. Dat is achter ons."

De Organismen lagen stil. Ze overdachten het visioen.

Een kei, of misschien een meteoor, viel uit de hemel en sloeg in de plas in. Hij liet een cirkelvormig gat na dat zich langzaam sloot. Uit een andere plek in de plas stoof een fontein van vloeistof op, die langzaam wegzweefde.

Alfa sprak: "Opnieuw! Het visioen gloeit sterk! Er zullen lichten in de hemel zijn."

De koorts in hem stierf weg. Hij haakte een vinger in de lucht en hees zich overeind.

Bèta bleef stil liggen. Rupsen, mieren, vliegen, kevers kropen over hem heen, borend en barend. Alfa wist dat Bèta op kon staan, de insecten af kon schudden, weg kon lopen. Maar Bèta scheen aan lijdzaamheid de voorkeur te geven. Dat was ook goed. Als Alfa dat wenste, kon hij een nieuwe Bèta maken, of een dozijn Bèta's. Soms wemelde de wereld van Organismen, van alle soorten, in alle kleuren, hoog als kerktorens, klein en breed als bloempotten. Soms verscholen ze zich stil in diepe grotten, en soms verschoof de aarzelende substantie van de Aarde, en dan werd er bijvoorbeeld een, of werden er dertig, ingesloten in de onderaardse cocon en dan bleven ze allemaal ernstig zitten wachten tot de grond zich weer eens opende en zij bleek en met knipperende ogen in het licht konden kijken.

"Ik voel een gemis," zei Alfa. "Ik zal de Overblijver opeten." Hij ging op pad en puur toeval bracht hem in de buurt van de gele rots. Finn de Overblijver sprong in paniek overeind.

Alfa probeerde te communiceren, opdat Finn stil zou blijven staan terwijl Alfa hem opat. Maar Finn was niet gevoelig voor de veelwaardige boventonen van Alfa's stem. Hij greep een steen en smeet hem naar Alfa. De steen veranderde in een stofwolk die Finn in het gezicht waaide.

Alfa kwam naderbij, strekte zijn lange armen uit. De Overblijver probeerde hem te schoppen. Zijn benen schoten onder hem uit en hij gleed naar de vlakte. Alfa kuierde gemoedelijk achter hem aan. Finn kroop weg. Alfa ging naar rechts — een even goede richting als alle andere. Hij botste tegen Bèta op en begon Bèta op te eten in plaats van de Overblijver. De Overblijver aarzelde; toen ging hij voorzichtig naar Alfa toe en begon eveneens hompen lichtrood vlees in zijn mond te stoppen.

Alfa zei tegen de Overblijver: "Ik stond op het punt een intuïtie mee te delen aan degeen van wie wij hier eten. Ik zal met jou spreken."

Finn verstond Alfa's privé-taal niet. Hij at zo snel hij kon.

Alfa sprak verder. "Er zullen lichten in de hemel zijn. De grote lichten."

Finn rees overeind en met een behoedzame blik op Alfa greep hij Bèta's benen beet en begon hem naar de heuvel te slepen. Alfa keek licht spottend, onverschillig toe.

Het was zwaar werk voor de uitgemergelde Overblijver. Soms zweefde Bèta; soms dreef hij weg op de lucht; soms kleefde hij aan het terrein. Uiteindelijk zonk hij weg in een brok graniet dat rondom hem vastvroor. Finn probeerde Bèta los te rukken, en hem vervolgens met een stok uit het graniet te wrikken, maar zonder succes.

Gekweld door besluiteloosheid holde hij heen en weer. Bèta begon leeg te lopen, te verschrompelen als een kwal op het zand. De Overblijver liet het omhulsel voor wat het was. Te laat, te laat! Verspild voedsel! De wereld was een verschrikkelijk oord, nooit deugde hij!

Voorlopig in ieder geval had hij zijn maag vol. Hij begon opnieuw tegen de rotspunt op te klimmen en weldra vond hij het kamp terug, waar de vier andere Overblijvers op hem wachtten — twee stokoude mannen en twee vrouwen. De vrouwen, Gisa en Reak, waren net als Finn op strooptocht geweest. Gisa had een stuk mos meegebracht, Reak een brok naamloos aas.

De oude mannen, Boad en Tagart, zaten rustig te wachten, op eten hetzij de dood.

De vrouwen begroetten Finn gemelijk. "Waar is het voedsel dat je bent gaan zoeken?"

"Ik had een heel karkas," zei Finn. "Ik kon het niet dragen."

Boad had stiekem het stuk mos gestolen en propte het nu in zijn mond. Het kwam tot leven, het huiverde en scheidde een rode vloeistof uit die giftig was, en de oude man stierf.

"Nu is er voedsel," zei Finn. "Laten we gaan eten."

Maar het gif begon te woekeren, het lijk ziedde van blauw schuim en vloeide weg op eigen kracht.

De vrouwen wendden het gezicht naar de laatste oude man, die met een bevende stem zei: "Eet mij dan op als je het niet laten kunt. Maar waarom Reak niet genomen, die jonger is dan ik?"

Reak, de jongste van de twee vrouwen, zat op het vlees te knagen en ging er niet op in.

Finn zei met holle stem: "Waar maken we ons zorgen over? Het voedsel wordt alsmaar schaarser en wij zijn de laatste mensen."

"Nee nee," zei Reak. "Niet de laatste. We zagen nog anderen op de groene heuvel."

"Dat was lang geleden," zei Gisa. "Nu zijn ze stellig dood."

"Misschien hebben zij een bron van voedsel gevonden," opperde Reak.

Finn stond op en speurde de vlakte af. "Wie weet? Misschien is er een plezieriger land achter de horizon."

"Nergens is iets anders dan puin en boze creaturen," snauwde Gisa.

"Waar kan het erger zijn dan hier?" vroeg Finn.

Niemand kon dit betwisten.

"Ik stel dit voor," zei Finn. "Ziedaar die hoge rots. Kijk naar de lagen harde lucht. Ze botsen tegen de rots, ze kaatsen weg, ze zweven her en der en verdwijnen uit het gezicht. Laten we allemaal op deze rots klimmen en als er een plaat lucht voorbijkomt die groot genoeg is, dan springen we er bovenop en laten ons naar de mooie streken voeren die misschien achter de horizon liggen."

Er werd over gedebatteerd. De oude man Tagart wierp tegen dat zijn zwakke lichaam niet geschikt was voor zulke ondernemingen. De vrouwen zeiden schamper dat de landen van overvloed die Finn in het vooruitzicht stelde, wel niet zouden bestaan. Maar na een poosje begon men, mopperend en mokkend weliswaar, aan de beklimming.

Het duurde lang. Het obsidiaan was zacht als gelei en Tagart verklaarde herhaalde malen dat hij het eind van zijn krachten bereikt had. Maar ze klauterden verder, en eindelijk kwamen ze op de top van de rots. Er was nauwelijks ruimte om te staan. Ze konden in alle richtingen ver over het land kijken, tot de blik zich verloor in het waterig grijs van de verten.

De vrouwen kibbelden en wezen in verschillende richtingen, maar tekenen van een gelukkiger oord zagen ze niet. In de ene richting lagen blauwgroene heuvels te sidderen als blazen gevuld met olie. In een andere lag een zwarte strook — een kloof of een meer van klei. In weer een andere richting lagen blauwgroene heuvels — dezelfde die ze in de eerste richting al hadden gezien: er was een verschuiving opgetreden. Onder hen lag de vlakte, glanzend als een kever, hier en daar getekend door zwarte plekken overwoekerd met dubieuze planten.

Ze zagen Organismen, een tiental gedaanten die bij plassen verwijlden, op peulen knabbelden of op kleine stenen of insecten. Daar kwam Alfa aan. Hij bewoog zich langzaam, nog vol ontzag voor zijn visioen, zonder aandacht te schenken aan de andere Organismen. Hun spel onderbraken zij niet, maar na een tijd werden ze stil. Ze deelden in zijn bedrukte stemming.

Op de piek van lavaglas greep Finn een langsdrijvende sliert lucht beet en haalde hem naar zich toe. "Nu — allemaal aan boord, dan zeilen we naar het Land van Overvloed."

"Nee," protesteerde Gisa, "er is niet genoeg plaats, en wie weet of het in de goede richting vliegt?"

"Waar ligt de goede richting?" zei Finn. "Weet iemand dat?"

Niemand wist het, maar de vrouwen weigerden toch aan boord van de luchtsliert te klimmen. Finn keerde zich naar Tagart. "Zeg oude, laat die vrouwen zien hoe het moet, klim erop!"

"Nee nee!" riep Tagart. "Ik ben bang voor de lucht, dit is niets voor mij!"

"Klim erop, oude man, dan volgen wij."

Steunend en bang, diep in de sponzige massa grijpend, trok Tagart zich op de lucht. Zijn magere flanken hingen boven het niets. "Nu," zei Finn, "wie volgt?"

De vrouwen bleven weigeren. "Ga zelf!" riep Gisa.

"En jou dan achterlaten, mijn laatste garantie tegen de honger? Kom aan boord, nu!"

"Nee. De lucht is te klein. Laat de oude gaan, dan volgen wij op een grotere."

"Goed." Finn liet zijn greep varen. De lucht dreef weg boven de vlakte terwijl Tagart zich uit alle macht vasthield.

Ze keken hem nieuwsgierig na. "Kijk," zei Finn, "hoe snel en makkelijk de lucht vliegt. Over de Organismen heen, over alle slijk en onzekerheid."

Maar de lucht zelf was onzeker en het vlot onder de oude man loste op. Graaiend naar de vervliegende flarden probeerde Tagart zijn kussen bij elkaar te houden. Het vluchtte vanonder hem weg en hij viel.

Op de rots keken de drie toe terwijl de magere gedaante spartelend en schoppend op weg was naar de bodem ver beneden hem.

"Nu hebben we zelfs geen vlees meer!" riep Reak getergd uit.

"Niets," zei Gisa, "behalve de ziener Finn zelf."

Ze monsterden Finn van top tot teen. Samen waren zij makkelijk aan hem gewaagd.

"Kalm aan," riep Finn. "Ik ben de laatste Man. Jullie zijn mijn vrouwen, en onderworpen aan mijn bevelen."

Zacht met elkaar pratend negeerden ze hem, namen hem schattend op.

"Pas op!" riep Finn. "Ik gooi jullie allebei van deze rots!"

"Dat is wat wij met jou van plan zijn," zei Gisa.

Ze naderden hem omzichtig.

"Stop! Ik ben de laatste Man!"

"Zonder jou zijn wij beter af."

"Eén ogenblik! Kijk naar de Organismen!"

De vrouwen keken. De Organismen stonden dicht bij elkaar naar de hemel te staren.

"Kijk naar de hemel!"

De vrouwen keken. Het matglas begon te barsten, te breken, opzij te krullen.

"Blauw! De blauwe lucht van vroeger!"

Een verschrikkelijk fel licht brandde omlaag, hun ogen schroeiend. De stralen verwarmden hun blote rug.

"De zon," zeiden ze met ontzag in hun stem. "De zon is teruggekomen naar de Aarde."

De afgedekte hemel was verdwenen; de zon reed trots en fel in een zee van blauw. De bodem in de diepte begon te kolken, te barsten, te golven en stolde. Ze voelden het lavaglas onder hun voeten verharden; de kleur veranderde allengs in glanzend zwart. De Aarde, de zon, de melkweg hadden het gebied van vrijheid verlaten; de oude tijd met zijn beperkingen en logica was terug.

"Dit is de Oude Aarde!" juichte Finn. "Wij zijn Mensen van de Oude Aarde! Het land is weer van ons!"

"En wat gebeurt er met de Organismen?"

"Als dit de Aarde van vroeger is, wee de Organismen!"

De Organismen stonden op een glooiend stuk grond naast een waterstroompje dat in snel tempo aanzwol tot een rivier, die uitvloeide over de vlakte.

Alfa riep: "Ziehier mijn intuïtie! Het is precies zoals ik wist. De vrijheid is verdwenen, de beklemming, de knellende banden zijn terug!"

"Hoe moeten we dit verslaan?" vroeg een Organisme.

"Dat is makkelijk," zei een derde. "Ieder moet een deel van de strijd voor zijn rekening nemen. Ik zelf ben van plan mij naar de zon te werpen en die weg te vagen." En hij dook ineen en wierp zich dan in de lucht. Hij viel op zijn rug en brak zijn nek.

"De lucht," zei Alfa, "draagt de schuld, want de lucht omhult alles."

Zes Organismen holden weg op zoek naar lucht, vielen in de rivier en verdronken.

"Hoe dan ook," zei Alfa, "ik heb honger." Hij zocht om zich heen naar geschikt voedsel. Hij pakte een insect, dat hem stak. Hij liet het vallen. "Mijn honger blijft."

Hij ontwaarde Finn en de twee vrouwen die van de rots afkwamen. "Ik zal een van de Overblijvers opeten," zei Alfa. "Kom, laten we allemaal gaan eten."

Drie Organismen gingen op weg — zoals gebruikelijk in willekeurige richtingen. Bij toeval kwam Alfa tegenover Finn te staan. Hij maakte aanstalten om te gaan eten, maar Finn raapte een zware kei op. De kei bleef een kei, hard, scherp en zwaar. Finn zwaaide hem omlaag, genietend van de zwaarte van de kei. Alfa stierf met een ingeslagen schedel. Een ander Organisme trachtte over een spleet van zes meter breed te stappen en werd door de aarde verzwolgen; een ander ging zitten en at stenen om zijn honger te stillen en kreeg weldra stuiptrekkingen.

Finn wees her en der naar het frisse nieuwe land. "In die hoek, de nieuwe stad, zoals die in de legenden. Hier de boerderijen en het vee."

"Niets van dit alles bezitten wij," wierp Gisa tegen.

"Nee," zei Finn, "nog niet. Maar de zon komt weer op en gaat weer onder, steen heeft weer gewicht en lucht niet. Water valt weer als regen en stroomt naar de zee." Hij stapte over het gestorven Organisme naar voren. "Laten we plannen maken."

Ullwards toevluchtsoord

Bruham Ullward had drie vrienden op zijn ranch uitgenodigd voor de lunch: Ted en Ravelin Seehoe en hun tienerdochter Iugenae. Na een feestmaal dat met uitpuilende ogen verslonden werd, liet Ullward een blaadje rondgaan met de spijsverteringspastilles waaraan hij zijn rijkdom te danken had.

"Een fantastische maaltijd," zei Ted Seehoe eerbiedig. "Te veel, eigenlijk. Zo'n pil zal ik wel nodig hebben. De algen waren gewoonweg geweldig."

Ullward maakte glimlachend een gebaar. "Het was de echte, onvervalste variëteit."

Ravelin Seehoe, een nogal zelfverzekerde jonge vrouw van tachtig of negentig met een fris gezicht, bediende zich ook van de pastilles. "Wat jammer dat er maar zo weinig van is. De synthetische soort die wij krijgen is nauwelijks te herkennen als algen."

"Ja, het is wel een probleem," gaf Ullward toe. "Ik heb een clubje gevormd met een paar vrienden; we hebben een kleine mat in de Rosszee gekocht en kweken het daar zelf."

"Denk je eens in!" riep Ravelin uit. "Is dat niet verschrikkelijk duur?"

Ullward pruilde schertsend. "De goeie dingen in het leven zijn niet goedkoop. Gelukkig kan ik me wat extraatjes veroorloven."

"Wat ik altijd tegen Ted zeg—" begon Ravelin, maar hield op toen Ted haar waarschuwend aankeek.

Ullward overbrugde de kloof op opgewekte toon. "Geld is ook niet alles. Ik heb mijn algen, mijn ranch; jullie hebben je dochter—en ik weet zeker dat jullie niet zouden willen ruilen."

Ravelin nam Iugenae kritisch op. "Daar ben ik nog niet zo zeker van."

Ted klopte op de hand van zijn dochter. "Wanneer krijgt u zelf een kind, lamster* Ullward?"

"Dat duurt nog wel even. Ik sta op de zevenendertigmiljardste plaats van de lijst."

"Wat jammer," zei Ravelin pienter, "terwijl u een kind zoveel te bieden heeft."

"Op een goeie dag, voordat ik te oud ben —"

"Zonde," zei Ravelin, "maar het moet nu eenmaal. Nog vijftig miljard mensen en we zouden helemaal geen privacy meer hebben." Ze keek bewonderend om zich heen naar de kamer die uitsluitend gebruikt werd om voedsel te bereiden en te nuttigen.

Ullward legde zijn handen op de leuningen van zijn stoel en boog zich iets naar voren. "Misschien willen jullie eens rondkijken op mijn ranch?" vroeg hij achteloos terwijl hij zijn gasten om de beurt aankeek.

Iugenae klapte in haar handen; Ravelin straalde. "Als dat niet te veel moeite geeft."

"O, dolgraag, lamster Ullward!" riep Iugenae.

"Ik heb uw ranch altijd al willen zien," zei Ted. "Ik heb er zoveel over gehoord."

"Het is een kans voor Iugenae die ze niet mag mislopen," zei Ravelin. Ze schudde met haar vinger tegen het meisje. "Denk eraan, jongedame, let goed op alles wat je ziet — maar raak niets aan!"

"Mag ik foto's nemen, moeder?"

"Dat moet je aan lamster Ullward vragen."

"Natuurlijk, natuurlijk," zei Ullward royaal. "Waarom niet?" Hij stond op — een man van groter dan gemiddeld postuur en meer dan gemiddelde molligheid, met steil zandkleurig haar, ronde blauwe ogen, een opvallende haakneus. Hij was bijna driehonderd jaar oud en bewaakte zijn gezondheid met grote ijver, zodat hij er nauwelijks ouder uitzag dan tweehonderd.

Hij liep naar de deur, keek even hoe laat het was en raakte een knop op de muur aan. "Zijn we gereed?"

"Ja, helemaal," zei Ravelin.

Ullward liet de wand opzijschuiven, wat een uitzicht op een landelijk

---

* Lamster: een samentrekking van Landmeester — de in die tijden gebruikelijke wellevende aanspreektitel.

bospanorama onthulde. Een fraaie eik wierp zijn schaduw over een vijver waarin biezen stonden. Een paadje leidde door een weiland naar een bebost dal op anderhalve kilometer afstand.

"Magnifiek!" zei Ted. "Gewoonweg magnifiek!"

Ze stapten naar buiten in het zonlicht. Iugenae spreidde haar armen uit, tolde om haar as, danste in een cirkel rond. "Kijk! Ik ben helemaal alleen! Ik sta hier helemaal in mijn eentje buiten!"

"Iugenae!" riep Ravelin scherp. "Pas op! Blijf op het pad! Dat is echt gras en je mag het niet beschadigen."

Iugenae rende naar de vijver. "Moeder!" riep ze. "Kijk naar de gekke springende dingetjes! En kijk eens naar de bloemen!"

"De dieren zijn kikvorsen," zei Ullward. "Ze hebben een heel interessante levensloop. Zie je die kleine visachtige dingetjes in het water?"

"O wat zijn ze grappig! Moeder, kom toch kijken!"

"Ze heten kikkervisjes of donderkopjes en zullen weldra veranderen in kikvorsen, precies gelijk aan die je nu ziet."

Ravelin en Ted liepen er met meer waardigheid heen, maar niet minder in de kikkers geïnteresseerd dan Iugenae.

"Ruik die frisse lucht eens," zei Ted tegen Ravelin. "Je zou denken dat je in het verleden was."

"Het is volmaakt realistisch," zei Ravelin. Ze keek om zich heen. "Je krijgt het gevoel alsof je eindeloos verder kunt dwalen."

"Kom hier eens kijken," riep Ullward van achter de vijver. "Hier ligt de rotstuin."

Met diep ontzag tuurden de gasten naar de rand van rots met rode en gele vlekken van mos. In een spleet stonden varens, er waren verschillende trossen witte bloemen die er teer uitzagen.

"Ruik maar aan de bloemen, als jullie willen," zei Ullward. "Maar raak ze niet aan; ze worden heel gauw vies."

Iugenae snoof de geur op. "Mmmm!"

"Zijn ze echt?" vroeg Ted.

"Het mos wel. Die varens en deze kleine vetplanten zijn ook echt. De bloemen heb ik laten ontwerpen door een tuinbouwkundige en het zijn exacte kopieën van bepaalde antieke soorten. En de geur is nog beter geworden dan die van de echte."

"Prachtig, prachtig," zei Ted.

"Komen jullie nu even mee — nee, niet omkijken, ik wil jullie het totale effect laten zien..." Er verscheen even een geërgerde uitdrukking op zijn gezicht.

"Wat is er aan de hand?" vroeg Ted.

"Ik erger me dood," zei Ullward. "Hoor je dat geluid?"

Ted ving nu een zwak gerommel op, heel diep en bijna niet te horen. "Ja. Het klinkt als een of andere fabriek."

"Ja. Een tapijtfabriek. Een van de weefgetouwen maakt dat verschrikkelijke kabaal. Ik heb geklaagd, maar het kan ze niets schelen... Nou ja, let er maar niet op. Ga nu hier staan — en kijk om!"

Zijn vrienden hielden betoverd hun adem in. Uit deze hoek zagen ze een rustieke bungalow in een Alpenvallei waarvan de deur in Ullwards eetkamer uitkwam.

"Wat een illusie van afstand!" riep Ravelin uit. "Je zou bijna denken dat je alleen was."

"Prachtig in elkaar gezet," zei Ted. "Ik zweer dat ik vijftien kilometer ver kan zien — of minstens acht kilometer."

"Ik heb hier een heleboel ruimte," zei Ullward trots. "Bijna een derde hectare. Willen jullie het soms bij maanlicht zien?"

"O, zou dat kunnen?"

Ullward ging naar een verborgen schakelbord; de zon leek door de hemel te racen. Een vurige zonsondergang verlichtte het dal; de hemel brandde pauwblauw, goud-groen en toen kwam de schemer — en de volle maan rees achter de heuvel op.

"Dit is werkelijk geweldig," zei Ravelin zacht. "Hoe kunt u het ooit over uw hart krijgen om weg te gaan?"

"Moeilijk is het wel," gaf Ullward toe. "Maar ik moet ook aan mijn zaken denken. Meer geld, meer ruimte."

Hij draaide aan een knop; de maan zweefde door de hemel en ging onder. De sterren verschenen in de oeroude patronen. Ullward somde de sterrenbeelden en de sterren van de eerste grootte op met behulp van een potloodlamp als aanwijsstok. Toen bloosde de hemel en de zon verscheen opnieuw. Onopvallende pijpen stuurden een koele luchtstroming door de open plek in het bos.

"Ik ben in onderhandeling over een gebied achter deze wand hier." Hij klopte op de bergwand, een illusie die levensecht driedimensionaal leek door lamellen in het paneel. "Het is een behoorlijk groot terrein — bijna tien vierkante meter. Natuurlijk vraagt de eigenaar een fortuin."

"Het verbaast me dat hij wil verkopen," zei Ted. "Tien vierkante meter betekent echte privacy."

"Ze hebben een sterfgeval in de familie gehad," legde Ullward uit. "De vier-overgrootvader van de eigenaar is overleden en de ruimte is tijdelijk overcompleet."

Ted knikte. "Ik hoop dat het u lukt."

"Ja, ik ook. Ik heb nogal ambitieuze plannen — ik hoop te zijner tijd het hele kwartblok in bezit te krijgen — maar dat kost tijd. De mensen houden er niet van hun ruimte te verkopen en iedereen wil graag kopen."

"Wij niet," zei Ravelin opgewekt. "Wij hebben ons eigen huisje. We zitten er heel knus en gezellig en we leggen geld opzij om te beleggen."

"Heel verstandig," zei Ullward instemmend. "Heel wat mensen hebben gebrek aan ruimte. En als ze dan een kans krijgen om echt geld te verdienen, dan hebben ze niet voldoende kapitaal. Totdat ik doorbrak met de spijsverteringspastilles, woonde ik in één enkele gehuurde kast. Dat was wel benauwd — maar ik heb er geen spijt van."

Ze liepen terug naar Ullwards huis. Onderweg bleven ze staan bij de eik. "Dit is mijn grote trots," zei Ullward. "Een echte eikenboom."

"Is hij echt?" vroeg Ted stomverwonderd. "Ik dacht dat het een imitatie was."

"Dat denken de meeste mensen," zei Ullward. "Maar nee, hij is helemaal echt."

"Neem een foto van de boom, Iugenae, als je wilt. Maar raak hem niet aan. Je zou hem kunnen beschadigen."

"O, de bast mag je best aanraken, hoor," verzekerde Ullward haar. Hij keek omhoog tussen de takken, zocht de grond af. Zich bukkend raapte hij een afgevallen blad op. "Dit heeft aan de boom gegroeid," zei hij. "En nu moet je eens met me meekomen, Iugenae." Hij liep naar de rotstuin, trok een imitatierotsblok opzij zodat er een kast met een wasbak blootkwam. "Let nu goed op." Hij toonde haar het blad. "Zie je? Het is droog en bros en bruin."

"Ja, lamster Ullward." Iugenae keek ingespannen toe.

"Eerst dompel ik het onder in deze oplossing." Hij pakte een maatglas met een donkere vloeistof van een plankje. "Zo. Daardoor komt de groene kleur terug. We spoelen het af en laten het even drogen. Nu wrijven we deze tweede vloeistof er voorzichtig in. Kijk, nu is het blad soepel en sterk. Nog één oplossing — een plasticlaagje en daar is-ie dan, een echt eikenblad, volmaakt natuurlijk. Die is voor jou."

"O, lamster Ullward! Verschrikkelijk bedankt!" Ze holde naar haar vader en moeder die bij de vijver stonden te genieten van het gevoel van ruimte terwijl ze naar de kikkers keken. "Kijk eens wat lamster Ullward me gegeven heeft!"

"Daar moet je heel zuinig op zijn," zei Ravelin. "Als we weer thuis zijn zoeken we er een mooi lijstje voor en dan kan je het in je kast hangen."

De gesimuleerde zon stond in de westelijke hemel. Ullward leidde het groepje naar een zonnewijzer. "Die is antiek, talloze jaren oud. Zuiver marmer, met de hand gemaakt. En hij werkt ook nog — hij is helemaal functioneel. Kijk. Het is kwart over drie volgens de schaduw op de zonnewijzer..." Hij keek op zijn gordelklokje, loerde naar de zon. "Sorry, één moment." Vlug liep hij naar het schakelbord en veranderde iets. De zon schokte tien graden verder door de hemel. Ullward kwam terug. Weer keek hij op de zonnewijzer. "Zo is het beter. Kijk. Tien voor vier volgens de zonnewijzer, tien voor vier volgens mijn horloge. Wat zeggen jullie daarvan?"

"Het is geweldig," zei Ravelin oprecht.

"Ik heb nog nooit zoiets moois gezien," kweelde Iugenae.

Ravelin keek om zich heen, zuchtte weemoedig. "We zouden graag nog blijven, maar ik geloof dat we weer eens naar huis moeten."

"We hebben een geweldige dag gehad, lamster Ullward," zei Ted. "We hebben heerlijk gegeten, en we hebben genoten van de ranch."

"Jullie moeten nog eens terugkomen," zei Ullward. "Ik heb graag gezelschap."

Hij loodste ze door de eetkamer en de woon-slaapkamer naar de voordeur. De Seehoes wierpen een laatste blik op het ruime interieur en toen trokken ze hun jassen aan, stapten in hun renschoenen en namen afscheid. Ullward trok de deur opzij. De Seehoes keken naar buiten, wachtten tot er een gat in het verkeer viel. Toen wuifden ze naar Ullward, trokken hun kap over hun hoofd en stapten de gang op.

De renschoenen voerden hen vlug naar huis en kozen zelf de juiste straten en gleden automatisch in de goede stijg- en valkokers terwijl hun afstootvelden hen door de menigten manœuvreerden. Net als de Seehoes droeg iedereen een mantel met een kap van weerspiegelend materiaal om zijn privacy te waarborgen. Het illusiepaneel op het plafond van de gang gaf een uitzicht op torens die hoog in een vrolijke blauwe lucht oprezen alsof de voetgangers zich voortbewogen over een van de winderige bovenste gangen.

De Seehoes naderden hun huis. Tweehonderd meter ervoor koersten ze op de wand af. Als de verkeersstroom ze erlangs voerde, zouden ze het hele huizenblok moeten rondcirkelen en nog een poging moeten doen om thuis te komen. De deur gleed open toen ze in de buurt kwamen; ze doken de opening in en maakten een zwaaiende bocht toen hun handen de metalen remstang vastgrepen.

Behendig langs elkaar glijdend trokken ze hun jassen en renschoenen uit. Iugenae verdween met een pirouette in de badkamer zodat Ted en Ravelin ruimte kregen om allebei te gaan zitten. Het huis was eigenlijk nogal klein voor zijn drieën, en ze zouden best nog een extra vierkante meter kunnen gebruiken, maar ze spaarden hun geld liever op, met het oog op Iugenae's toekomst, dan dat ze een buitensporige huur betaalden.

Ted zuchtte van voldoening terwijl hij zijn benen genietend onder Ravelins stoel strekte. "Ullwards ranch is geweldig, maar het is toch fijn om thuis te zijn."

Iugenae kwam achteruit de badkamer uit.

Ravelin keek op. "Het is tijd voor je pil, liefje."

Iugenae vertrok haar gezicht. "O, mama! Waarom moet ik pillen slikken? Ik ben helemaal in orde."

"Het is voor je eigen bestwil, liefje."

Met een stuurs gezicht nam Iugenae een pil uit de doos. "Runy zegt dat je ons pillen laat slikken om te zorgen dat we niet opgroeien."

Ted en Ravelin wisselden een blik uit.

"Slik je pil nu maar," zei Ravelin, "en maak je geen zorgen over wat Runy zegt."

"Maar hoe komt het dan dat ik achtendertig ben en Ermara Burk pas tweeëndertig, terwijl zij een figuur heeft en ik zo plat als een plank ben?"

"Geen discussies, liefje. Neem je pil in."

Ted sprong op. "Hier, kleine meid, kom maar zitten."

Iugenae protesteerde, maar Ted stak zijn hand op. "Ik ga in de nis zitten. Ik moet een paar telefoontjes afhandelen."

Hij schuifelde langs Ravelin en ging in de nis voor het communicatiescherm zitten. De illusieruit achter hem was speciaal gemaakt naar een ontwerp van Ravelin. Hij simuleerde een vrolijk klein bandietenhol met rode en gele zijde voor de wanden, een fruitschaal op de rustieke tafel en een gitaar op de bank, terwijl er op het fornuis een koperen theeketel stond te pruttelen. Het was een behoorlijk dure ruit geweest, maar het was het eerste wat iedereen zag die hen opbelde, en op dit punt hadden de huis-trotse Seehoes geweigerd te beknibbelen.

Voor Ted kon beginnen flikkerde het seinlampje al aan. Toen hij opnam toonde het scherm zijn vriend Loren Aigle die schijnbaar op een luchtige binnenplaats met boogpoorten zat tegen een achtergrond van schapenwolken — een illusie die Ravelin ogenblikkelijk herkend had als een goedkope confectieruit.

Loren en zijn vrouw Elme wilden graag alles horen over het bezoek van de Seehoes aan de ranch van Ullward. Ted beschreef de middag tot in de details.

"Ruimte, ruimte en nog eens ruimte! Onvervalste eenzaamheid! Totale privacy! Je kunt het je nauwelijks voorstellen. Een fortuin aan illusieruiten."

"Mooi," zei Loren. "Ik zal je iets vertellen dat maar moeilijk te geloven is. Vandaag heb ik een hele planeet op naam van één man geregistreerd." Loren werkte op de afdeling akten van het bureau voor buitenaardse eigendomsrechten.

Ted begreep het niet. "Een hele planeet? Hoe kan dat?"

Loren legde het uit. "Hij is freelance astronaut. Er zijn er nog een paar."

"Maar wat wil hij met een hele planeet beginnen?"

"Er wonen, beweert hij."

"In zijn eentje?"

Loren knikte. "Ik heb een hele poos met hem zitten praten. De Aarde is allemaal heel mooi en aardig, zegt hij, maar hij heeft liever de privacy van zijn eigen planeet. Kun je je dat voorstellen?"

"Eerlijk gezegd niet. Net zomin als de vierde dimensie. Maar wat een wonderlijke zaak!"

Toen het gesprek afgelopen was draaide Ted zich naar zijn vrouw. "Heb je dat gehoord?"

Ravelin knikte; ze had het wel gehoord maar er niet naar geluisterd. Ze las het menu van de restauratiefirma waar ze een abonnement op hadden. "Na die lunch hebben we geen trek in iets zwaars. Ze geven weer gesimuleerde synthetische algen."

Ted maakte een grommend geluid. "Het smaakt nooit zo lekker als de echte synthetische."

"Maar het is wel goedkoper en we hebben allemaal een enorme lunch gehad."

"Voor mij niet, moeder!" zong Iugenae. "Ik ga uit met Runy."

"O ja? Zo zo. En waar ga je dan wel heen, als ik vragen mag?"

"Een tochtje om de wereld. We nemen de pont van zeven uur, dus ik moet opschieten."

"Kom meteen daarna naar huis," zei Ravelin streng. "Ga niet nog ergens anders heen."

"In hemelsnaam, moeder, je zou nog denken dat ik me liet schaken of zoiets."

"Denk aan wat ik zeg, jongedame. Ik ben zelf ook jong geweest. Heb je je medicijn genomen?"

"Ja, ik heb mijn medicijn genomen."

Iugenae vertrok en Ted glipte weer in de nis.

"Wie bel je nu?" vroeg Ravelin.

"Lamster Ullward. Ik wil hem bedanken dat hij zich zoveel moeite voor ons heeft gegeven."

Ravelin vond ook dat een bedankje op zijn plaats was.

Ted belde hem op, bedankte hem, en toen — bijna terloops — vertelde hij van de man die een hele planeet bezat.

"Een hele planeet?" vroeg Ullward. "Is hij niet bewoond?"

"Nee, als ik het goed begrepen heb niet, lamster Ullward. Denk u eens in! Wat een privacy!"

"Privacy?" riep Ullward weids. "Hoe noem je dit dan beste kerel?"

"O, maar natuurlijk, lamster Ullward — dat huis van u is iets om trots op te zijn."

"Die planeet moet wel heel primitief zijn," peinsde Ullward. "Wel een boeiend idee, dat zeker — als je van dat soort dingen houdt. Hoe heet die man?"

"Dat weet ik niet, lamster, maar ik kan het wel navragen, als u wilt."

"Nee, nee, doe geen moeite. Dat hoeft niet. Het was zomaar een idee." Hij lachte op zijn hartelijke manier. "Arme man. Woont waarschijnlijk onder een koepel."

"Dat zou natuurlijk kunnen, lamster. Nou, nogmaals onze dank. Goedenavond."

De astronaut heette Kennes Mail. Hij was klein en mager, zo taai als een synthetische haring, en zo bruin als geroosterde gist. Hij had borstelig grijs haar en een scherpe maar openhartige blauwe blik. Hij toonde een hoffelijke belangstelling voor Ullwards ranch, maar de eigenaar ervan vond zijn herhaalde gebruik van de woorden 'handig gedaan' nogal tactloos.

Teruglopend naar het huis bleef Ullward staan om zijn eik te bewonderen. "Die is volkomen echt, lamster Mail! Een levende boom, een relikwie uit voorbije tijden! Heeft u zulke mooie bomen op uw planeet?"

Kennes Mail glimlachte. "Lamster Ullward, dat is maar een struik. Laten we ergens gaan zitten, dan laat ik u mijn foto's zien."

Ullward had al verteld dat hij oren had naar het verwerven van buitenaards bezit; Mail had toegegeven dat hij geld nodig had en hem duidelijk gemaakt dat er misschien iets viel te regelen. Aan de tafel gezeten maakte Mail zijn tas open. Ullward schakelde het wandscherm in.

"Eerst zal ik u een kaart laten zien," zei Mail. Hij koos een staafje uit en liet het in de tafelgleuf zakken. Op de wand verscheen een wereldkaart: oceanen, een enorme equatoriale landmassa met de naam Gaea, en kleinere subcontinenten die Atalanta, Persephone en Alcyone waren genoemd. In een kader met tekst stond:

MAILS PLANEET

Claim geregistreerd en erkend door het
Bureau van Buitenaardse Eigendomsrechten

Oppervlakte:	0,87 Aardnormaal
Zwaartekracht:	0,93 Aardnormaal
Dagelijkse omwenteling:	22,15 Aarduren
Jaarlijkse revolutie:	2,97 Aardjaren
Atmosfeer:	Hartversterkend
Klimaat:	Heilzaam
Ongunstige omstandigheden en invloeden:	Geen
Bevolking:	1

Mail wees naar een plek op de oostkust van Gaea. "Daar woon ik. Momenteel heb ik er alleen maar een geïmproviseerd kamp. Ik heb geld nodig om er iets meer van te maken. Daarom wil ik wel een van de kleine subcontinenten verhuren, of als u dat liever heeft een stuk van Gaea, zeg van de Sombere Bergen tot de oceaan in het westen."

Met een montere glimlach schudde Ullward het hoofd. "Geen stukken voor mij, lamster Mail. Ik wil de hele wereld zonder meer kopen. Zegt u uw prijs maar; als hij redelijk is zal ik een cheque uitschrijven."

Mail keek hem van opzij aan. "U heeft de foto's nog niet eens gezien."

"Dat is waar." Met een zakelijke stem ging hij verder: "Juist, eerst de foto's."

Mail raakte de projectieknop even aan. Op het scherm verschenen landschappen van een vreemde, wilde schoonheid. Er waren bergpieken en brullende rivieren, met sneeuw bepoederde wouden, zonsopgangen op de oceaan en zonsondergangen op de prairie, groene heuvels, weiden bezaaid met bloemen, stranden zo wit als melk.

"Heel plezierig," zei Ullward. "Erg aardig." Hij trok zijn chequeboek. "Hoeveel vraagt u?"

Mail grinnikte en schudde zijn hoofd. "Ik verkoop hem niet. Ik ben bereid een deel te verhuren — vooropgesteld dat ik ervoor krijg wat ik vraag en dat mijn regels gehoorzaamd worden."

Ullward klemde zijn lippen op elkaar. Hij schudde heel even zijn hoofd. Mail stond op.

"Nee, nee," zei Ullward haastig. "Ik dacht alleen maar na… Laten we nog eens naar de kaart kijken."

Mail bracht hem weer op het scherm. Ullward inspecteerde zorgvuldig de verschillende werelddelen, informeerde naar de geografie, het klimaat, flora en fauna.

Ten slotte nam hij een besluit. "Ik huur Gaea."

"Nee, lamster Ullward," zei Mail. "Dit hele gebied van de Sombere Bergen en de Callioperivier naar het oosten — heb ik gereserveerd. Dit westelijke deel is vrij. Het is misschien wat kleiner dan Atalanta of Persephone, maar het klimaat is warmer."

"Er zijn helemaal geen bergen aan de westkant," protesteerde Ullward. "Alleen die onbeduidende Rotskasteelpieken."

"Zo onbeduidend zijn ze niet," zei Mail. "En u krijgt ook de Paarse Vogelheuvels, en hierbeneden in het zuiden ligt de Cairasco — een werkende vulkaan. Wat wilt u nog meer?"

Ullward overzag zijn ranch. "Ik ben gewend om in het groot te denken."

"West-Gaea is een behoorlijke lap grond."

"Goed," zei Ullward. "Wat zijn uw voorwaarden?"

"Ik ben niet hebzuchtig," zei Mail. "Voor een huurcontract van twintig jaar vraag ik tweehonderdduizend per jaar waarvan de eerste vijf jaar vooruit."

Ullward uitte een geschrokken protest. "Goeie genade, lamster Mail, dat is bijna de helft van mijn inkomen!"

Mail haalde zijn schouders op. "Ik probeer niet rijk te worden. Ik wil een huis bouwen. Dat kost geld. Als u het niet kunt betalen, dan moet ik iemand anders zoeken die dat wel kan."

Geprikkeld zei Ullward: "Ik kan het wel betalen, daar gaat het niet om — maar mijn hele ranch hier kost nog geen miljoen."

"Ja, u wilt het hebben of niet," zei Mail. "Ik zal u de regels vertellen, dan kunt u een besluit nemen."

"Wat voor regels?" vroeg Ullward met een rood aanlopend gezicht.

"Die zijn heel simpel en alleen bedoeld om elkaars privacy te garanderen. Ten eerste moet u op uw eigen terrein blijven. Geen excursies van hot naar her op mijn gebied. Ten tweede, geen onderverhuur. Ten derde, geen andere bewoners dan uzelf, uw familie en uw bedienden.

Ik wil geen artiestenkolonie en ook geen wilde, luidruchtige vakantie-sfeer. Natuurlijk heeft u het recht om gasten te laten komen, maar die moeten net als u op uw terrein blijven."

Hij keek schuins naar Ullwards trieste gezicht. "Ik doe niet mijn best om vervelend te zijn, lamster Ullward. Maar goeie hekken geven goeie buren, en het is beter als we elkaar van begin af aan begrijpen dan dat we later boze woorden en een gedwongen vertrek krijgen."

"Laat me de foto's nog een keer zien," zei Ullward. "West-Gaea."

Hij keek, zuchtte diep. "Uitstekend, ik stem ermee in."

De bouwploeg was vertrokken. Ullward was alleen in West-Gaea. Hij liep rond zijn nieuwe huis, de zuivere, rustige lucht met diepe teugen inhalerend en genietend van de totale eenzaamheid en privacy. Het huis had een kapitaal gekost, maar hoeveel andere mensen van de Aarde bezaten — huurden — iets dat hiermee te vergelijken was?

Hij liep het terras aan de voorkant op, keek trots over kilometers en kilometers (echte ongesimuleerde kilometers) landschap. Voor het huis had hij een plek gekozen in de eerste heuvels van de Ullwardketen (zoals hij de Paarse Vogelheuvels had herdoopt).

Voor hem strekte zich een gouden savanne bezaaid met blauw-groene bomen uit; achter het huis rees een hoge grijze rotswand op.

Door een kloof in de rotsen stortte een beek omlaag die neerkletterend de lucht verkoelde en uitstroomde in een prachtige heldere vijver waarnaast Ullward een strandtent van rood, groen en bruin plastic had laten oprichten. Aan de voet van de rots en in spleten stonden bosjes stekelige blauwe cactussen, weelderige groene struiken overdekt met rode trompetbloemen, een witte plant met dikke bladeren die een stengel met witte bellentrossen droeg.

Eenzaamheid! Echte eenzaamheid! Geen bonzende fabrieken, geen brullend verkeer op een halve meter van je bed. Met zijn ene arm uitgestrekt en de andere tegen zijn borst gedrukt maakte Ullward een statig dansje op het terras. Als hij had gekund, had hij misschien een radslag gemaakt. Als iemand totale privacy bezit, dan is absoluut niets verboden!

Hij liep nog een laatste keer over het terras op en neer en keek nog eens waarderend naar de horizon. De zon ging onder door wolkbanken met vurige randen. Wat een diepte hadden de kleuren, wat een helderheid; dat vond je alleen in de allerbeste illusieruiten!

Hij ging zijn huis in en maakte zijn keus uit de provisiekast. Na een rustige maaltijd begaf hij zich naar de salon. Daar stond hij even na te denken, toen ging hij het terras op en liep heen en weer. Prachtig! De nacht was vol sterren, als wazige witte lampen, bijna zoals hij ze zich altijd had voorgesteld.

Na de sterren tien minuten lang bewonderd te hebben liep hij weer naar binnen. Wat nu? Het wandscherm, met zijn assortiment ingeblikte programma's. Behaaglijk en comfortabel genoot Ullward van een recente muzikale komedie.

Dit was ware luxe, dacht hij bij zichzelf. Jammer dat hij zijn vrienden niet een avondje kon uitnodigen. Gezien de onplezierig lange duur van de reis van de Aarde naar Mails Planeet was dat helaas onmogelijk. Maar — nog maar drie dagen voordat zijn eerste gast arriveerde. Dat was Elf Intry, een jonge vrouw die hem op Aarde meer dan vriendelijk bejegend had. Wanneer Elf arriveerde, zou Ullward een onderwerp aansnijden waar hij al maanden op broedde — al sinds hij voor het eerst van Mails Planeet hoorde.

Elf Intry landde vroeg in de middag in een capsule die door de wekelijkse pakketboot van de Buitenring Expresse was uitgestoten. Hoewel ze normaal een goedgehumeurde vrouw was, begroette ze Ullward ziedend van verontwaardiging. "Wie is die bruut aan de andere kant van de planeet? Ik dacht dat je hier totale privacy had?"

"Dat is ouwe Mail maar," zei Ullward ontwijkend. "Wat is er gebeurd?"

"Die idioot op de boot gaf me de verkeerde coördinaten mee en de capsule landde op een strand. Ik zag een huis en toen een naakte man die touwtje stond te springen achter een paar struiken. Ik dacht natuurlijk dat jij het was. Ik liep naar hem toe en zei 'Boe!' Je had hem moeten horen — wat een taal!" Ze schudde verbaasd het hoofd. "Ik snap niet waarom je zo'n pummel op je planeet duldt."

Op dat moment ging de zoemer van het communicatiescherm. "Dat zal Mail wel zijn," zei Ullward. "Wacht even. Ik zal hem eens even vertellen hoe hij tegen mijn gasten moet spreken."

Een poos later kwam hij weer naar het terras. Elf zoende hem op zijn neus. "Ully, je ziet bleek van woede! Ik hoop dat je niet driftig bent geworden."

"Nee," zei Ullward. "We hadden alleen — nou ja, een afspraak. Kom mee, mijn landgoed bekijken."

Hij nam Elf mee naar de achterkant en liet haar het zwembad zien, de waterval, de rotsmassa erboven. "Dat effect zul je nooit op een illusie-ruit zien! Dat is echte, onvervalste rots!"

"Prachtig, Ully. Heel aardig. Maar de kleur zou wel iets donkerder kunnen. Zo ziet rots er niet uit."

"Nee?" Ullward inspecteerde het kritisch. "Nou, ik kan er niets aan veranderen. Wat vind je van de privacy?"

"Geweldig! Het is zo stil, bijna griezelig."

"Griezelig?" Ullward keek om zich heen. "Dat was nog niet bij me opgekomen."

"Jij bent niet gevoelig voor zulke dingen, Ully. Maar het is toch heel aardig, mits je dat akelige schepsel van Mail zo dichtbij kunt verdragen."

"Dichtbij?" protesteerde Ullward. "Hij zit aan de andere kant van het werelddeel!"

"Dat is waar," zei Elf. "Het is allemaal betrekkelijk. Hoelang ben je van plan hier te blijven?"

"Dat hangt ervan af. Kom mee naar binnen. Ik wil met je praten."

Hij wees haar een gerieflijke stoel en bracht haar een bol Gluco-Fructoïde Nectar. Voor zichzelf mengde hij ethylalcohol en water met een paar druppels Haig's Esters Uit Grootmoeders Tijd.

"Elf, op welke plaats sta jij op de voortplantingslijst?"

Ze fronste haar fraaie wenkbrauwen, schudde haar hoofd. "Zo laag, ik ben de tel kwijt. Vijftig of zestig miljard."

"Ik sta op zevenendertig miljard. Dat is een van de redenen dat ik dit gekocht heb. Naar de duivel met de wachtlijst! Niemand weerhoudt Bruham Ullward ervan om zich op zijn eigen planeet voort te planten!"

Elf kneep haar lippen op elkaar, schudde droef het hoofd. "Dat zou niet werken, Ully."

"En waarom dan niet?"

"Je zou die kinderen niet mee terug naar de Aarde kunnen nemen. De lijst zou ze erbuiten houden."

"Jawel, maar stel je eens voor dat je hier woont, omringd door kinderen. Alle kinderen die je maar hebben wilt! En bovendien absolute privacy! Wat kun je nog meer wensen?"

Elf zuchtte. "Je hangt een prachtige illusie uit op, Ully. Maar het lijkt me beter van niet. Ik ben dol op de afzondering en de eenzaamheid — maar ik dacht dat er meer mensen zouden zijn om je van af te zonderen."

De pakketboot van de Buitenring Expresse kwam een week later weer langs. Elf kuste Ullward ten afscheid. "Het is hier simpelweg magnifiek, Ully. De eenzaamheid is zo geweldig, ik krijg er kippenvel van. Het was een fantastische logeerpartij." Ze klom in de capsule. "Tot ziens op Aarde."

"Wacht nog even," zei Ullward plotseling. "Ik wil graag dat je een paar brieven voor me post."

"Snel dan. Ik heb maar twintig minuten."

Na tien minuten was hij alweer terug. "Uitnodigingen," zei hij ademloos. "Voor vrienden."

"Mooi." Ze zoende hem op zijn neus. "Tot ziens, Ully." Ze sloeg de sluisdeur dicht en de capsule stormde de lucht in om de pakketboot te onderscheppen.

De nieuwe gasten arriveerden drie weken later: Frobisher Worbeck, Liornetta Stobart, Harris en Hyla Cabe, Ted en Ravelin en Iugenae Seehoe, Juvenal Aquister en zijn zoon Runy.

Bruingebrand door lange dagen luieren in de zon begroette Ullward ze met grote geestdrift. "Welkom in mijn kleine toevluchtsoord! Heerlijk om jullie allemaal te zien! Frobisher, jij schelm met je roze wangen! En Iugenae! Knapper dan ooit! Pas maar op, Ravelin — ik heb een oogje op je dochter! Maar Runy is er ook, dus ik zal er wel niet aan te pas komen! Liornetta, verdomd blij dat je kon komen! En Ted! Geweldig om je weer te zien, ouwe kerel! Dit is allemaal jouw werk, weet je dat! Harris, Hyla, Juvenal — kom naar boven! We nemen een drankje, een drankje, een drankje!"

Van de een naar de ander dravend, op armen kloppend, de traag bewegende Frobisher Worbeck aanvurend, leidde hij zijn gasten over de helling naar het terras. Hier draaiden ze zich om om het panorama te overzien. Ullward luisterde met een grijnzend gezicht van voldoening naar hun opmerkingen.

"Magnifiek!"

"Groots!"

"Volkomen echt!"

"De hemel is zo ver weg, ik word er bang van!"

"Er gaat toch niets boven echt, nietwaar?"

Runy zei een beetje spijtig: "Ik dacht dat u aan het strand woonde, lamster Ullward."

"Aan het strand? Dit is bergland, Runy. Het land van de wijd open ruimten! Kijk eens over die vlakte!"

Liornetta klopte op Runy's schouder. "Niet alle planeten hebben stranden, Runy. Het geheim van het geluk is dat je tevreden leert zijn met wat je hebt."

Ullward lachte opgetogen. "O, ik heb wel stranden, hoor, maak je maar geen zorgen! Er ligt een heel mooi strand — ha, ha! — achthonderd kilometer pal naar het westen. En iedere meter is Ullward-gebied!"

"Kunnen we daarnaartoe?" vroeg Iugenae opgewonden. "Kunnen we, lamster Ullward?"

"Jazeker kunnen we! Die schuur daarbeneden is het hoofdkwartier van de Ullward Luchtvaartmaatschappij. We vliegen naar het strand, we zwemmen in de Ullwardoceaan! Maar nu eerst een verfrissing! Na die overvolle capsule moeten jullie wel uitgedroogd zijn!"

"Zo vol was het niet," zei Ravelin. "We waren maar met zijn negenen." Ze keek kritisch naar de rotswand. "Als dat een illusieruit was, dan zou ik hem grotesk vinden."

"Mijn beste Ravelin!" riep Ullward. "Het is indrukwekkend! Magnifiek!"

"Dat is het zeker," beaamde Frobisher Worbeck. Hij was een lange, stoere man met grijze haren en rode kaken en een welwillende blik in zijn blauwe ogen. "En nu, Bruham, hoe staat het met die drankjes?"

"Natuurlijk. Ted, ik ken jou. Wil jij voor de bar zorgen? Hier is de alcohol, hier het water, daar zijn de esters. En jullie twee," riep Ullward tegen Runy en Iugenae, "wat zeggen jullie van een lekker koud glas limonade?"

"Welke smaken zijn er?" vroeg Runy.

"Alle smaken, alle soorten. Dit is Ullwards Toevluchtsoord! We hebben methylamyl-glutamine, cyclodactaterolfosfaat, metathiobromine-4-glycocitrose..."

Runy en Iugenae bepaalden hun keuze en Ullward bracht hun bollen waarna hij zich repte om tafels en stoelen voor de volwassenen te rangschikken. Weldra was iedereen behaaglijk en ontspannen.

Iugenae fluisterde iets tegen Ravelin, die glimlachte en toegeeflijk knikte. Daarna zei ze: "Lamster Ullward, herinnert u zich het prachtige eikenblad dat u aan Iugenae heeft gegeven?"

"Natuurlijk."

"Het is nog altijd even fris en groen. Ik vraag me af of Iugenae een blad of twee van een paar van deze andere bomen zou mogen hebben?"

"Mijn beste Ravelin!" Ullward bulderde van het lachen "Ze mag een hele boom hebben!"

"O, moeder! Mag ik —"

"Iugenae, doe niet zo belachelijk!" snauwde Ted "Hoe moeten we die meenemen? Waar zouden we hem moeten planten? In de badkamer?"

Ravelin zei: "Gaan jij en Runy maar een paar mooie bladeren zoeken, maar dwaal niet te ver af."

"Nee, moeder." Ze wenkte Runy. "Kom mee, sufferd. Pak een mand."

De andere leden van het gezelschap tuurden over de vlakte. "Een prachtig uitzicht, Ullward," zei Worbeck. "Tot hoe ver loopt jouw terrein?"

"Achthonderd kilometer naar de oceaan in het westen, negenhonderd kilometer naar de bergen in het oosten, achttienhonderd kilometer naar het noorden en ruim driehonderd naar het zuiden."

Worbeck schudde plechtig zijn hoofd. "Leuk. Jammer dat je de hele planeet niet kon krijgen. Dan zou je pas echt privacy hebben gehad."

"Dat heb ik natuurlijk wel geprobeerd," zei Ullward "Maar de eigenaar piekerde er niet over."

"Zonde."

Ullward pakte een kaart. "Maar zoals je ziet heb ik een fraaie vulkaan, een aantal uitstekende rivieren, een bergketen, en hier bij de delta van de Cinnaberrivier heb ik een volstrekt miasmatisch moeras."

Ravelin wees de oceaan aan. "Hier staat Eenzame Oceaan! Ik dacht dat het de Ullwardoceaan heette."

Ullward lachte moeilijk. "Bij wijze van spreken, meer niet. Mijn rechten strekken zich vijftien kilometer in zee uit. Meer dan genoeg om te zwemmen."

"Geen vrije toegang tot de zee hier, hè, lamster Ullward?" lachte Harris Cabe.

"Niet precies," bekende Ullward.

"Jammer," zei Frobisher Worbeck.

Hyla Cabe wees naar de kaart. "Kijk eens naar deze prachtige berg-ketens! De Magnifieke Bergen! En daar de Elysische Tuinen! Wat zou ik die graag zien, lamster Ullward."

Verlegen schudde Ullward zijn hoofd. "Dat is onmogelijk, vrees ik. Die liggen niet op mijn terrein. Ik heb ze zelf niet eens gezien."

Zijn gasten staarden hem verwonderd aan.

"Ik heb een muurvast contract met lamster Mail," legde Ullward uit. "Hij blijft op zijn gebied, ik op het mijne. Op die manier blijft onze privacy verzekerd."

"Kijk," zei Hyla Cabe zacht tegen Ravelin. "De Onvoorstelbare Grotten! Word je er niet gewoon wild van dat je ze niet kunt zien?"

Aquister zei haastig: "Het is een genot om hier te zitten en gewoon deze wonderlijk frisse lucht in te ademen. Geen kabaal, geen menigten, geen gevlieg en gejacht."

Het gezelschap hield zich tot laat in de middag onledig met drinken, praten en zonnebaden. De hulp van Ravelin en Hyla inroepend diende Ullward een simpele maaltijd van gistknikkers, verrijkt eiwit en dikke brokken algenkoek op.

"Geen dierenvlees, geen gekookte begroeiing?" informeerde Wor-beck nieuwsgierig.

"Dat heb ik de eerste dag geprobeerd," zei Ullward. "Walgelijk. Ik was er een week lang ziek van."

Na het eten keken de gasten naar een komisch melodrama op het wandscherm. Toen dat afgelopen was bracht Ullward ze naar hun diverse hokjes en na een paar minuten van schertsende opmerkingen over en weer daalde de stilte neer over het huis.

De volgende dag commandeerde Ullward zijn gasten in hun zwem-kledij. "We gaan naar het strand, we gaan ravotten op het zand, we dartelen door de branding van de Eenzame Ullward-oceaan!"

De gasten persten zich blij in de luchtwagen. Ullward telde neuzen. "Iedereen aan boord? Daar gaan we!"

Ze stegen op en vlogen naar het westen, eerst laag over de vlakte, daarna hoog in de lucht om een panoramisch uitzicht op de Rotskasteelpieken te krijgen.

"De hoogste piek — daar in het noorden — is bijna drieduizend meter! Kijk hoe hij zo omhoog priemt, stel je maar eens voor wat dat weegt! Massieve rots! Zou je dat graag op je tenen krijgen, Runy? Niet zo leuk, he? Zo meteen komen we bij een afgrond van meer dan driehonderd meter recht op en neer. Daar — kijk! Is het niet adembenemend?"

"Behoorlijk indrukwekkend," vond Ted.

"Hoe moeten die Magnifieke Bergen dan wel niet zijn!" zei Harris Cabe met een wrang lachje.

"Hoe hoog zijn die, lamster Ullward?" vroeg Liornetta Stobart.

"Wat? Wie?"

"De Magnifieke Bergen."

"Ik weet het niet zeker. Tien of twaalfduizend meter, denk ik."

"Wat moeten die er geweldig uitzien!" zei Worbeck. "Daarbij vergeleken zijn dit waarschijnlijk maar heuveltjes."

"Deze zijn ook mooi," zei Hyla Cabe gauw.

"O, uiteraard," zei Frobisher. "Een verschrikkelijk mooi gezicht! Je bent maar een bofferd, Bruham!"

Ullward lachte even. Toen zwenkte hij naar het westen. Ze vlogen over een golvend bos en na een poos glinsterde de oceaan in de verte. Ullward dook schuin omlaag en landde op het strand waarna de gasten uitstapten. Het was een warme dag onder een hete zon. Van de oceaan kwam een frisse wind. De branding beukte op het strand met massieve brullende rollers.

De groep stond het tafereel aan te zien. Ullward zwaaide met zijn armen. "Nou, wie gaat erin? Wacht niet tot het gevraagd wordt! We hebben de hele oceaan voor ons alleen."

"Het is zo ruw!" zei Ravelin. "Zie je hoe dat water daar neerstort?"

Liornetta wendde zich hoofdschuddend af. "De branding op de illusieruiten is altijd zo zachtzinnig. Dit hier zou je zo optillen en stevig door elkaar rammelen."

"Zoiets woests had ik niet verwacht," erkende Harris Cabe.

Ravelin riep Iugenae bij zich. "Blijf er veilig vandaan, jongedame. Ik wil niet dat jij de zee op drijft. Dan zou je merken dat het een Eenzame Oceaan is!"

Runy liep op het water af en waadde aarzelend in het teruglopende schuim. Toen stortte er een golfkam omlaag en hij danste vlug achteruit.

"Het water is koud," meldde hij.

Ullward zette zich schrap. "Nou, hier gaat-ie dan! Ik zal jullie laten zien hoe het hoort!" Hij draafde naar het water toe, bleef staan, wierp zich voorover in een grote witte schuimkop.

De groep op het strand wachtte af.

"Waar is hij?" vroeg Hyla Cabe.

Iugenae wees. "Ik zag daar een stuk van hem. Een been."

"Daar is hij!" riep Ted. "Wauw! Nu heeft een andere golf hem weer te pakken. Tja, sommige mensen vinden het misschien een sport..."

Ullward wankelde overeind en strompelde landwaarts door de terugkerende golven. "Hah! Groots! Verfrissend! Ted! Harris! Juvenal! Probeer het eens!"

Harris schudde van nee. "Ik geloof dat ik het vandaag maar niet probeer, Bruham."

"Ik ook," zei Juvenal Aquister. "Misschien is het een andere keer niet zo ruw."

"Maar laten wij u niet tegenhouden!" zei Ted. "Zwemt u maar zo lang als u wilt. Wij wachten hier wel op u."

"O, ik heb er voorlopig alweer genoeg van," zei Ullward. "Eén moment terwijl ik me verkleed."

Toen hij terugkwam zag hij dat zijn gasten weer in de luchtwagen zaten. "Hallo! Iedereen klaar om te gaan?"

"Het is zo warm in de zon," legde Liornetta uit, "en we dachten dat we van binnen meer van het uitzicht zouden genieten."

"Als je door het glas kijkt is het net een illusieruit," zei Iugenae.

"O, op die manier. Nou, misschien willen jullie nu een paar andere delen van het Ullward-domein bezoeken?"

Dit voorstel werd goedkeurend ontvangen. Ullward bracht de wagen in de lucht. "We kunnen naar het noorden vliegen over de pijnbossen, of naar het zuiden naar de Cairasco, die helaas niet actief is op dit moment."

"Waarheen u maar wilt, lamster Ullward," zei Worbeck. "Ik weet zeker dat het allemaal prachtig is."

Ullward liet in gedachten de verschillende attracties van zijn domein de revue passeren. "Wel, eerst dan maar naar het Cinnaber-moeras."

Twee uur lang vlogen ze rond, over het moeras, over de rokende krater van de Cairasco, naar het oosten langs de rand van de Sombere Bergen, langs de Calliope naar zijn bron in het Goudbladmeer. Ullward wees bezienswaardigheden aan, interessante kenmerken. Achter hem nam het gemompel van bewondering af en stierf ten slotte weg.

"Genoeg gehad?" riep Ullward vrolijk over zijn schouder. "We kunnen ook geen half werelddeel op één dag bekijken! Zullen we iets voor morgen bewaren?"

Even bleef het stil. Toen zei Liornetta Stobart: "Lamster Ullward, we sterven eenvoudig van nieuwsgierigheid naar de Magnifieke Bergen. We vragen ons af, zouden we niet heel even kunnen gluren? Ik weet zeker dat lamster Mail het echt niet erg zou vinden."

Met een tamelijk starre glimlach schudde Ullward zijn hoofd. "Hij heeft me laten beloven dat ik me aan een heel stel strenge regels zou houden. Ik heb het al een keer met hem aan de stok gehad."

"Hoe zou hij het kunnen merken?" vroeg Juvenal Aquister.

"Misschien merkt hij het niet," zei Ullward, "maar —"

"Ik vind het een grote schande dat hij je heeft opgesloten op dit saaie schiereilandje!" zei Worbeck verontwaardigd.

"Alstublieft, lamster Ullward," bedelde Iugenae.

"O — vooruit dan maar," zei Ullward roekeloos.

Hij draaide de luchtwagen naar het oosten. De Sombere Bergen gleden onder het gezelschap door. Men tuurde uit de ramen en slaakte kreten over de wonderen van het verboden land.

"Hoe ver zijn de Magnifieke Bergen?" vroeg Ted.

"Niet zo ver. Nog een vijftienhonderd kilometer."

"Waarom scheer je zo laag over de grond?" vroeg Worbeck. "De lucht in, man! Laat het landschap toch zien!"

Ullward aarzelde. Mail sliep waarschijnlijk. En uiteindelijk had hij toch het recht niet om zo'n onschuldig klein uitstapje te verbieden…

"Lamster Ullward," riep Runy, "er zit een luchtwagen vlak achter ons."

De andere wagen kwam langszij. Kennes Mails blauwe ogen keken in die van Ullward. Hij gebaarde Ullward naar beneden.

Deze kneep zijn lippen op elkaar en liet het voertuig dalen. Achter hem klonken uitingen van medeleven en woede op.

Ullward landde op een kleine open plek in het donkere dennenbos. Mail landde een eind ernaast, sprong op de grond en wenkte Ullward. De twee mannen liepen een eind weg terwijl de gasten mompelend het hoofd schudden.

Weldra kwam Ullward terug. "Wil iedereen instappen," zei hij kort.

Ze stegen op en vlogen terug naar het westen. "Wat had die knaap te vertellen?" vroeg Worbeck.

Ullward kauwde op zijn lip. "Niet zo veel... Hij wilde weten of ik verdwaald was. Ik heb hem het een en ander verteld. We hebben een afspraak gemaakt..." Hij was even stil en zei toen opgewekt: "Thuis gaan we feestvieren. Wat kunnen Mail en zijn vervloekte bergen ons schelen?"

"Zo mag ik het horen, Bruham!" zei Frobisher Worbeck.

Ted en Ullward stonden die avond allebei achter de bar. Een van tweeën vermengde nogal wat meer alcohol met nogal wat minder esters dan gebruikelijk. Bijgevolg werd het feest tamelijk luidruchtig en vrolijk. Ullward verwenste Mails bemoeiziekte; Worbeck liet zesduizend jaar van gewoonteregels de revue passeren in een poging om aan te tonen dat Mail een bazige tiran was; de vrouwen giechelden; Iugenae en Runy keken cynisch toe en verdwenen na een poos om zich aan hun eigen zaken te wijden.

's Morgens sliep het gezelschap uit. Ullward wankelde als eerste het terras op, waar de anderen zich successievelijk bij hem voegden. Runy en Iugenae bleken verdwenen.

"Jonge schelmen," kreunde Worbeck. "Als ze verdwaald zijn, dan zullen ze zelf de weg terug moeten vinden. Ik heb geen trek in een zoekactie."

Tegen de middag kwamen Runy en Iugenae terug in Ullwards lucht-wagen.

"Goeie hemel!" krijste Ravelin. "Iugenae, kom ogenblikkelijk hier! Waar ben je geweest?"

Juvenal Aquister inspecteerde Runy streng. "Heb je je verstand verloren, dat je lamster Ullwards luchtwagen meenam zonder zijn toe-stemming?"

"Ik heb het hem gisteravond gevraagd," zei Runy verongelijkt. "Hij zei ja, je mag alles hebben, behalve de vulkaan want daar sliep hij als hij koude voeten kreeg, en behalve het moeras, want daar gooide hij zijn lege blikjes in."

"Hoe dan ook," zei Juvenal, "je had meer verstand moeten tonen. Waar zijn jullie geweest?"

Runy wriemelde met zijn handen. Iugenae zei: "Nou, we gingen naar het zuiden een poosje, en toen naar het oosten — ik geloof dat het 't oosten was. We dachten dat als we laag vlogen, dan zou lamster Mail ons niet zien. Dus vlogen we laag door de bergen, en al gauw kwamen we bij een oceaan. We gingen langs het strand en toen vonden we een huis. We landden om te kijken wie er woonde, maar er was niemand thuis."

Ullward smoorde een gekreun.

"Wat moet iemand nou met een kooi vol vogels?" vroeg Runy.

"Vogels? Wat voor vogels? Waar?"

"Bij het huis. Er was een kooi met een heleboel grote vogels, maar die ging een beetje open toen wij ernaar keken en ze vlogen allemaal weg."

"Nou ja," vervolgde Iugenae het relaas, "we dachten dat het huis van lamster Mail was, en daarom hebben we een briefje geschreven wat iedereen van hem dacht en dat hebben we op zijn deur geprikt."

Ullward wiste zijn voorhoofd af. "Is dat alles?"

"Nou, bijna alles." Iugenae werd verlegen. Ze keek naar Runy en alle twee giechelden zenuwachtig.

"Nog meer?" gilde Ullward. "Wat dan, in hemelsnaam?"

"Het stelt eigenlijk niks voor," zei Iugenae die met haar teen een voeg in het terras natrok. "We hebben een grapje uitgehaald met zijn deur — alleen maar een emmer water erboven gezet. Toen gingen we naar huis."

Binnen klonk de zoemer van het scherm. Iedereen keek naar Ullward.

Deze slaakte een diepe zucht, hees zich overeind, liep naar binnen.

Diezelfde middag zou de pakketboot van de Buitenring Expresse het knooppunt passeren. Frobisher Worbeck kreeg opeens acute gewetensbezwaren dat hij zijn bedrijf verwaarloosde terwijl hij de uren sleet in luie verpozing.

"Maar mijn beste ouwe kerel!" riep Ullward uit. "Ontspanning is goed voor je!"

Dat was waar, beaamde Worbeck, zolang je de ogen wist te sluiten voor een mogelijk fiasco door het zorgeloze gedrag van ondergeschikten. Hoezeer hij de noodzaak ook betreurde, en ondanks zijn verlangen om nog wekenlang te luieren, voelde hij zich gedwongen om afscheid te nemen — en geen minuut later dan diezelfde middag.

Ook andere leden van het gezelschap herinnerden zich plotseling gewichtige zaken die geen uitstel veelden, en de overigen vonden het zonde om de capsule halfleeg te laten opstijgen en besloten eveneens afscheid te nemen.

Ullwards pogingen om hen te overreden stuitten op een muur van koppigheid. Nogal triest liep hij mee naar de capsule om zijn gasten uitgeleide te doen. Toen ze door de sluisdeur klommen bedankten ze hem nogmaals:

"Bruham, het was in één woord geweldig!"

"U kunt zich niet voorstellen hoe wij van dit uitstapje genoten hebben, lamster Ullward!"

"De lucht, de ruimte, de privacy — ik zal het nooit vergeten!"

"Het was het einde, zacht uitgedrukt."

De sluisdeur plofte dicht. Ullward stapte achteruit en wuifde nogal onzeker.

Ted Seehoe stak zijn vinger uit om op de knop te drukken. Ullward sprong naar voren en bonsde op het glas.

"Wacht!" loeide hij. "Ik moet nog een paar dingen regelen! Ik ga met jullie mee!"

"Kom binnen, kom binnen," zei Ullward hartelijk terwijl hij drie van zijn vrienden binnenliet; Coble Sansom, zijn vrouw Heulia en zijn knappe jonge nicht Landine. "Blij jullie te zien!"

"En wij zijn blij dat we gekomen zijn! We hebben zoveel gehoord over uw fantastische ranch, we zijn de hele dag al zenuwachtig en opgewonden!"

"Och kom! Zo wonderbaarlijk is het nu ook weer niet!"

"Niet voor u misschien — maar u woont hier!"

Ullward glimlachte. "Ik woon hier maar ik waardeer het nog steeds. Willen jullie nu al lunchen, of lopen jullie liever eerst wat rond? Ik ben net klaar met een paar veranderingen, maar gelukkig is alles op orde."

"Kunnen we eerst even kijken?"

"Natuurlijk. Kom hier maar staan. Zo ja. Nu — zijn jullie gereed?"

"Ja."

Ullward liet de wand terugglijden.

"Ooh!" hijgde Landine. "Is het niet prachtig!"

"De ruimte, het gevoel van onmetelijke afstanden!"

"Kijk, een boom! Wat een prachtige simulatie!"

Dat is geen simulatie," zei Ullward. "Dat is een echte boom!"

"Lamster Ullward, spreekt u de waarheid?"

"Jazeker. Ik vertel nooit leugens aan knappe jongedames. Kom mee, deze kant op."

"Lamster Ullward die rotswand is zo geloofwaardig, ik word er bang van."

Ullward grijnsde. "Hij is erg goed gedaan." Hij liet ze stilstaan. "Zo, en nu — omdraaien."

De drie draaiden zich om. Ze keken uit over een grootse gouden savanne bezaaid met blauwgroene bomen. Het uitzicht werd gedomineerd door een rustiek huis waarvan de deur uitkwam in Ullwards woonkamer.

Het groepje stond het zwijgend te bewonderen. Toen zuchtte Heulia. "Ruimte. Zuivere ruimte."

"Ik zou zweren dat ik kilometers ver zag," zei Coble.

Ullward glimlachte, een beetje weemoedig. "Leuk dat jullie mijn kleine toevluchtsoord mooi vinden. Nou, wat zeggen jullie ervan om te gaan eten? Echte algen!"

DODKINS BAANTJE

DE THEORIE VAN de Georganiseerde Samenleving — ontwikkeld door Kinch, Kolbig, Penton en anderen — levert zo'n schat aan belangrijke informatie op, zoveel ingewikkelde en onheilspellende voorspellingen, dat het af en toe goed is om de bedrieglijk eenvoudige premisse te over- wegen — hier gesteld door Kolbig:

> Wanneer eigenzinnige micro-eenheden worden gecom- bineerd om een duurzame macro-eenheid te vormen en te onderhouden, worden bepaalde handelingsvrijheden ingeperkt.
> Dit is het basisproces van Organisatie.
> Hoe talrijker en onregelmatiger de micro-eenheden, hoe complexer de structuur en functie van de macro-eenheid moet zijn — en bijgevolg des te doordringender en beper- kender de finesses van Organisatie.
>
> — uit Leslie Penton, *Eerste Principes der Organisatie*

Over het algemeen was de bevolking van de Stad zich niet meer bewust van haar ingeperkte vrijheden, zoals een slang zich niet langer de poten van zijn voorzaten herinnert. Ergens heeft iemand gezegd: "Wanneer de discrepantie tussen de theorie en de praktijk van een cul- tuur erg groot is, geeft dit aan dat de cultuur snel verandert." Volgens die toets was de cultuur van de Stad stabiel, zo niet statisch. De bevolking leefde haar leven volgens schema, classificatie en precedent, tevreden met de grauwe gevolgen van Organisatie.

Maar ook in het gezondste weefsel bestaan bacteriën, en de meest verwaarloosbare onzuiverheid ruïneert een kritieke kristallisatie. Luke Grogatch was veertig, dun en hoekig, streng qua voorhoofd, sardonisch van mond en wenkbrauw, met een zijwaartse draai aan zijn hoofd alsof hij last had van oorpijn. Hij was te slim om Nonconformisme te belijden, te pervers om te streven naar een verbeterde status, te pessimistisch, grillig, sarcastisch en openhartig om de baantjes te behouden die hem werden toegewezen. Elke nieuwe herclassificatie verlaagde zijn status en elke nieuwe baan verafschuwde hij met toenemende heftigheid.

Uiteindelijk ingeschaald als *Duvelstoejager/Klasse D/Ongeschoold*, werd Luke naar het Departement Rioolonderhoud van District 8892 gestuurd en van daaruit ingezet voor de nachtdienst op de roterende boormachine van Tunnelgroep 3.

Bij zijn werk aangekomen, presenteerde Luke zichzelf bij de voorman, Fedor Miskitman, een grote man met een buffelgezicht, vlasachtig haar en kalme blauwe ogen. Miskitman greep een schop en nam Luke mee naar een plek dicht achter de snijkop van de boormachine. Hier, zei Miskitman, was Luke's werkplek. Luke zou de tunnelbodem schoon moeten houden van losse rots en grind. Wanneer de tunnel doorbrak in een oud riool, zou er puin en afval dat bekend stond als 'nat afval' te verwijderen zijn. Luke moest de afvalvanger schoon en in de optimale afstelling houden. Tijdens de pauzes moest hij de lagers smeren die afgezonderd van het automatische smeersysteem werkten en indien nodig gebroken tanden op de boorkop vervangen.

Luke informeerde of dit de totale omvang van zijn taken was, zijn stem zwaar van een ironie die de argeloze Fedor Miskitman niet opmerkte.

"Dat is alles," zei Miskitman. Hij gaf Luke de schop. "Doorgaans ben je bezig met afval weghalen. De vloer moet schoon zijn."

Luke stelde een aanpassing van de graafbekken voor die een grote kans maakte het morsen van gebroken rots te elimineren; in feite, betoogde Luke, waarom zou je überhaupt moeite doen? Laat de rots liggen waar hij viel. De betonnen bekleding van de tunnel zou een triviale verstrooiing van grind maskeren. Miskitman verwierp de suggestie: de steen moest worden verwijderd. Luke vroeg waarom, en Miskitman zei tegen hem: "Zo wordt het werk uitgevoerd."

Luke maakte een grof geluid binnensmonds. Hij testte de schop en schudde ontevreden zijn hoofd. Het handvat was te lang, het blad te kort. Hij meldde dit feit aan Miskitman, die slechts een blik op zijn horloge wierp en de boor-operator een signaal gaf. De machine jankte op gang en maakte met een oorverdovend gebrul contact met de rots. Miskitman vertrok en Luke ging aan het werk.

Tijdens de dienst kwam hij erachter dat als hij half hurkte, het grootste deel van de hete en stoffige uitlaatgassen over zijn hoofd zou blazen. Tijdens het wisselen van een snijtand liep hij een brandblaar op aan zijn linkerduim. Aan het einde van de dienst weerhield slechts een enkele overweging Luke ervan zich ook voor dit werk onbevoegd te verklaren: het zou resulteren in een demotie van *Duvelstoejager/Klasse D/Ongeschoold* naar *Junior Uitvoerende*, met een overeenkomstige korting op zijn kostenvergoeding. Een dergelijke rerubricering zou hem helemaal onderaan de statuslijst brengen en kon niet worden geaccepteerd; zijn huidige kostenvergoeding was nauwelijks toereikend, bestaande uit voeding bij een Type RP Voedseldienst, slaapruimte in een Subniveau 22-slaapzaal en zestien Speciale Coupons per maand. Hij maakte gebruik van klasse 14 Erotische Verwerking en kreeg twaalf uur per maand de tijd om zijn Recreatieclub te bezoeken, met optioneel gebruik van halters, tafeltennismateriaal, twee miniatuur-bowlingbanen en een van de zes teleschermen permanent afgestemd op Kanaal H.

Luke droomde vaak van een weelderiger leven: AAA-voeding, een reeks kamers voor zijn exclusieve gebruik, hele balen Speciale Coupons, klasse 7 Erotische Verwerking, of zelfs klasse 6, of 5; ondanks Luke's minachting voor het Hoge Echelon had hij geen probleem met bijbehorende voordelen. En altijd — als een bittere coda van zijn dagdromen — kwam de overtuiging dat hij deze goede dingen in alle werkelijkheid zou hebben kunnen genieten. Hij had zijn vrienden zien ijveren; hij kende alle kneepjes en technieken: het slijmen, de kliekjesvorming, het manœuvreren, ellebogen en de subuculatie...

"Ik ben liever een Klasse D Duvelstoejager," snauwde Luke tegen zichzelf.

Af en toe maakte een zekere twijfel zich van Luke meester. Misschien miste hij gewoon de moed om te concurreren, om greep te krijgen op de wereld! En dat sijpelen van twijfel werd al snel een stroom van zelf-verachting. Een Nonconformist, dat was hij — alleen had hij de moed niet om het toe te geven!

Maar daarna placht Luke's halsstarrigheid zich te herstellen. Waarom toegeven aan Nonconformisme als dat een enkele reis naar het Huis der Ongeorganiseerden betekende? Het dwalen van een dwaas — en Luke was geen dwaas. Misschien was hij in werkelijkheid een Nonconformist; misschien niet; hij had nooit echt besloten wat hij wilde. Hij vermoedde dat hij werd verdacht: af en toe kreeg hij schuinse blikken en merkte hij betekenisvol hoofdschudden onder zijn collega's. Laat ze maar gluren. Ze konden toch niets bewijzen.

Maar nu ... nu was hij Luke Grogatch, Klasse D Duvelstoejager, door slechts een enkel statusniveau gescheiden van het niet-geclas-sificeerde sediment van criminelen, idioten, kinderen en bewezen Nonconformisten. Luke Grogatch, die mooie dromen van het Hoge Echelon had gedroomd, van trots en onafhankelijkheid! In plaats daar-van, Luke Grogatch, Klasse D Duvelstoejager. Orders aannemen van een hooikoppige kneus, werken met semi-bekwame arbeiders met een status die bijna even laag was als die van hemzelf: Luke Grogatch, Duvelstoejager!

Zeven weken verstreken. Luke's afkeer voor zijn werk verwerd tot een bijtende passie. Het werk was zwaar, warm, weerzinwekkend. Fedor Miskitman reageerde met een niet-begrijpende blik op Luke's meest ran-cuneuze grimassen, gromde en haalde zijn schouders op in antwoord op de suggesties en argumenten van Luke. Dit was de manier waarop de dingen werden gedaan — zo impliceerde zijn houding — altijd al waren gedaan, en altijd gedaan zouden worden.

Fedor Miskitman ontving dagelijks een beleidsrichtlijn van de fabrieksinspecteur die hij tijdens de eerste rustpauze van de dienst aan de groep voorlas. Deze richtlijnen hadden in het algemeen betrekking op zaken als werknormen, teamgeest en samenwerking; pleidooien voor een fijnere afwerking van het beton; waarschuwingen tegen mate-loosheid buiten werktijd die averechtse invloed zou kunnen hebben op hun enthousiasme en daarmee de efficiëntie van het werk zou vermin-deren. Luke besteedde er meestal geringe aandacht aan, tot op een dag

Fedor Miskitman — die het vertrouwde gele vel voor zich nam — op zijn flegmatieke toon het volgende oplas:

DIENST VAN OPENBARE WERKEN, AFDELING PUBLIEKE VOORZIENINGEN

AGENTSCHAP SANITAIRE WERKEN, DISTRICT 8892

SECTIE RIOOLZUIVERING

· ·

Bureau der Rioolbouw en -onderhoud

Inkoopkantoor

Beleidsrichtlijn:	6511 Serie BV96
Bestelcode:	GZP — AAR — REG
Referentie:	G98 — 7542
Datumcode:	BT — EQ — LLT
Geautoriseerd:	LL8 — P-SC 8892
Gecontroleerd:	48
Contra-expertise:	92C

Van:	Lavester Limon, Manager, Inkoopkantoor
Via:	Alle constructie- en onderhoudskantoren
Aan:	Alle bouw- en onderhoudsinspecteurs
Ter attentie:	Alle werkvoormannen

Onderwerp:	Levensduur van gereedschap, promotie hiervan
Moment van toepassing:	Onmiddellijk
Duur van relevantie:	Permanent
Inhoud:	Aan het begin van iedere dienst moeten alle handgereedschappen bij uitgifte worden geregistreerd in het District 8892 Rioolonderhoud Magazijn. Aan het einde van een dienst worden alle handgereedschappen zorgvuldig gereinigd en weer teruggebracht naar het District 8892 Rioolonderhoud Magazijn.

Richtlijn gereviseerd en doorgegeven:	Butry Keghorn, algemeen hoofdinspecteur, Bureau der Rioolbouw Clyde Kaddo, hoofdinspecteur van rioolonderhoud

Terwijl Fedor Miskitman de 'Inhoud'-sectie voorlas, blies Luke zijn adem uit in een ongelovig gesnuif. Miskitman sloot af, vouwde het vel op met zorgvuldige bewegingen van zijn dikke vingers en keek op zijn horloge. "Dat is de richtlijn. We lopen nu al vijfentwintig seconden achter op schema; we moeten weer aan het werk."

"Een ogenblik," zei Luke. "Een of twee dingen over die richtlijn wil ik graag nader uitgelegd hebben."

Miskitman richtte een milde blik op Luke. "Je hebt het niet begrepen?"

"Niet helemaal. Op wie is het van toepassing?"

"Het is een bevel voor de hele groep."

"Wat bedoelen ze met 'handgereedschap'?"

"Dat is gereedschap dat in de handen wordt gehouden."

"Betekent dat ook een schop?"

"Een schop?" Miskitman haalde zijn stevige schouders op. "Een schop is handgereedschap."

Luke vroeg met enige verwondering in zijn stem: "Ze willen dat ik mijn schop schoonmaak, hem vier kilometer verderop naar het magazijn breng, morgen weer ophaal en hier terugbreng?"

Miskitman ontvouwde de richtlijn, hield hem op armlengte afstand en las met bewegende lippen. "Dat is de instructie." Hij vouwde het papier weer op en stopte het terug in zijn zak.

Luke veinsde opnieuw verbazing. "Dit is ongetwijfeld een vergissing."

"Een vergissing?" Miskitman was verbaasd. "Waarom zou het een vergissing zijn?"

"Ze kunnen dit niet serieus menen," zei Luke. "Het is niet alleen belachelijk, het is absurd."

"Ik weet het niet," zei Miskitman ongeïnteresseerd. "Aan het werk. We zijn anderhalve minuut te laat."

"Ik neem aan dat al dit schoonmaken en transport wordt gedaan tijdens werktijd," sprak Luke.

Miskitman ontvouwde de richtlijn, hield hem op afstand en las. "Zo staat het er niet. Ons quotum is niet anders dan voorheen." Hij vouwde de richtlijn op en stopte hem in zijn zak.

Luke spuwde op de rotsvloer. "Ik zal voortaan mijn eigen schop meenemen. Laat ze zelf hun kostbare handgereedschap rondslepen."

Miskitman krabde zijn kin, herlas de richtlijn opnieuw. Hij schudde bedenkelijk het hoofd. "De richtlijn zegt dat al het handgereedschap moet worden schoongemaakt en naar het magazijn worden gebracht. Er staat niet wie de eigenaar van het gereedschap is."

Luke kon nauwelijks spreken uit ergernis. "Weet je wat ik denk van die richtlijn?"

Fedor Miskitman besteedde er geen aandacht aan. "Aan het werk. We lopen achter op schema."

"Als ik algemeen hoofdinspecteur was —" begon Luke, maar Miskitman bulderde grof. "We verdienen geen coupons door te praten. Aan het werk. We zijn laat."

De boor was al gestart; tweeënzeventig tanden klauwden in grijsbruine zandsteen. Graafbekken slokten de brokken op en dumpten ze in een trechter die uitmondde op een transportband die weer verderop in de tunnel in lift-emmers werd geleegd. Schilfers regenden op de tunnelbodem. Luke Grogatch moest de schilfers opscheppen en in de graafbekken gooien. Achter Luke zetten twee mannen stalen verstevigingsbogen op hun plaats, die ze met lassen aan longitudinale staven bevestigden met behulp van contactpunten in hun lashandschoenen die met enorme energieflitsen ontlaadden. Daarachter kwam de man met de betonspuit. De mortel sproeide sissend uit de draaiende spuitmond. En die werd gevolgd door twee afwerkers, nerveuze mannen die met verbeten energie werkten en het beton tot een glanzende laag gladstreken. Fedor Miskitman marcheerde heen en weer, testte de wapening, peilde de dikte van het beton en maakte regelmatig voortgangscontroles op de werkkaart aan de achterkant van de boor, waar een elektronisch apparaat de loop van de tunnel controleerde en hem door de wirwar gidste van leidingen, kanalen, doorgangen, pijpen, buizen voor water, lucht, gas, stoom, transport, vracht en communicatie die de Stad tot een eenheid van Organisatie vervlochten.

De nachtdienst eindigde om vier uur in de ochtend. Miskitman maakte zorgvuldige aantekeningen in zijn logboek; de man met de betonspuit blies zijn sproeiers schoon; de andere arbeiders deden hun handschoenen, krachtpakketten en isolerende kledingstukken uit. Luke Grogatch rechtte zich, wreef over zijn zere rug en keek grommend naar de schop. Hij voelde de onverstoorbare blik van Miskitman. Als hij de schop zoals gewoonlijk naar de zijkant van de tunnel gooide en vertrok, zou hij zich schuldig maken aan Ongeorganiseerd Gedrag.

De straf, zoals Luke goed wist, was rerubricering. Luke staarde naar de schop, smeulend van vernedering. Conformeren, of rerubricering. Onderwerp je — of word een Junior Uitvoerende.

Luke slaakte een diepe zucht. De schop was schoon genoeg; nog een of twee vegen met een doek zou het resterende stof verwijderen. Maar nu volgde de rit op de overvolle personenband naar het magazijn, de wachtrij bij het raam, het inchecken, de extra reisafstand naar zijn slaapzaal. En morgen moest dat proces worden herhaald. Waarom deze extra inspanning? Luke snapte het goed genoeg. Een obscure functionaris ergens in de keten van bureaus en commissies had iets moeten verzinnen om zijn toewijding te tonen. En wat was een beter idee dan betere zorg voor waardevolle stadseigendommen? Dientengevolge deze absurde richtlijn, doorgesijpeld naar Fedor Miskitman en uiteindelijk naar Luke Grogatch, het slachtoffer. Wat een genoegen zou het zijn om deze obscure functionaris eens persoonlijk te ontmoeten, hem aan zijn huichelachtige snotneus te trekken, en zijn laffe achterste door de gangen van zijn eigen kantoor heen te schoppen.

De stem van Fedor Miskitman verstoorde zijn gemijmer. "Maak je schop schoon. Het is het einde van de dienst."

Luke protesteerde voor de vorm. "De schop is schoon," gromde hij. "Dit is een van de meest absurde fratsen waar ik ooit toe ben gedwongen. Als ik nou —"

Met een stem, kalm en ongehaast als een diepe rivier, zei Fedor Miskitman: "Als het beleid je niet bevalt, moet je een verzoekschrift deponeren in de ideeënbus. Dat is het voorrecht van iedereen. Tot het beleid is gewijzigd, moet je je conformeren. Dat is de manier. Dat is Organisatie en wij zijn een Georganiseerd volk."

"Laat me die richtlijn zien," blafte Luke. "Ik zal hem veranderen! Ik laat het iemand opvreten! Ik —"

"Je moet wachten totdat de richtlijn is gelogd. Daarna mag je hem hebben."

"Ik wacht wel even," zei Luke met opeengeklemde kaken.

Methodisch en grondig voerde Fedor Miskitman een laatste controle uit van het werk: het inspecteren van de machines, de tanden van de snijkop, de sproeiers van de spuitkop, de afvoerband. Hij ging naar zijn kleine bureau aan de achterkant van de boormachine, noteerde de voortgang, tekende declaratiebonnen, en registreerde als laatste de beleidsrichtlijn op minifilm. Toen overhandigde hij met een zwaarwichtige armbeweging het gele vel aan Luke. "Wat ga je ermee doen?"

"Ik ga uitzoeken wie dit idiote beleid heeft bedacht. Ik zal hem vertellen wat ik ervan vind en wat ik van hém vind, bovendien."

Miskitman schudde afkeurend het hoofd. "Dat is niet de manier waarop dergelijke dingen zouden moeten gebeuren."

"Hoe zou jij het doen?" vroeg Luke met een wolfachtige grijns.

Miskitman dacht na met getuite lippen, zijn borstelige wenkbrauwen hoog opgetrokken. Ten slotte zei hij met diepe eenvoud: "Ik zou het niet doen."

Luke gaf het op en liep de tunnel in. De stem van Miskitman dreunde in zijn rug. "Je moet je schop meenemen!"

Luke stopte. Langzaam keek hij om naar de kolossale gestalte van de voorman. 'Gehoorzaam de beleidsrichtlijn, of word gererubriceerd.' Met langzame stappen, hangend hoofd en afgewende ogen, beende hij terug. Hij pakte de schop beet en liep terug de tunnel in. Zijn benige schouderbladen kriebelden onder de zachtblauwe blik van Fedor Miskitman die hem volgde en die over de zenuwen in zijn rug leek te schuren.

Voor hem strekte de tunnel zich uit, een glanzende bleke sinus, die terugliep langs de afstand die ze al hadden geboord. Door een vreemd lichteffect wisselden heldere en donkere ringen elkaar af in de buis, hetgeen de ogen in verwarring bracht en waardoor een hypnotische schijn van tweedimensionaliteit werd gecreëerd. Luke sjokte somber naar deze illusoire *bull's eye* toe, versuft van schaamte en hulpeloosheid, de schop een symbool van wanhoop. Was het zo erg met hem gesteld — Luke Grogatch, eerder nog zo arrogant in zijn cynisme en zijn nauwelijks verholen Nonconformisme? Moest hij ten slotte toch door het stof gaan, zich slaafs onderwerpen aan onzinnige regels?... Stond hij maar een paar plaatsen hoger in de rangorde! Treurig stelde hij zich de delicate, sceptische schok voor waarmee hij dan de beleidsrichtlijn zou hebben begroet, de sardonische nonchalance waarmee hij de schop uit zijn krachteloze handen zou hebben laten vallen... Te laat, te laat! Nu moest hij zich eraan houden, nu moest hij zijn schop plichtsgetrouw naar het magazijn dragen. In een spasme van woede smeet hij het onschuldige werktuig voor zich uit de tunnel in. Er was niets dat hij kon doen! Hij kon zich nergens wenden! Er was geen manier om terug te slaan! Organisatie: soepel en meedogenloos; Organisatie, massief en inert, tolerant ten opzichte van de onderworpene, sereen wreed jegens de ongelovige...Luke liep naar zijn schop toe en griste hem van de grond, een obsceniteit fluisterend. Half rennend vervolgde hij zijn weg door de bleke tunnel.

Hij klom door een mangat en kwam tevoorschijn op het dek van het 1123e Boulevard-knooppunt, waar hij onmiddellijk opging in de menigten die overstapten tussen de spaaksgewijs aangelegde personenbanden en de diverse roltrappen. Luke klemde de schop tegen zijn borst aan en worstelde zich aan boord van de Fontego-band die naar het zuiden snelde, in een richting die tegengesteld was aan die van zijn slaapzaal. Hij reed tien minuten naar het Astoria-knooppunt, daalde een dozijn niveaus af met de Grimesby College Escalator, stak een sombere, vochtige ruimte over die naar oud gesteente rook, naar een lokale toevoerband die hem naar het District 8892 Rioolonderhoud Magazijn bracht.

Luke trof het magazijn helder verlicht aan, het middelpunt van aanzienlijke activiteit, met enkele honderden mannen die af en aan liepen. Degenen die kwamen, zoals Luke, droegen gereedschap; ze gingen met lege handen weer weg.

Luke voegde zich bij de rij die zich voor het gereedschapsberghok had gevormd. Vijftig of zestig man gingen hem voor, een saaie duizendpoot van armen, schouders, hoofden, benen, en werktuigen die naar beide kanten uitstaken. De duizendpoot bewoog langzaam; de mannen wisselden grappen uit en staken de draak met de nieuwe richtlijn.

Met het observeren van hun geduld roerde Luke's gebruikelijke opvliegendheid zich. Kijk hen hier dan staan als makke schapen, dacht hij, in de houding springend bij het geritsel van een nieuwe richtlijn. Hebben ze naar de reden van de richtlijn gevraagd? Informeerden ze naar de noodzaak voor dit persoonlijke ongemak? Nee! De pummels stonden te grinniken en te kletsen en accepteerden de richtlijn als een van de onberekenbare wisselvalligheden van het leven, iets fundamenteels en willekeurigs, zoals het veranderen van de seizoenen...En hij, Luke Grogatch, was hij beter of slechter? De vraag brandde in Luke's keel als de nasmaak van braaksel.

Maar toch, goed of slecht, wat waren zijn opties? Conformeren of rerubricering. Een duivels dilemma. Er was altijd nog de mogelijkheid van de ideeënbus, zoals Fedor Miskitman had opgemerkt, wellicht als flauwe grap. Luke gromde van walging. Weken na het indienen van zijn suggestie zou hij wellicht een standaardformulier ontvangen met daarin als reactie een van de opties uit een meerkeuzelijst, aangevinkt door een klerk of een Junior Uitvoerende: 'De in uw verzoekschrift beschreven situatie wordt reeds onderzocht door verantwoordelijke ambtenaren. Bedankt voor uw interesse.' Of 'De in uw verzoekschrift beschreven situatie is van tijdelijke aard en kan op ieder moment worden gewijzigd. Bedankt voor uw interesse.' Of 'De in uw verzoekschrift beschreven situatie is het product van vastgesteld beleid en kan niet worden gewijzigd. Bedankt voor uw interesse.'

Een nieuwe gedachte kwam bij Luke op: hij zou zichzelf kunnen inspannen en hernieuwd carrière proberen te maken...Zodra hij het idee kreeg, verwierp hij het weer. Om te beginnen was hij bijna van middelbare leeftijd; te veel jonge mannen werkten zich langs hem heen omhoog. Zelfs als hij zich weer in de competitie zou willen mengen...

De rij bewoog langzaam vooruit. Achter Luke zwoegde een kleine dikke man onder het gewicht van een Velstro ellegraaf. Een lichtbruine vlassige lok bungelde voor zijn maanvormige gezicht; zijn mond was getuit in opperste concentratie; zijn ogen stonden absurd ernstig. Hij droeg een nogal zwierige roze en bruine overall met oranje enkellaarzen en een blauwe baret met de drie oranje pompons die populair waren onder de Velstro-technici.

Tussen de sjofele zuur gestemde Luke en deze korte suffige man in zijn dandy overall bestond een dermate fundamenteel verschil dat een ogenblikkelijke wederzijdse afkeer onvermijdelijk was. De opvallende hazelnootogen van de korte man rustten op Luke's schop en namen daarna peinzend diens met vuil besmeurde broek en jas op. Hij draaide zijn ogen de andere kant op.

"Een lange weg afgelegd?" vroeg Luke kwaadwillig.

"Niet heel ver," zei de man met het maanvormige gezicht.

"Overgewerkt, hè?" knipoogde Luke. "Er gaat niets boven een beetje uitsloven — althans, dat is wat ze zeggen."

"We hebben de klus afgerond," zei de dikke man waardig. "Geen sprake van uitsloven. Waarom zou je een deel van de dienst van morgen besteden aan werk dat we vanavond in vijf minuten konden doen?"

"Ik weet een reden," zei Luke sluw. "Om je medemens een hak te zetten."

De man met het vollemaansgezicht vertrok zijn mond in een onzekere glimlach maar besloot toen dat de opmerking niet grappig was. "Dat is niet mijn manier van werken," zei hij stijfjes.

"Dat ding moet wel zwaar zijn," zei Luke, die zag hoe de mollige kleine armen worstelden en zich aanpasten aan de onregelmatige contouren van het gereedschap.

"Ja," kwam het antwoord. "Het is zwaar."

"Anderhalf uur," zei Luke nadrukkelijk. "Zo lang doe ik erover om deze schop op te bergen. Alleen maar omdat iemand hoger in de boom een nachtmerrie heeft. En wij, arme prutsers onderaan de ladder, moeten lijden."

"Ik sta niet onderaan de rangorde. Ik ben een Technisch Gereedschap Operator."

"Maakt geen verschil," zei Luke. "Anderhalf uur is anderhalf uur. En dat alleen voor iemands stupide idee."

"Het is niet echt zo stom," zei de man met het maanvormige gezicht. "Ik neem aan dat er een goede reden is voor het beleid."

Luke schudde het handvat van de schop. "En dus moet ik dit drie uur per dag heen en weer sjouwen over de transportbanden?"

De kleine man tuitte zijn lippen. "De auteur van de richtlijn weet ongetwijfeld heel goed waar hij het over heeft. Anders zou hij zijn classificatie niet hebben."

"En wie is deze onbezongen held dan wel?" sneerde Luke. "Ik zou hem graag eens ontmoeten. Ik zou graag willen weten waarom hij wil dat ik drie uur per dag verspil."

De korte man bekeek Luke nu als een worm in zijn lunchrantsoen. "Je praat als een Nonconformist. Mijn excuses als ik daarmee aanstootgevend klink."

"Waarom excuses aanbieden voor iets dat je niet kunt helpen?" vroeg Luke en keerde zich om.

Hij smeet zijn schop naar de bediende achter het loket en kreeg een reçu. Met veel vertoon wendde Luke zich tot de man met het maanvormige gezicht en stopte het reçu in diens borstzak. "Bewaar dit goed; je zult die schop eerder nodig hebben dan ik."

Hij beende trots het magazijn uit. Een groots gebaar, maar — hij aarzelde vooraleer hij op de personenband stapte — was het verstandig? De maanachtige Technisch Gereedschap Operator in de roze en bruine overall kwam uit het magazijn achter hem, wierp hem een vreemde blik toe en haastte zich weg.

Luke keek om naar het magazijn. Als hij nu terugging, kon hij de zaken rechtzetten en zou er morgen geen probleem zijn. Als hij naar zijn slaapzaal stormde, betekende dit een volgende rerubricering. Luke Grogatch, Junior Uitvoerende... Luke reikte in zijn tuniek en haalde de beleidsrichtlijn tevoorschijn die hij van Fedor Miskitman had gekregen: een stukje geel papier, bedrukt met een paar regels tekst, een triviaal ding op zich — maar het symboliseerde de Organisatie: enorme kracht in onweerstaanbare operatie. Zenuwachtig plukte Luke aan het papier en keek weer om naar het magazijn. De Operator had hem een Nonconformist genoemd; Luke's mond vertrok zich kort tot een vermoeide grimas. Dat was niet waar. Luke was geen Nonconformist; Luke was niets in het bijzonder. En hij had zijn bed nodig, zijn voedingsbonnen, zijn magere kostenvergoeding. Luke kreunde zacht — bijna een fluistering. Het einde van de weg. Hij was zo ver gegaan als hij maar kon gaan; had hij ooit gedacht dat hij de Organisatie zou kunnen verslaan? Misschien had hij ongelijk en hadden alle anderen gelijk. Wellicht, dacht Luke zonder overtuiging. Miskitman leek tevreden genoeg; de Technisch Gereedschap Operator leek niet alleen tevreden maar ook zelfgenoegzaam. Luke leunde tegen de muur van het magazijn, zijn ogen brandend en vochtig van zelfmedelijden. Nonconformist. Buitenbeentje. Wat moest hij nu doen?

Hij krulde hatelijk zijn lip op en stapte naar voren op de personenband. De Duivel hale ze allemaal! Ze konden hem rerubriceren; dan werd hij een Junior Uitvoerende en hij zou er smalend om lachen!

In een bedrukte stemming reed Luke terug naar het Grimesbyknooppunt. Hier, net toen hij de roltrap wilde nemen, bleef hij plots staan, knipperde en wreef over zijn lange bleke kin, terwijl hij nog een ander aspect van de kwestie overwoog. Het leek een mogelijkheid te bieden om — maar nee. Nauwelijks waarschijnlijk... en toch, waarom niet? Opnieuw bestudeerde hij de richtlijn. Lavester Limon, Manager van het Districtsinkoopkantoor, had vermoedelijk het beleid uitgevaardigd; Lavester Limon kon het ook weer intrekken. Als Luke Limon kon overtuigen, dan zouden zijn problemen, ofschoon niet helemaal verdwenen, in ieder geval minder ernstig zijn. Hij zou zich dan schoploos bij zijn werk kunnen melden; hij zou de flauwe verborgen grijns van Fedor Miskitman met een sardonische grijns kunnen beantwoorden. Hij zou zelfs de moeite kunnen nemen om de Technisch Gereedschap Operator met het maangezicht en de ellegraaf op te zoeken...

Luke zuchtte. Waarom deze futiele dagdroom voortzetten? Eerst moest Lavester Limon ertoe bewogen worden om de richtlijn te herroepen — en hoe waarschijnlijk was dat?... Alles welbeschouwd misschien niet eens zo astronomisch, peinsde Luke terwijl hij de personenband terug naar zijn slaapzaal reed. De richtlijn was evident onpraktisch. Ze introduceerde ongemak voor veel mensen, terwijl ze heel weinig tot stand bracht. Als Lavester Limon daarvan overtuigd kon worden, als hem aangetoond kon worden dat zijn prestige en reputatie er onder leden, dan zou hij kunnen instemmen met het intrekken van de belachelijke richtlijn.

Luke arriveerde kort na zeven uur in zijn slaapzaal. Hij ging meteen naar het communicatiehokje, belde met het District 8892 Inkoopkantoor. Lavester Limon, zo werd hem verteld, zou om halfacht aankomen.

Luke friste zich zorgvuldig op en investeerde na gepaste overweging vier Speciale Coupons in een nieuwe set vezelkleding: een strak zwart jack en een blauwe broek met een enigszins krijgshaftige snit, van aanzienlijk betere kwaliteit dan zijn gebruikelijke outfit. Hij inspecteerde zichzelf in de spiegel in de wasruimte en oordeelde dat hij bepaald geen modderfiguur sloeg.

Hij nam zijn ochtendvoedingsquotum bij een nabijgelegen Type RP Voedingsdienst, nam vervolgens de roltrap omhoog naar Subniveau 14 en reed op de personenband naar het District 8892 Bureau der Rioolbouw en -onderhoud.

Een kwiek kantoormeisje met donker haar dat over haar gezicht naar voren was gekamd in de modieuze 'Roverbaron'-stijl, leidde Luke naar het kantoor van Lavester Limon. Bij de deur keek ze ingetogen achterom en Luke was blij dat hij in nieuwe kleren had geïnvesteerd. In reactie op de blik trok hij zijn schouders naar achteren en marcheerde vol zelfvertrouwen het kantoor van Lavester Limon binnen.

Lavester Limon, die achter zijn bureau zat, sprong kort overeind bij wijze van hoffelijke erkenning van zijn bezoek. Hij was een vriendelijk ogende man van gemiddelde lengte met goudbruin haar dat zorgvuldig over een sproetige en zongebruinde kale plek was gekamd; goudbruine ogen, rond en ontspannen; een goudbruin loungejack en een broek van fijn goudbruin corduroy. Hij zwaaide met zijn arm naar een stoel. "Wilt u niet gaan zitten, meneer Grogatch?"

Bij zoveel blijk van hartelijkheid verzachtte Luke's strijdlust en hij voelde zelfs ontluikende hoop. Limon leek van het fatsoenlijke soort; misschien was de richtlijn toch een administratieve fout.

Limon trok vragend zijn goudbruine wenkbrauwen op.

Luke verspilde geen tijd aan inleidend gekeuvel. Hij haalde de richtlijn tevoorschijn. "Mijn belang betreft dit, mijnheer Limon: een beleid dat u lijkt te hebben geformuleerd."

Limon pakte de richtlijn, las, knikte. "Ja, dat is mijn beleid. Is er iets mis mee?"

Luke was even verrast en kreeg een voorgevoel: een zo redelijk ogende man moest toch onmiddellijk de dwaasheid van de richtlijn inzien!

"Het is gewoon geen werkbaar beleid," zei Luke ernstig. "In feite, meneer Limon, is het zelfs volkomen onredelijk!"

Lavester Limon leek in het geheel niet beledigd. "Wel, wel! En waarop baseert u dat? Overigens, meneer Grogatch, u bent..." Opnieuw keken de goudbruine wenkbrauwen vragend.

"Ik ben een Duvelstoejager, Klasse D, in een tunnelgroep," zei Luke. "Vandaag kostte het me anderhalf uur om mijn schop in te leveren. Morgen nogmaals anderhalf uur om de schop weer op te halen. Allemaal in mijn eigen tijd. Ik denk niet dat dat redelijk is."

Lavester Limon herlas de richtlijn, tuitte zijn lippen, knikte een paar keer. Hij sprak in zijn bureautelefoon. "Juffrouw Rab, ik wil graag zien —" hij raadpleegde het referentienummer van de richtlijn "— item 7542, bestand G98." Tegen Luke zei hij met een nogal afwezige stem: "Soms worden deze dingen een beetje ingewikkeld..."

"Maar kunt u het beleid veranderen?" barstte Luke uit. "Bent u het ermee eens dat het onredelijk is?"

Limon hield zijn hoofd schuin en trok een twijfelachtig gezicht. "We zullen zien wat er op de referentiememo staat. Als mijn geheugen me niet in de steek…" Zijn stem verflauwde.

Twintig seconden gingen voorbij. Limon tikte met zijn vingers op zijn bureau. Er klonk een zacht geluidssignaal. Limon raakte een knop aan; zijn scherm toonde het item waarom hij had gevraagd: een andere beleidsrichtlijn die qua vorm vergelijkbaar was met de eerste.

DIENST VAN OPENBARE WERKEN, AFDELING PUBLIEKE VOORZIENINGEN

AGENTSCHAP SANITAIRE WERKEN, DISTRICT 8892

SECTIE RIOOLZUIVERING

. . . .

Directoraat

Beleidsrichtlijn:	2888 Serie BQ008
Bestelcode:	GZP — AAR — REF
Referentie:	OR9 — 123
Datumcode:	BR — EQ — LLT
Geautoriseerd:	JR D-SDS
Gecontroleerd:	AC
Contra-expertise:	CX McD

Van:	Judiath Ripp, directeur
Via:	
Aan:	Lavester Limon, Manager, Inkoopkantoor
Ter attentie:	

Betreft:	Operationele bezuinigingen
Directe toepassing:	Onmiddellijk
Duur van relevantie:	Permanent
Inhoud:	Uw maandelijkse quotum voor benodigdheden van Type A, B, D, F, H wordt hiermee met 2,2% verlaagd. Voorgesteld wordt om het personeel van deze vermindering op de hoogte te stellen en stappen te ondernemen om strikte bezuinigingen door te voeren. Opgemerkt is dat het afdelingsgebruik van benodigdheden van Type D in het bijzonder de berekende norm overschrijdt.
Suggestie:	Grotere zorg door individuele gebruikers van gereedschappen, inclusief magazijnopslag 's nachts.

"Type D-benodigdheden," zei Lavester Limon droog, "zijn hand-gereedschappen. Die oude Ripp wil strikte bezuinigingen. Ik ben slechts de boodschapper. En dat is het verhaal achter 6511." Hij gaf de richtlijn terug aan Luke en leunde achterover in zijn stoel. "Ik begrijp hoe dit u in beslag neemt, maar —" hij stak zijn handen op in een achteloos, bijna luchtig gebaar "— dat is de manier waarop de Organisatie werkt."

Luke zat verstijfd van teleurstelling. "Dus u gaat de richtlijn niet intrekken?"

"Mijn beste kerel! Hoe zou ik dat moeten doen?"

Luke deed een poging tot roekeloze nonchalance. "Ach, er is altijd nog plek voor mij bij de Junior Uitvoerenden. Ik heb ze laten weten waar ze hun schop konden laten…"

"Hmmm. Onbesuisd. Het spijt me dat ik niet kan helpen." Limon taxeerde Luke nieuwsgierig en zijn lippen krulden in een zwakke grijns. "Waarom pak je die oude Ripp niet aan?"

Luke tuurde achterdochtig. "Wat voor goeds zal dat doen?"

"Je weet maar nooit," zei Limon luchtig. "Stel dat de bliksem inslaat? Stel dat hij zijn richtlijn intrekt? Ik kan zelf niet met hem in discussie treden; dan kom ik in de problemen — maar er is geen enkele reden waarom jij het niet zou kunnen." Hij keek Luke met een veelbete-kenende glimlach aan en Luke begreep dat de beminnelijkheid van Lavester Limon, hoewel oprecht, als camouflage diende voor eigen-belang en positieverbetering.

Luke stond abrupt op. Hij haalde voor niemand de kastanjes uit het vuur en hij opende zijn mond om Lavester Limon dat in duidelijke bewoordingen te vertellen. Op hetzelfde moment kwam er een her-innering in hem op: het tafereel in het magazijn, waar hij minachtend het reçu voor zijn schop naar de Technisch Gereedschap Operator had gegooid. Luke was altijd al geneigd geweest tot het grootse gebaar, de roekeloze stap te ver die hem geen ruimte meer liet om zich nog uit een situatie terug te trekken. Wanneer zou hij ooit zelfbeheersing leren? Met een gematigde stem vroeg Luke: "Wie is deze Ripp ook alweer?"

"Judiath Ripp, directeur van de afdeling Afvalverwijdering. Het zal niet eenvoudig zijn hem te spreken te krijgen; hij is een vervelende oude bruut. Wacht, ik zal uitzoeken of hij op zijn kantoor is."

Hij informeerde via zijn bureautelefoon en kreeg te horen dat Judiath Ripp net was aangekomen op het afdelingskantoor op Subniveau 3, onder het Brambleburypark.

Limon gaf Luke tactisch advies. "Hij is opvliegend en een beetje een schreeuwer. Dit is het geheim: schenk geen aandacht aan hem. Hij respecteert standvastigheid. Sla desnoods op de tafel. Schreeuw terug naar hem. Als je te aardig doet of terugkrabbelt gooit hij je eruit. Geef hem de wind van voren en hij zal luisteren."

Luke keek Lavester Limon strak aan, zich er goed van bewust dat de twinkeling in die goudbruine ogen er een van boosaardig vermaak was. Hij zei: "Ik zou graag een kopie van die richtlijn willen hebben, zodat hij weet waar ik het over heb."

Limon ontnuchterde onmiddellijk. Luke kon zijn gedachten lezen: *zal Ripp het me kwalijk nemen als ik deze fanaticus doorstuur? Het is het risico waard.* "Natuurlijk," zei Limon. "Vraag het op bij de receptie."

Luke pakte de lift naar Subniveau 3 en liep door de aangename drieniveau arcade onder het Brambleburypark. Hij passeerde het hoge met glas ommuurde en door de zon verlichte openluchtaquarium, stapte op de plaatselijke personenband en na een rit van twee à drie minuten arriveerde hij bij het District 8892 Agentschap voor Sanitaire Werken.

De Sectie Afvalverwijdering had een nogal pretentieuze suite betrokken naast een kleine binnentuin. Luke liep door een gang betegeld met blauw, grijs en groen mozaïek en betrad een witte kamer die lichtgrijs en roze was ingericht. Een lange wanddecoratie van ingenieus verstrengelde gouden, zwarte en witte buizen versierde een muur; een andere was overdekt met zware, groene bladeren die uit een plantenbak op borsthoogte groeiden. Achter een bureau zat de receptioniste, een pruilerige mollige blondine met een namaakbot door haar neus en een halssnoer van haaientanden om haar nek. Bovenop het hoofd had ze de haren opgebonden als een schoof tarwe en haar voorhoofd was versierd met een amusant primitief symbool in zwart en bruin.

Luke legde uit dat hij een onderhoud wenste met de heer Judiath Ripp, directeur van de sectie.

Luke sprak nogal bruusk, mogelijk uit onbehagen. Het meisje knipperde verbaasd met de ogen en bekeek hem nieuwsgierig. Na een korte aarzeling schudde ze bedenkelijk het hoofd. "Kan dat ook met iemand anders? De agenda van de heer Ripp is strak gepland. Waar wilde u hem over spreken?"

Luke probeerde een overtuigende glimlach te tonen, maar het resultaat leek meer op een sinistere wellustige grijns. Het meisje schrok zichtbaar.

"Misschien kunt u meneer Ripp vertellen dat ik hier ben," zei Luke. "Een van zijn beleidsrichtlijnen...wel, er is sprake van onregelmatigheden, of liever een verkeerde toepassing—"

"Onregelmatigheden?" Het meisje leek alleen dat ene woord te horen. Ze bekeek Luke met andere ogen en merkte nu ook de onberispelijke zwart met blauwe kledingstukken op, met hun quasi-militaire snit. Een soort inspecteur? "Ik zal meneer Ripp bellen," zei ze nerveus. "Uw naam, mijnheer, en status?"

"Luke Grogatch. Mijn status—" Luke glimlachte nog een keer en het meisje wendde haar blik af "—is niet van belang."

"Ik zal de heer Ripp bellen, mijnheer. Een ogenblik, alstublieft." Ze draaide zich om, mompelde bezorgd tegen haar scherm, keek naar Luke en sprak opnieuw. Een ijle stem raspte een antwoord. Het meisje draaide zich weer om en knikte naar Luke. "Meneer Ripp kan een paar minuten vrijmaken. De eerste deur alstublieft."

Luke liep met stijve schouders een hoge kamer met houten lambrisering binnen, waarvan één wand bestond uit groen oplichtende aquariums waarin rode en gele vissen heen en weer flitsten. Achter het bureau zat Judiath Ripp, een lange, zware man die zelf op een grote vis leek. Zijn hoofd was smal, bleek als makreel, en rustte enigszins achterover gekanteld op zijn schouders. Hij had geen zichtbare kin; de nek liep door tot zijn karperachtige mond. Bleke ogen staarden Luke aan boven kleine ronde neusgaten; een plukje haar stak omhoog aan de achterkant van zijn hoofd als droog gras op een zandduin. Luke herinnerde zich de beschrijving van Ripp door Lavester Limon: 'opvliegend'. Amper toepasselijk. Koesterde Limon wrok jegens Ripp? Gebruikte hij Luke als een instrument om wraak te nemen? Luke vermoedde het; hij voelde zich ongemakkelijk en niet op zijn plaats.

Judiath Ripp bekeek hem met koude, starre ogen. "Wat kan ik voor u doen, mijnheer Grogatch? Mijn secretaresse vertelt me dat u een soort onderzoeker bent."

Luke woog de situatie, zijn smalle zwarte ogen gefixeerd op Ripps gezicht. Hij vertelde de exacte waarheid. "Sinds een aantal weken werk ik in de hoedanigheid van een Klasse D Duvelstoejager in een tunnelgroep."

"Wat voor de duivel onderzoekt u in een tunnelgroep?" vroeg Ripp met kil vermaak.

Luke maakte een klein gebaar, dat veel of niets kon betekenen. "Gisteravond ontving de voorman van deze groep een beleidsrichtlijn uitgegeven door Lavester Limon van het Inkoopkantoor. Wat betreft pure stupiditeit is dit beleid het absolute toppunt in mijn ervaring."

"Als het van Limon afkomstig is, kan ik dat heel wel geloven," zei Ripp tussen zijn tanden.

"Ik heb hem dan ook opgezocht, maar hij weigerde verantwoorde-lijkheid te nemen en verwees me naar u door."

Ripp ging wat meer rechtop zitten in zijn stoel. "Welk beleid is dit?"

Luke schoof de twee richtlijnen over het bureau. Ripp las beide richtlijnen langzaam en gaf ze vervolgens weifelend terug. "Ik begrijp niet precies hoe —" Hij zweeg even. "Wat ik wil zeggen is dat deze richtlijnen exact de door mij ontvangen instructies weergeven die ik beoogde te implementeren. Wat is precies het probleem?"

"Laat ik mijn persoonlijke ervaring aanhalen," zei Luke. "Vanmor-gen — zoals ik al aangaf, in mijn tijdelijke hoedanigheid als Duvels-toejager — droeg ik een schop van het tunnel-uiteinde naar het magazijn en leverde die in. Deze handeling kostte mij anderhalf uur. Als ik dit als onderdeel van mijn dagelijkse werkzaamheden zou moeten doen, zou ik behoorlijk gedemoraliseerd raken."

Ripp leek onbezorgd. "Ik kan u slechts naar mijn superieuren ver-wijzen." Hij sprak opzij in zijn bureautelefoon. "Gelieve bestand OR9, item 123 te sturen." Hij keerde zich weer naar Luke. "Ik kan geen verant-woordelijkheid nemen, noch voor de richtlijn noch voor het intrekken ervan. Mag ik vragen wat voor soort onderzoek u in de tunnels doet? En aan wie rapporteert u?"

Niet bij machte om woorden te vinden die zowel ontwijkend als overtuigend waren, nam Luke een houding van minachtende stilte aan.

Judiath Ripp trok de huid rond zijn uitdrukkingsloze ronde ogen in een frons. "Nu ik deze kwestie overdenk, raak ik steeds meer in verwarring. Waarom is deze richtlijn onderwerp van onderzoek? Wie—"

Uit een gleuf verscheen de richtlijn waar Ripp om had gevraagd. Hij wierp er een blik op en gooide hem naar Luke. "U zult zien dat dit me van iedere verantwoordelijkheid vrijpleit," zei hij kortaf.

De richtlijn was het standaardformulier:

DIENST VAN OPENBARE WERKEN, AFDELING PUBLIEKE VOORZIENINGEN

. . . .

Bureau van de commissaris van publieke voorzieningen

Beleidsrichtlijn:	449 Serie UA-14-G2
Bestelcode:	GZP — AAR — REF
Referentie:	TQ9 — 1422
Datumcode:	BP — EQ — LLT
Geautoriseerd:	PU-PUD-Org.
Gecontroleerd:	G. Evan
Contra-expertise:	Hernon Klanech
Van:	Parris deVicker, Commissaris van Publieke Voorzieningen
Via:	Alle districtsorganisaties van Sanitaire Werken
Aan:	Alle afdelingshoofden
Ter attentie:	
Betreft:	De dringende noodzaak tot scherpe en onmiddellijke besparingen t.a.v. het gebruik van gereedschappen en materialen.
Toepassing:	Onmiddellijk
Duur van relevantie:	Permanent
Inhoud:	Alle afdelingshoofden krijgen hierbij de opdracht om besparingen te initiëren, uit te voeren en af te dwingen t.a.v. het gebruik van materialen en gereedschap, vooral die items die zijn samengesteld uit of vervaardigd van legeringen of die het functionele verbruik daarvan vereisen, in gebieden waarin officiële autoriteit wordt uitgeoefend. Een afname van 2% wordt als minimaal beschouwd. Statusverhoging zal in zekere mate worden beïnvloed door gerealiseerde besparingen.
Gereviseerde en doorgegeven richtlijn:	Lee Jon Smith, Districtsagent voor Sanitaire Werken, District 8892

Luke stond op en wilde nu enkel zo snel mogelijk het kantoor verlaten. Hij wees naar de richtlijn. "Dit is een kopie?"

"Ja."

"Ik zou hem graag meenemen, als dat mag." En hij voegde het document bij de andere twee.

Judiath Ripp keek toe met een vaag maar onmiskenbaar wantrouwen. "Ik begrijp niet wie u vertegenwoordigt."

"Soms is het verstandiger om ergens geen weet van te hebben," zei Luke.

Het wantrouwen verdween van het vissengezicht van Judiath Ripp. Alleen een persoon die zich in zijn status veilig voelde kon het zich veroorloven dergelijke taal te bezigen jegens een lid van het lagere Hoge Echelon. Hij knikte nauwelijks waarneembaar. "Is dat alles wat u nodig heeft?"

"Nee," zei Luke, "maar dit is alles wat ik hier kan krijgen."

Hij draaide zich om naar de deur en voelde Ripps ogen in zijn rug priemen.

Ripps stem klonk plotseling scherp: "Een momentje."

Luke draaide zich langzaam om.

"Wie ben jij? Laat me je papieren zien."

Luke lachte ruw. "Die heb ik niet."

Judiath Ripp stond op en leunde voorover met zijn knokkels bijna in het bureau gedrukt. Plotseling besefte Luke dat Judiath Ripp inderdaad opvliegend was. Zijn makreelwitte gezicht werd langzaam zalmroze. "Identificeer jezelf," zei hij schor, "voordat ik de bewaking roep."

"Zeker," zei Luke. "Ik heb niets te verbergen. Ik ben Luke Grogatch. Ik werk als Klasse D Duvelstoejager in Tunnelgroep 3 van het Bureau van Rioolbouw en -onderhoud."

"Wat doe je hier, jezelf uitgevend voor een ander en mijn tijd verspillend?"

"Wanneer heb ik mezelf uitgegeven voor een ander?" vroeg Luke op felle toon. "Ik kwam hier om erachter te komen waarom ik vanmorgen mijn schop helemaal naar het magazijn moest dragen. Het heeft me anderhalf uur gekost. Het slaat nergens op. Jij hebt de opdracht gekregen om twee procent te bezuinigen, met als resultaat dat ik drie uur per dag besteed aan het heen en weer sjouwen van een schop."

Judiath Ripp staarde Luke tien seconden aan en ging toen abrupt zitten. "Je bent een Klasse D Duvelstoejager?"

"Dat is juist."

"Hmm. Je bent bij de Inkoopafdeling geweest. Heeft de manager je hierheen gestuurd?"

"Nee. Hij gaf me een kopie van zijn richtlijn, net als jij."

De zalmroze gloed was weggetrokken uit de vlakke wangen van Ripp. De karperachtige mond vertrok in een minimalistisch lachje. "Daar schuilt geen kwaad in, zeker niet. Wat hoop je te bereiken?"

"Ik wil die achterlijke schop niet heen en weer dragen. Ik zou graag willen dat u dienovereenkomstige bevelen uitvaardigt."

Judiath Ripp plooide zijn bleke mond tot een koude slappe glimlach. "Breng mij een beleidsrichtlijn in dier voege van Parris deVicker en ik zal u graag ter wille zijn. En nu —"

"Wilt u een afspraak voor me maken?"

"Een afspraak?" Ripp was verbaasd. "Met wie?"

"Met de commissaris van publieke voorzieningen."

"Pfff." Ripp zwaaide met zijn hand richting de deur. "Eruit."

Luke stond in de hal met blauw mozaïek, ziedend van haat voor Ripp, Limon, Miskitman en alle overige betrokken functionarissen. Kon hij maar voor een uurtje of twee voorzitter van het bestuur zijn — de vaak herhaalde dagdroom — hoe zouden ze dan voor hem rennen! Voor zijn geestesoog zag hij Judiath Ripp bergen 'nat afval' scheppen met een loden schop terwijl een roterende boor, tweemaal zo lawaaierig en tweemaal zo gewelddadig, een storm van heet stof en steenslag in zijn nek blies. Lavester Limon zou gedwongen worden om de rokende tanden van de boormachine te vervangen met een roestige kleine steeksleutel, terwijl Fedor Miskitman, voor en na de dienst, de schop, de steeksleutel en alle versleten boortanden van en naar het magazijn sleepte.

Luke bleef vijf minuten in de gang staan kniezen en pakte toen de lift bovengronds, hetgeen door de aanwezigheid van het Brambleburypark duidelijk te herkennen was als het echte oppervlak en niet alleen maar een willekeurig niveau te midden van alle andere. Hij liep langzaam over de grindpaden maar sloeg vanwege de urgentie van zijn problemen geen acht op de open hemel. Hij zat op een dood spoor. Er was geen vervolgstap. Judiath Ripp had spottend gesuggereerd dat hij de commissaris van publieke voorzieningen maar moest raadplegen. Ook al zou hij door een onwaarschijnlijk toeval een afspraak met de commissaris kunnen maken, wat zou daarvan het nut zijn? Waarom zou de commissaris een beleidsrichtlijn van zo'n evident belang herroepen? Tenzij hij overtuigd kon worden — door middel van een argumentatie die Luke niet kon bedenken en zich zelfs niet eens kon voorstellen — om een speciale richtlijn uit te vaardigen die Luke vrij zou stellen van de bepalingen van het nieuwe beleid...

Luke grinnikte hol, een geluid dat de duiven die over het pad paradeerden deed opschrikken. Wat nu? Terug naar de slaapzaal. Zijn slaapzaalprivileges omvatten twaalf uur gebruik van zijn bed per dag, en hij haalde niet de volledige waarde uit zijn kostenvergoeding als hij daar geen gebruik van maakte. Maar Luke had geen zin om te slapen. Terwijl hij opkeek naar het perspectief van de torens rondom het park, ervoer hij een melancholische opgewektheid. De lucht, de prachtige heldere open hemel, blauw en briljant! Luke huiverde, want de zon hing verscholen achter de Morgenthau Maanpiloon en het was best fris.

Luke liep door het park en was van plan om te gaan zitten waar een strook wazig zonlicht tussen de torens door sneed. De banken zaten vol met de ogen knipperende oude mannen en vrouwen, maar Luke vond toch ergens een plekje. Hij zat naar de lucht te kijken en genoot van de natuurlijke milde zonnewarmte. Hoe zelden zag hij de zon! In zijn jeugd had hij vaak lange wandelingen door de stad gemaakt en langs de hoogste luchtwegen gezworven, met open ruimte links en rechts, de wolken voldoende dichtbij voor een grondige inspectie, het zonlicht fonkelend en prikkend op zijn huid. Geleidelijk aan waren de wandelingen minder frequent geworden en de tussenpozen almaar langer, en nu kon hij zich nauwelijks herinneren wanneer hij voor het laatst de windbanen had opgezocht. Wat voor dromen had hij in die jeugdige dagen, welk een uitbundige visioenen! Obstakels hadden triviaal geleken; hij had zichzelf door de rangen heen zien omhoogschieten, op een goede kostenvergoeding bogend, de meest uitgelezen voordelen genietend, met oneindig veel Speciale Coupons! Hij had een privéluchtwagen gepland, onbeperkte voeding, een appartement ver boven het oppervlak, hoog en afgelegen... Dromen. Luke was het slachtoffer geworden van zijn tong, zijn prikkelbare humeur, zijn koppigheid. In zijn hart was hij geen Nonconformist — nee, riep Luke, nooit! Luke was geboren in een familie van tycoons en de nodige invloed, een woord hier, een suggestie daar, had hem in de Organisatie op een hoge rang doen beginnen. Maar omstandigheden en zijn chronische aversie voor hiërarchie hadden Luke in conflict gebracht met de gevestigde orde. De Ranglijst had hij neerwaarts doorlopen: via professionele studiebeurzen, technische stages, ambachtsscholen, tot alle mogelijke varianten van vaardigheidstraining en machinebediening. Nu was hij Luke Grogatch, Duvelstoejager, Ongeschoold, Klasse D, aan de vooravond van zijn laatste rerubricering. Maar nog steeds te ijdel om een schop te dragen. Nee: Luke corrigeerde zichzelf. Het was niet zijn ijdelheid die in de weg stond. Die had hij al lang geleden laten varen, samen met zijn jeugddromen. Het enige dat hij nog over had was zijn trots, het recht om het woord 'ik' in verband met zichzelf te gebruiken. Als hij zich zou conformeren aan Beleidsrichtlijn 6511, dan zou hij afstand doen van dit recht; hij zou opgaan in de massa van de Organisatie als een vlokje zeeschuim dat terugvalt en wordt opgenomen in de oceaan... Luke schrok nerveus overeind. Hij verspilde zijn tijd door hier te zitten. Judiath Ripp had met de kwaadaardigheid van een kongeraal geopperd dat Luke maar een nieuwe richtlijn van de Commissaris van Publieke Voorzieningen moest zien te krijgen. Wel, Luke zou die richtlijn te pakken krijgen en hem onder Ripps bleke ronde neusgaten smijten.

Maar hoe?

Luke wreef aarzelend over zijn kin. Hij liep naar een communicatiecel en bekeek het adresboek. Zoals hij al had vermoed, was de Commissie van Publieke Voorzieningen gehuisvest in de Centrale Toren van de Organisatie in Silverado, District 3666, een kleine honderdvijftig kilometer naar het noorden.

Luke bleef even staan in het waterige zonlicht, hopend op inspiratie. De bejaarde leeglopers, op de banken bij elkaar gekropen als mussen die door de winter zijn overvallen, keken hem onverschillig aan. Opnieuw was Luke heimelijk tevreden met de aankoop van zijn nieuwe kleren. Hij sloeg een goed figuur, verzekerde hij zichzelf.

Hoe? vroeg Luke zich nogmaals af. Hoe een afspraak te maken met de commissaris? Hoe hem te overtuigen zijn standpunt te wijzigen?

Zelfs geen zweem van ook maar een begin van een oplossing diende zich aan.

Hij keek op zijn horloge: het was nog maar halverwege de ochtend. Genoeg tijd om de Centrale Toren te bezoeken en op tijd terug te zijn om zich op zijn werk te melden... Luke trok een vage grimas. Was zijn vastberadenheid dan zo zwak? Zou hij vanavond alsnog de tunnel in sjokken met die gehate schop? Luke schudde langzaam het hoofd. Hij wist het niet.

Bij de Bramblebury Wissel ging Luke aan boord van een expres-hoogbaan in noordelijke richting naar station Silverado. Met veel gesis en gejammer schoot de glimmende metalen worm voorwaarts, steeg naar niveau 13, flitste met grote snelheid naar het noorden, het zonlicht in en uit, door tunnels, over gapende afgronden tussen hoge torens, met ver daaronder het nerveuze zieden van de Stad. Viermaal hield de expres met een lange zucht halt: bij IBM University, bij Braemar, bij Grote Wissel Noord en uiteindelijk, dertig minuten na het vertrek uit Bramblebury, bij Silverado Centraal. Luke stapte uit; de expres gleed soepel verder tussen de torens, als een paling door slierten waterpest.

Luke betrad de foyer op de tiende verdieping van de Centrale Toren, een indrukwekkende spelonk van marmer en brons. Drommen mannen en vrouwen snelden langs hem heen: grimmig schrijdende magnaten, voorbestemd tot grootsheid; Hoge Echelonpersoneel, hun assistenten, de assistenten van hun assistenten; functionarissen verder onderin de rangen, allemaal plichtsgetrouw uitgedost in kleding van hoge status, het mindere volk dat hoopte te worden aangezien voor hun superieuren. Allemaal gehaast, gespannen en abrupt, deels uit gewoonte, deels omdat alleen een persoon met lage status zich niet hoefde te haasten. Luke duwde en trok als alle anderen en baande zich een weg naar de centrale balie waar hij een plattegrond raadpleegde.

Parris deVicker, Commissaris van Publieke Voorzieningen, had zijn kantoor op 59e verdieping. Luke besloot meteen nog een echelon hoger te gaan en ontdekte op de 81e etage de Secretaris van Openbare Werken, de heer Sewell Sepp. Geen ondergeschikten meer, bedacht

Luke. Deze keer ga ik rechtstreeks naar de top. Als iemand deze kwestie kan oplossen, is het Sewell Sepp.

Hij nam de lift en liep de lobby van het Departement van Openbare Werken binnen — een prachtig kantoor, fonkelend met de gedisciplineerde kleuren en ornamenten van de quasi-antieke stijl die bekend stond als De Tweede Institutie. De muren waren van gepolijst melkglas, ingelegd met medaillons van caleidoscopisch verschuivende kleurflitsen. De vloer was gegaufreerd in blauwe en witte glinstersteen. Een dozijn bronzen beelden domineerde de kamer, enorme figuren die de elementaire openbare werken symboliseerden: communicatie, transport, onderwijs, water, energie, sanitaire voorzieningen...Luke liep langs de sokkels en stak de kamer door naar de receptie, waar tien jonge vrouwen in elegante bruin-zwarte uniformen met militaire precisie ieder achter hun eigen stuk balie stonden. Luke selecteerde een van deze meisjes, die haar lippen krulde in een automatische, lege glimlach. "Ja meneer?"

"Ik wil meneer Sepp spreken," zei Luke brutaal.

De glimlach van het meisje bevroor op haar gezicht terwijl ze hem met geschrokken ogen aankeek. "De heer wie?"

"Sewell Sepp, de Secretaris van Openbare Werken."

Het meisje vroeg vriendelijk: "Heeft u een afspraak, mijnheer?"

"Nee."

"Dan is het onmogelijk, mijnheer."

Luke knikte zuur. "Dan wil ik commissaris Parris deVicker spreken."

"Heeft u een afspraak met meneer deVicker?"

"Nee, ik ben bang van niet."

Het meisje schudde het hoofd met een zweem van vermaak. "Mijnheer, u kunt niet zomaar bij deze mensen binnenlopen. Ze hebben het extreem druk. U moet echt eerst een afspraak maken."

"Och kom nu," zei Luke. "Het is toch wel denkbaar dat —"

"Absoluut niet, mijnheer."

"Dan," zei Luke, "wil ik graag een afspraak maken. Ik zou de heer Sepp vandaag kort willen spreken, indien mogelijk."

Het meisje verloor haar interesse in Luke. Ze hervatte haar houding van onpersoonlijke beleefdheid. "Ik zal contact opnemen met het kantoor van het secretariaat van meneer Sepp."

Ze sprak in een communicator en wendde zich weer tot Luke. "Er zijn deze maand geen afspraken meer mogelijk, mijnheer. Wilt u met iemand anders praten? Misschien met een ondergeschikte?"

"Nee," zei Luke. Hij greep de rand van de balie even beet, draaide zich al half om maar vroeg toen: "Wie gaat er over deze afspraken?"

"De eerste adjunct van de secretaris, die beoordeelt de lijst met verzoeken."

"Dan wil ik met de eerste adjunct spreken."

Het meisje zuchtte. "U heeft daarvoor ook een afspraak nodig, mijnheer."

"Ik heb een afspraak nodig om een afspraak te maken?"

"Ja mijnheer."

"Heb ik ook een afspraak nodig om een afspraak te maken voor een afspraak?"

"Nee meneer. U loopt gewoon naar binnen."

"Waar?"

"Suite 42 in de rotonde, mijnheer."

Luke liep door metershoge kristallen deuren een korte gang in. Dwarrelende kleurpatronen volgden hem als schaduwen over beide muren, groteske kubistische vormen die de beweging van zijn lichaam parodieerden: een curieus kunstwerk dat Luke verraste en hem misschien had behaagd in minder kritieke omstandigheden.

Door een volgend kristallen portaal liep hij de rotonde binnen. Zes etages boven zijn hoofd verbeeldde een gewelfd plafond in gebrandschilderd glas scènes uit legenden. Achter een kring van lederen divans gaven deuren toegang tot de omringende kantoren; een van deze deuren, recht tegenover de ingang, droeg de woorden:

KANTOREN VAN DE SECRETARIS
Departement van Openbare Werken

Op de divans wachtten een vijftigtal mannen en vrouwen in verschillende stadia van ongeduld. De zorgvuldige laatdunkendheid waarmee ze elkaar schattend opnamen suggereerde dat hun status hoog was; de frequentie waarmee ze hun horloges raadpleegden gaf de indruk dat ze vrijwel op het punt van vertrekken stonden.

Een zachte stem klonk uit een luidspreker: "De heer Artur Coff, begeeft u zich alstublieft naar het kantoor van de Secretaris." Een mollige heer gooide het tijdschrift neer dat hij zenuwachtig had zitten doornemen en sprong overeind. Hij verdween door een brons-met-zwarte glazen deur.

Luke keek hem jaloers na en sloeg af onder een boog die gemarkeerd was met *Suite 42.* Een deurwachter in een bruin en zwart uniform stapte naar voren; Luke maakte zijn bedoelingen kenbaar en werd naar een klein kamertje geleid.

Een jongeman achter een metalen bureau keek hem doordringend aan. "Ga zitten, alstublieft." Hij gebaarde naar een stoel. "Uw naam?"

"Luke Grogatch."

"Ah, meneer Grogatch. Mag ik naar de reden van uw bezoek vragen?"

"Ik heb iets te bespreken met de Secretaris van Openbare Werken."

"Met betrekking tot welk onderwerp?"

"Een persoonlijke kwestie."

"Het spijt me, meneer Grogatch. De secretaris is een zeer drukbezet man. Hij wordt overstelpt met belangrijke zaken betreffende de Organisatie. Maar als u de situatie aan mij uitlegt, zal ik u bij een geschikt staflid aanbevelen."

"Dat zal niet werken," zei Luke. "Ik wil de Secretaris spreken over een onlangs uitgevaardigde beleidsrichtlijn."

"Uitgevaardigd door de Secretaris?"

"Ja."

"U wenst bezwaar te maken tegen deze richtlijn?"

Luke gaf dit ietwat onwillig toe.

"Er zijn standaardkanalen voor dit proces," zei de adjunct beslist. "Als u dit formulier invult — niet hier, maar in de rotonde — kunt u het vervolgens op uw weg naar buiten deponeren in de ideeënbus rechts van de uitgang —"

In plotselinge woede verfrommelde Luke het formulier tot een prop en smeet hem op het bureau. "Hij heeft toch zeker vijf minuten beschikbaar —"

"Ik ben bang van niet, mijnheer Grogatch," zei de adjunct met een ijzige stem. "Als u in de rotonde kijkt, dan ziet u een aantal zeer belangrijke mensen die lang hebben gewacht, sommigen zelfs maandenlang, voor vijf minuten met de Secretaris. Als u een aanvraag wilt indienen en uw onderwerp gedetailleerd wilt toelichten, zal ik erop toezien dat het de aandacht krijgt die het verdient."

Luke beende het hok uit. De adjunct keek hem na met een kil afkeurend glimlachje. De man had duidelijk Nonconformistische neigingen, dacht hij... waarschijnlijk goed om hem in de gaten te houden.

Luke stond in de rotonde en mompelde op half verdwaasde toon: "Wat nu? Wat nu? Wat nu?" Hij staarde de rotonde rond, naar het pompeuze Hoge Echelonvolk, arrogant hun horloges raadplegend en met hun voeten tikkend. "De heer Jepper Prinn!" riep de zachte stem over de luidspreker. "Begeeft u zich naar het kantoor van de Secretaris, alstublieft." Luke zag Jepper Prinn naar de brons-met-zwarte glazen deur lopen.

Luke liet zich op een stoel vallen, krabde aan zijn lange neus en keek behoedzaam in het rond. In de buurt zat een grote man met een stierennek, een rood gezicht, uitpuilende lippen, een dikke bos weelderig blond haar — een magnaat, te oordelen naar zijn uitstraling van absolute autoriteit.

Luke stond op en liep naar een bureautje ten behoeve van de wachtenden. Hij pakte een paar vellen papier met het briefhoofd van de Toren en wandelde onopvallend met een omtrekkende beweging naar de ingang van Suite 42. De magnaat met de stierennek besteedde geen enkele aandacht aan hem.

Luke vermande zichzelf, sloot zijn kraag en herschikte zijn jas. Hij haalde diep adem en toen de blozende magnaat zijn kant opkeek, trad hij met een air van belang naar voren. Hij keek kordaat de kring van banken rond, zijn papieren raadplegend; toen hij oogcontact maakte met de magnaat, fronste hij, kneep zijn ogen samen en liep op hem af.

"Uw naam, mijnheer?" vroeg Luke op officiële toon.

"Ik ben Hardin Arthur," raspte de magnaat. "Hoezo?"

Luke knikte, consulteerde zijn papieren. "De tijd van uw afspraak?"

"Tien over elf. Wat is er aan de hand?"

"De Secretaris wil graag weten of het u ook uitkomt om om halftwee met hem te lunchen?"

Arthur dacht even na. "Ik denk dat dat wel mogelijk is," gromde hij. "Ik zal een paar andere afspraken moeten verplaatsen... Een beetje lastig — maar het kan wel, ja."

"Uitstekend," zei Luke. "De Secretaris is van mening dat hij uw punten tijdens een lunch informeler en uitvoeriger kan bespreken dan om tien over elf, want dan heeft hij slechts zeven minuten voor u."

"Zeven minuten!" gromde Arthur verontwaardigd. "In zeven minuten kan ik mijn plannen amper uiteenzetten."

"Inderdaad, mijnheer," zei Luke. "De Secretaris beseft dit en stelt daarom ook deze lunch voor."

Arthur hees zichzelf gemelijk overeind. "Heel goed. Lunch om halftwee, toch?"

"Correct, mijnheer. U kunt dan direct het kantoor van de Secretaris binnenlopen."

Arthur verliet de rotonde en Luke maakte het zich gemakkelijk op de vrijgekomen plek.

De tijd ging langzaam voorbij. Om tien minuten over elf riep de zachte stem: "De heer Hardin Arthur, begeeft u zich alstublieft naar het kantoor van de Secretaris."

Luke stond op, stapte met grote waardigheid de rotonde door en ging door de brons-met-zwarte glazen deur.

De Secretaris zat achter een lang zwart bureau, een nogal alledaagse man met grijs haar en fonkelende grijze ogen. Hij trok zijn wenkbrauwen op toen Luke naar voren trad: Luke paste kennelijk niet bij zijn vooropgezet beeld van Hardin Arthur.

De Secretaris sprak. "Ga zitten, meneer Arthur. Ik kan u net zo goed meteen eerlijk en onomwonden vertellen dat wij denken dat uw voorstel onpraktisch is. Met 'wij' bedoel ik mezelf en de Raad voor Beleidsevaluatie — die natuurlijk Bestanden heeft geraadpleegd. Ten eerste zijn de kosten buitensporig. Ten tweede is er geen garantie dat u uw programma werkbaar kunt faseren met de programma's van onze andere magnaten. Ten derde zegt de Raad voor Beleidsevaluatie dat Bestanden betwijfelt of we zoveel nieuwe capaciteit nodig zullen hebben."

"Ah," knikte Luke begrijpend. "Ik snap het. Wel, het maakt niet uit. Het is niet van belang."

"Niet van belang?" De Secretaris ging rechtop zitten en staarde Luke verwonderd aan. "Het verbaast mij u dat te horen zeggen."

Luke maakte een luchtig gebaar. "Laat maar. Het leven is te kort om zich over dergelijke zaken zorgen te maken. Er is nota bene nog een andere kwestie die ik kort met u wil bespreken."

"Ah?"

"Het lijkt misschien triviaal, maar de implicaties zijn enorm. Een voormalig medewerker bracht de kwestie onder mijn aandacht. Hij werkt nu als Duvelstoejager in een van de tunnelgroepen van Rioolonderhoud, een uitstekende kerel. De situatie is als volgt. Een of andere idiote pennenlikker heeft een richtlijn uitgevaardigd die deze man dwingt om elke dag, voor en na zijn werk, een schop heen en weer te slepen van en naar het magazijn. Ik heb de moeite genomen om de zaak op te volgen en het spoor leidt hierheen." Hij toonde de drie beleidsrichtlijnen.

Fronsend bladerde de Secretaris er doorheen. "Deze lijken allemaal perfect in orde. Wat wilt u dat ik doe?"

"Vaardig een nieuwe richtlijn uit waarin dit beleid wordt verduidelijkt. We kunnen tenslotte niet toestaan dat deze arme duivels drie uur overwerken omwille van dit geneuzel."

"Geneuzel?" De Secretaris was ontstemd. "Nauwelijks, meneer Arthur. De bezuinigingsrichtlijn kwam van de Raad van Bestuur, van de Voorzitter zelf, en als —"

"Begrijp me niet verkeerd," zei Luke haastig. "Ik heb niets tegen bezuinigingen; ik wil alleen dat het beleid verstandig wordt toegepast. Een schop in het magazijn opslaan — hoe draagt dat bij aan de gewenste bezuinigingen?"

"Vermenigvuldig die schop eens met een miljoen, meneer Arthur," zei de Secretaris kil.

"Prima, vermenigvuldigen we het," betoogde Luke. "We hebben een miljoen schoppen. Hoeveel van al die schoppen blijven door deze maatregel wezenlijk langer bruikbaar? Twee of drie per jaar?"

De Secretaris haalde zijn schouders op. "Vanzelfsprekend leveren dergelijke richtlijnen her en der ongemak op. Wat mij betreft, ik heb de richtlijn uitgevaardigd omdat ik de opdracht kreeg om dat te doen. Als u het beleid aangepast wilt zien, dan moet u de Voorzitter van de Raad raadplegen."

"Akkoord. Kunt u een afspraak voor me regelen?"

"Laten we de zaak nog sneller in orde brengen," zei de Secretaris.

"En wel direct. We zullen met hem overleggen via de communicator, hoewel het, zoals u zelf zegt, om een triviale zaak lijkt te gaan..."

"Demoralisatie van het arbeidspotentieel is geenszins triviaal, Secretaris Sepp."

De Secretaris haalde zijn schouders op, drukte op een knop en sprak in een roostertje. "De Voorzitter van de Raad, als hij niet bezet is."

Het scherm gloeide op. De Voorzitter van de Raad van Bestuur keek hen aan. Hij zat in een leunstoel op het terras van zijn penthouse in de spits van de Toren. In zijn hand hield hij een glas mousserende vloeistof; achter hem een panorama van zonlicht, blauwe lucht en een weids uitzicht over de wonderbaarlijke Stad.

"Goedemorgen, Sepp," zei de voorzitter hartelijk en knikte naar Luke. "Goedemorgen, mijnheer."

"Voorzitter, meneer Arthur hier protesteert tegen het nieuwe bezuinigingsbeleid dat u een paar dagen geleden heeft bekrachtigd. Hij beweert dat de strikte toepassing ervan leidt tot ontberingen onder de beroepsbevolking: demoralisatie zowaar. Iets met schoppen."

De Voorzitter overwoog. "Bezuinigingsbeleid? Ik herinner me niet direct het specifieke geval."

Secretaris Sepp beschreef de richtlijn, citeerde codes en referentienummers, legde de bepalingen uit en de Voorzitter knikte ten teken dat hij het zich weer herinnerde. "Ja, het metaalgebrek gedoe. Ik ben bang dat ik je niet kan helpen, Sepp, of u, mijnheer Arthur. Beleidsevaluatie heeft dit gedicteerd. Blijkbaar hebben we een tekort aan mineralen; wat kunnen we anders doen? Allemaal de buikriem aantrekken, niet? Vervelend voor ons allemaal. Wat is dat precies met die schoppen?"

"Dat is het hele punt," riep Luke plotseling scherp, hetgeen tot geschrokken blikken leidde van zowel de Secretaris als de Voorzitter. "Drie uur per dag een schop heen en weer dragen naar het magazijn! Dat is geen bezuiniging, dat is een ongeëvenaarde farce!"

"Kom nu, meneer Arthur," maande de Voorzitter met een kwinkslag. "Zolang u de schop niet zelf draagt, vanwaar die opwinding? Dat is voorwaar slecht voor uw spijsvertering. Totdat Beleidsevaluatie met nieuwe inzichten komt — zoals vaak het geval is — zit er niets anders op. Ik kan niet tegen Beleidsevaluatie ingaan, weet u. Zij hebben de feiten en de cijfers."

"Het doet er ook allemaal niet toe," mompelde Luke. "Drie uur een schop dragen —"

"Misschien een beetje ongemak voor de mannen die het betreft," zei de Voorzitter met een zweem van ongeduld, "maar ze moeten ook het grotere plaatje proberen te zien. Sepp, misschien zin om vandaag te lunchen? Het is echt een prachtige dag, lekker loom weer."

"Dank u, mijnheer de Voorzitter. Het zal me een waar genoegen zijn."

"Uitstekend. Om een uurtje of een of halftwee, wanneer het jou uitkomt."

Het scherm knipte uit. Secretaris Sepp stond op. "Dat is het dan, mijnheer Arthur. Meer kan ik niet doen."

"Het zij zo, meneer de Secretaris," zei Luke met holle stem.

"Het spijt me dat ik niet verder kan helpen in de andere kwestie, maar zoals ik al zei —"

"Het is niet van belang."

Luke draaide zich om, verliet het elegante kantoor, en beende door de deuren van brons-met-zwart glas de rotonde weer in. Door de boog naar Suite 42 zag hij een grote man met een stierennek en een tomaatrood gezicht over de balie gebogen staan. Luke stapte snel door en verliet de rotonde net toen de echte meneer Arthur en de adjunct diep verwikkeld in een geagiteerde conversatie aan kwamen lopen.

Luke stopte bij de informatiebalie. "Waar is de Raad voor Beleidsevaluatie?"

"Niveau 29, mijnheer, dit gebouw."

Bij Beleidsevaluatie op niveau 29 sprak Luke met een hoffelijke en elegante jongeman met een zijden snor, die de statusclassificatie van Plancoördinator had. "Absoluut!" riep de jongeman uit in antwoord op Luke's vraag. "Betrouwbare informatie is de basis van een betrouwbare organisatie! Materiaal uit Bestanden wordt verzameld en geaggregeerd op de afdeling Précis en naar ons opgestuurd. Wij geven het vorm en presenteren het aan de Raad van Bestuur in de vorm van een dagelijkse samenvatting."

Luke toonde interesse in de afdeling Précis en de jongeman raakte instant verveeld. "Wroeters in statistieken, nauwelijks in staat om een begrijpelijke zin te formuleren. Als wij er niet waren —" Zijn wenkbrauwen, zijdeachtig als zijn snor, hintten op de rampen waaraan de Organisatie in afwezigheid van Beleidsevaluatie ten onder zou gaan. "Ze zitten in een suite ergens op het zesde niveau."

Luke daalde af naar Précis en ondervond geen moeilijkheden om toegang te krijgen tot het hoofdkantoor. In tegenstelling tot het wazige intellectualisme van Beleidsevaluatie, leek Précis zowel praktisch als zakelijk. Een vrouw van middelbare leeftijd, weldoorvoed en opgewekt, vroeg Luke wat hem bij haar afdeling bracht, en toen Luke zich als journalist presenteerde, leidde ze hem door het pand. Ze liepen door de hoofdlobby, de muren voorzien van antiek crèmekleurig pleisterwerk met gouden krulwerk, langs kleine, muffe kantoorhokjes, waar klerken achter projectieschermen eindeloze woordenstromen afspeurden, ideeënreeksen extraheerden, deze corrigeerden, ze uitsneden en condenseerden, kruisverwijzingen maakten, en uiteindelijk samenvattingen produceerden om te worden ingediend bij Beleidsevaluatie. Luke's vrolijke ronde gids zette een pot thee; ze stelde vragen die Luke in algemene termen beantwoordde, waarbij hij zijn stem moduleerde en de lippen tuitte in een poging om aangenaam en hartelijk over te komen. Hij stelde zelf ook vragen. "Ik ben geïnteresseerd in een reeks statistieken over de schaarste van metalen of ertsen, of iets dergelijks dat recentelijk is behandeld door Beleidsevaluatie. Weet u hier iets vanaf?"

"Hemel nee," antwoordde de vrouw. "Er komt gewoon te veel materiaal binnen — de data van de hele Organisatie."

"Waar komt dit materiaal vandaan? Wie stuurt het naar jullie?"

De vrouw trok een koddige kleine grimas van afkeer. "Van Bestanden, beneden op Subniveau 12. Ik kan je er weinig over vertellen, omdat we niet omgaan met het personeel daar. Ze hebben een lage status: griffiers en dergelijke. Louter robots."

Luke toonde verdere interesse in de databronnen van Précis. De vrouw haalde haar schouders op, waarmee ze leek te zeggen dat iedereen recht had op zijn eigen voorkeuren. "Ik zal wel even bellen met de Hoofdgriffier van Bestanden; ik ken hem heel vaag."

De Hoofdgriffier, de heer Sidd Boatridge, was zelfingenomen en bruusk, alsof hij zich bewust was van het lage aanzien waarmee hij door

Précis werd bezien. Hij veegde Luke's vragen ongeïnteresseerd en met onbewogen gelaat van tafel. "Ik heb echt geen idee, mijnheer. Wij archiveren, indexeren en leggen kruisverbanden aan voor het materiaal in de Databank, maar met uitgaande gegevens houden we onszelf amper bezig. Mijn taken zijn in feite voornamelijk administratief. Ik roep wel een van de griffiers; hij zal u meer kunnen vertellen dan ik."

De griffier die door Boatridge werd opgeroepen was een korte man met een hoofd als een raap en verward rood haar. "Neem mijnheer Grogatch mee naar je kantoor," zei de Hoofdgriffier knorrig. "Hij wil je een paar vragen stellen."

In het kantoortje en uit het zicht van de Hoofdgriffier werd de griffier nogal nors en pompeus, alsof hij het niveau van Luke's status had bepaald. Hij noemde zichzelf een 'data-expert' in plaats van 'griffier', dat laatste was blijkbaar een classificatie van geringer prestige. Zijn 'data-expertise' bestond eruit dat hij naast een paneel zat waarop duizenden oranje en groene lichtjes gloeiden en knipperden. "De oranje lampjes duiden op informatie die de Databank in gaat," zei de griffier. "De groene lampjes laten zien waar iemand op een hoger gelegen niveau er informatie uit haalt — over het algemeen bij de afdeling Précis."

Luke keek even naar de oranje en groene flikkeringen. "Welke informatie wordt er nu overgedragen?"

"Geen flauw idee," gromde de griffier. "Het is allemaal gecodeerd. In het oude kantoor beneden hadden we een decodeur en die werd al nooit gebruikt. We hebben te veel andere dingen te doen."

Luke dacht na. De griffier vertoonde tekenen van rusteloosheid. Luke's geest werkte koortsachtig. Hij vroeg: "Dus — als ik het goed begrijp — jullie slaan informatie op, maar verder heb je er niets mee te maken?"

"We slaan het op en coderen het. Wie informatie wil hebben zet een aanvraag uit en de informatie komt dan bij hem terecht. Wij zien de gevraagde informatie zelf nooit, tenzij we gebruik zouden maken van die oude monitor."

"Die staat nog op het oude kantoor?"

De griffier knikte. "Ze noemen het nu de aggregatiekamer. Niets anders dan in- en uitvoerlijnen, die monitor en de toezichthouder."

"Waar is die aggregatiekamer?"

"Diep in de catacomben, ergens achter de Databank. Het laagste van het laagste. Niets voor mij om daar te werken, ik heb meer ambitie." Om dit te benadrukken spuugde hij op de vloer.

"Er is een toezichthouder, zeg je?"

"Een oude Junior Uitvoerende genaamd Dodkin. Hij zit daar al honderd jaar."

Luke daalde dertig verdiepingen met een expreslift en ging vervolgens met de roltrap nog eens zes etages omlaag naar Subniveau 48. Hij kwam uit in een groezelige hal met een eetzaal voor laagwaardigen aan de ene kant en een slaapzaal voor liftbedienden aan de andere. De lucht was bezwangerd met de onmiskenbare stank van het diepe ondergrondse, een mengsel van vochtig beton, fenol, mercaptanen, en een separate maar doordringende menselijke geur. Luke besefte met bitter genoegen dat hij was teruggekeerd naar zijn vertrouwde terrein.

De instructies volgend die de griffier hem met tegenzin had gegeven, stapte Luke op een rammelende personenband met het opschrift '902 — Tanks'. Hij kwam uit bij een helder verlichte ruimte en zag een zwart en geel bord:

INFORMATIETANKS – TECHNISCH STATION.

Bij de deur zat een aantal monteurs op krukken, ogenschijnlijk hun tijd te verdoen met doelloos geklets.

Luke stapte over op een kleinere band ter zijde die in een nog slechtere staat van onderhoud verkeerde en ieder ogenblik de geest scheen te zullen geven. Bij de tweede kruising — deze was ongemarkeerd — verliet hij de transportband en sloeg een smalle gang in naar een verre gele lamp. De passage was verlaten en bijna sinister in vergelijking met het drukke leven van de Stad.

Onder het eenzame gele peertje was een gedeukte metalen deur zichtbaar, met daarop de tekst geklad:

Informatietanks: Aggregatiekamer
GEEN TOEGANG

Luke probeerde de deur en vond die op slot. Hij klopte en wachtte.

Doodse stilte omzwachtelde de gang en werd slechts verbroken door een zwak gonzen van de verre transportband.

Luke klopte opnieuw, en nu klonk van binnen het geschuifel van beweging. De deur ging op een kier en een bleek oog keek hem onbewogen aan. Een eerder zwakke stem vroeg: "Ja, mijnheer?"

Luke probeerde een toon van vriendelijk gezag. "Ben jij Dodkin de toezichthouder?"

"Ja, mijnheer, ik ben Dodkin."

"Doe open, alsjeblieft, ik wil graag binnenkomen."

Het bleke oog knipperde in milde verwondering. "Dit is slechts de aggregatiekamer, mijnheer. Er is hier niets te zien. De opslagcomplexen bevinden zich elders, aan de voorkant; als u teruggaat naar de kruising —"

Luke onderbrak de stroom van woorden. "Ik kom net van de afdeling Bestanden; ik ben hier voor u gekomen."

Het bleke oog knipperde nog een keer; de deur gleed open. Luke trad de aggregatiekamer binnen, een lange smalle hal met een betonnen vloer. Duizenden kabels, ieder voorzien van een metalen tag, kwamen door het plafond naar binnen en kromden zich in een wirwar van lussen alvorens in de wand te verdwijnen. Aan het ene uiteinde van de kamer stond een groezelig bedje waar Dodkin blijkbaar sliep; aan de andere kant stond een lang zwart bureau: de monitor? Dodkin zelf was klein en gebogen, maar bewoog zich nog erg lichtvoetig ondanks zijn duidelijk hoge leeftijd. Zijn witte haar was vlekkerig maar netjes geborsteld; zijn zwakke, waterige blik, was argeloos en hij bekeek Luke met de objectiviteit van een sterrenkundige. Hij opende zijn mond in een beverige woordenstroom die Luke tevergeefs trachtte te onderbreken.

"Er komen zelden bezoekers van boven. Is er iets mis?"

"Nee, in het geheel niet."

"Ze zouden het me moeten vertellen wanneer er iets niet klopt, of dat er wellicht een nieuw beleid van kracht is geworden waarvan ik niet op de hoogte ben gebracht."

"Niets van dat alles, meneer Dodkin. Ik ben slechts een bezoeker —"

"Ik kom niet zo vaak meer buiten als vroeger, maar vorige week —"

Luke pretendeerde te luisteren terwijl Dodkin verder brabbelde als de obbligatopartij bij zijn bittere gedachten. Het spoor van richtlijnen dat van Fedor Miskitman naar Lavester Limon leidde, vervolgens naar Judiath Ripp, voorbijgaand aan Parris deVicker naar Sewell Sepp en uiteindelijk naar de Voorzitter van de Raad, en dat dan weer door de classificaties en de niveaus omlaag voerde langs Beleidsevaluatie, de afdeling Précis en het kantoor van de griffier — dat spoor eindigde ten slotte hier; het kluwen dat hij met zo'n wanhoop had ontrafeld leek nu uit te vezelen. Welnu, zei Luke tegen zichzelf, hij had de uitdaging van Miskitman aanvaard; hij had gefaald en stond nu weer voor zijn oorspronkelijke keuze. Conformeer je, draag die ellendige schop heen en weer naar het magazijn, of negeer de richtlijn, gooi de schop neer, laat jezelf gelden als een man met een vrije wil, en word gererubriceerd tot Junior Uitvoerende zoals de oude Dodkin — die, hijgend en piepend, nog steeds doorratelde in dwangmatige babbelzucht.

"…een onvolkomenheid, ik zou het nimmer te weten komen, want wie vertelt mij ooit iets? Jaar in, jaar uit zit ik hier beneden en er is niemand om me af te lossen, en ik kom nog maar zelden aan de oppervlakte, hooguit eens in de twee weken, maar als je de lucht eenmaal hebt gezien, verandert die dan ooit? En de zon, hoe wonderlijk ook, maar als je eenmaal dat wonder hebt gezien —"

Luke haalde diep adem. "Ik onderzoek een informatie-item dat bij Bestanden terecht is gekomen. Ik vraag me af of je me kunt helpen."

Dodkin knipperde met zijn bleke ogen. "Welk item is dit, mijnheer? Natuurlijk zal ik op iedere mogelijke manier helpen, ook al —"

"Het item ging over bezuinigingen ten aanzien van het gebruik van metalen en metalen gereedschappen."

Dodkin knikte. "Ik herinner me het item perfect."

Nu was het Luke's beurt om met open mond te staren. "Je *herinnert* je dit item nog?"

"Zeker. Het was, als ik het zo mag zeggen, een van mijn kleine interpolaties. Een persoonlijke observatie die ik heb toegevoegd aan de andere gegevens."

"Zou je zo vriendelijk willen zijn om dat uit te leggen?"

Dodkin wilde het maar al te graag uitleggen. "Vorige week was ik in de gelegenheid om een oude vriend te bezoeken in de buurt van Claxton Abbey: Davy Evans, een waardig Conformist, welaangepast en coöperatief, al is hij — helaas — zoals ikzelf, een Junior Uitvoerende. Natuurlijk heb ik het volste respect voor Davy, die net als ik bijna klaar is voor het pensioen — hoe weinig dat tegenwoordig ook nog om het lijf heeft ..."

"De interpolatie?"

"Oh ja. Op weg naar huis met de personenband — op Subniveau 32, als ik me goed herinner — zag ik een arbeider — mogelijk een elektrotechnicus — verscheidene handwerktuigen in een greppel gooien aan het einde van zijn dienst. Ik dacht: wat is dat nu voor een slordige daad — schandelijk! Stel dat de man vergat waar hij zijn spullen had achtergelaten? Ze zouden verloren raken! Onze voorraden van ruw metaalerts zijn heel laag — dat is algemeen bekend — en ieder jaar raakt het oceaanwater meer en meer verdund. Die man had geen enkel oog voor de toekomst van de Organisatie. We zouden onze natuurlijke hulpbronnen moeten koesteren, bent u het er niet mee eens, mijnheer?"

"Daar ben ik het uiteraard mee eens. Maar —"

"In ieder geval, ik kwam hier terug en heb een notitie van die strekking toegevoegd aan de gegevens die naar de griffier gaan. Ik dacht dat hij misschien wel onder de indruk zou zijn en er iets van zou zeggen tegen iemand met invloed — misschien de Hoofdgriffier. In elk geval is dat de achtergrond van mijn interpolatie. Natuurlijk probeerde ik het enigszins zwaarder aan te zetten door te verwijzen naar de onvermijdelijke eindigheid van onze natuurlijke hulpbronnen."

"Ik begrijp het," zei Luke. "En voeg je vaak interpolaties toe aan de dagelijkse gegevens?"

"Bij gelegenheid," zei Dodkin, "en het doet me deugd om te kunnen zeggen dat er af en toe belangrijker mensen dan ikzelf mijn mening delen. Pas drie weken geleden had ik een vertraging van enkele minuten op mijn route van Claxton Abbey naar Kittsville op Subniveau 30. Ik heb er een notitie van gemaakt en vorige week zag ik dat men was begonnen met de aanleg van een nieuwe achtbaans personenband tussen die twee punten, een echt schitterende en toekomstgerichte onderneming. Een maand geleden zag ik een groep schaamteloze meisjes die als primitieve wilden met make-up beklad waren. Wat een verspilling, zei ik tegen mezelf, wat een ijdelheid en dwaasheid! Ik hintte daarop in een berichtje naar de griffier. Ik blijk slechts een van velen te zijn met deze opvatting, want twee dagen later vaardigde de Secretaris van Onderwijs een Algemene Instructie uit die deze verachtelijke ijdelheden ontmoedigt."

"Interessant," mompelde Luke. "Zeer interessant. Hoe neem je deze 'interpolaties' op in de gegevensstroom?"

Dodkin hobbelde behendig naar de decodeur en wenkte Luke. "De output van de informatietanks komt hierdoorheen. Ik tik een berichtje op het invoerscherm en voeg het toe aan de gegevensstroom die de griffier vervolgens ziet."

"Bewonderenswaardig," zuchtte Luke. "Een man met uw intelligentie had hoger moeten staan op de Ranglijst."

Dodkin schudde zijn vreedzame oude hoofd. "Ik heb de ambitie niet, noch de aanleg. Ik ben geschikt voor dit eenvoudige baantje, en ook dat maar amper. Ik zou liever vandaag dan morgen met pensioen gaan, alleen vroeg de Hoofdgriffier me om nog een tijdje te blijven tot hij iemand kan vinden om mijn werk over te nemen. Echter, niemand lijkt de rust hierbeneden te waarderen."

"Misschien kun je eerder met pensioen dan je denkt," zei Luke.

Luke slenterde door de glanzende tunnel met zijn afwisselend lichte en donkere ringen als een *bull's eye*. Voor hem zag hij beweging, het glinsteren van metaal, het gemompel van stemmen. De voltallige ploeg van Tunnelgroep 3 stond er afwachtend en rusteloos bij.

Fedor Miskitman zwaaide zijn arm met onkarakteristieke heftigheid. "Grogatch! Op je post! Je hebt de hele ploeg opgehouden!" Zijn zware gezicht was roodgevlekt. "We lopen al vier minuten achter op schema."

Luke slenterde dichterbij.

"Schiet op!" brulde Miskitman. "Wat denk je dat dit is, een verrekte promenade?"

Luke hield, voor zover mogelijk, zijn pas nog verder in. Fedor Miskitman liet zijn grote kop zakken en keek hem onheilspellend aan. Luke stopte pal voor zijn neus.

"Waar is je schop?" vroeg Fedor Miskitman.

"Ik heb geen idee," zei Luke. "Ik ben hier om te werken. Het is aan jou om gereedschap te regelen."

Fedor Miskitman staarde Luke ongelovig aan. "Heb je hem niet naar het magazijn gebracht?"

"Jawel," zei Luke. "Ik heb hem daar achtergelaten. Als je 'm wil hebben, ga 'm dan maar halen."

Fedor Miskitman opende zijn mond. Hij brulde: "Opgedonderd jij!"

"Net wat je wilt," zei Luke. "Jij bent de voorman."

"Je hoeft ook niet terug te komen!" schreeuwde Miskitman. "Ik zal hier melding van maken voor de dag om is. Dit gaat je geen statusverhoging opleveren, dat garandeer ik je!"

" 'Status'?" Luke lachte. "Ga je gang. Degradeer me tot Junior Uitvoerende. Denk je dat ik er om maal? Nee. En ik zal je vertellen waarom. Er zijn veranderingen op til. Wanneer straks de dingen er anders aan toe lijken te gaan, denk dan maar aan mij."

Luke Grogatch, Junior Uitvoerende, nam afscheid van de uit dienst tredende toezichthouder van de aggregatiekamer. "Je bent mij geen dank verschuldigd, helemaal niet," zei Luke. "Ik ben hier door mijn eigen toedoen. In feite — ach wel, laat maar zitten. Ga naar boven, ga in de zon zitten, geniet van de frisse lucht."

Ten langen leste strompelde Dodkin — met gemengde gevoelens van zowel vreugde als verdriet — voor de laatste keer door de muffe passage naar de klapperende personenband.

Luke was alleen in de aggregatiekamer. Om hem heen ruiste de bijna onhoorbare stroom van informatie. Achter de wand voelde hij een miljoen relais klikken, trillen, ineengrijpen; cilinders, sporenbuizen en geheugenstroken zoemend van activiteit. De decodeur spuugde de eindeloze uitvoer uit op een haspel gele tape. In de buurt rustte het invoerscherm.

Luke ging zitten. Zijn eerste interpolatie... wat zou die worden? Vrijheid voor de Nonconformisten? Voormannen van tunnelgroepen dienen voortaan het gereedschap van de hele ploeg te dragen? Een hogere kostenvergoeding voor Junior Uitvoerenden?

Luke stond op en krabde aan zijn kin. Invloed... die subtiel aangewend diende te worden. Waar zou hij die voor gebruiken? Om verworvenheden voor zichzelf veilig te stellen? Ja, natuurlijk, dat zou hij in ieder geval doen, op sluwe wijze. En dan? Luke dacht aan de miljarden mannen en vrouwen die in de Organisatie woonden en werkten. Hij keek naar het invoerscherm. Hij zou hun levens vorm kunnen geven, hun gedachten wijzigen, de Organisatie ontregelen. Was dit verstandig? Of goed? Of zelfs amusant?

Luke zuchtte. Voor zijn geestesoog zag hij zichzelf staan op een hoog terras met uitzicht op de Stad. Luke Grogatch, Voorzitter van de Raad. Niet onmogelijk, zelfs heel goed mogelijk. Stukje bij beetje, met de juiste interpolaties...Luke Grogatch, Voorzitter van de Raad. Ja. Dat om mee te beginnen. Maar hij moest behoedzaam en met grote subtiliteit te werk gaan...

Luke ging achter het invoerscherm zitten en begon aan zijn eerste interpolatie.

DE MAANVLINDER

DE HUISBOOT WAS GEBOUWD naar de meest veeleisende maatstaven van Sirenees vakmanschap, dat wil zeggen, het absolute was zo dicht benaderd als het menselijk oog kon waarnemen. De planken romp van glanzend donker hout vertoonde geen naden, de platina klinknagels waren verzonken en gladgeschuurd. De boot was massief van stijl, breedgebouwd, even stevig als de oever zelf zonder log of laks van lijn te zijn. De boeg bolde op als een zwanenborst, de achtersteven rees hoog op en kromde dan naar voren en droeg een ijzeren lantaarn. De deuren waren vervaardigd uit planken van gevlekt, groenzwart hout; de vensters waren in talrijke vakken verdeeld en beglaasd met oudroze, blauw, lichtgroen en violet getinte vierkantjes van mica. De boeg was ingericht voor huishoudelijke diensten en bevatte de slavenverblijven; midscheeps bevonden zich een tweetal slaapkajuiten, een eetkamer en een salon die uitkwam op een zonnedek op de achtersteven.

Dit was de huisboot van Edwer Thissell, maar het bezit vervulde hem met genoegen noch trots. De boot was haveloos. De tapijten waren sleets, de bewerkte schermen bekrast, de ijzeren lantaarn hing scheef van roest. Zeventig jaar geleden had de eerste eigenaar de bouwer geëerd door de boot te aanvaarden en had zelf ook eer ingelegd; de transactie (want de procedure betekende veel meer dan een simpel geven en nemen) had het prestige van beiden vergroot. Die tijd was lang vervlogen; nu dwong de huisboot geen enkel ontzag meer af. Thissell, pas drie maanden op Sirene, wist dit maar kon er niets aan veranderen; deze boot was de beste die hij krijgen kon. Hij zat op het achterdek te oefenen op de *ganga*, een op de citer lijkend instrument dat niet veel groter was dan zijn hand. Honderd meter in de richting van de kust onderstreepte de branding een strook wit zand; daarachter rees het oerwoud op met het silhouet van hoekige zwarte heuvels tegen de lucht. Mireille scheen nevelig en wit aan de hemel, als door een massa spinrag; de oceaan was bezaaid met plassen paarlemoer. Het tafereel was even vertrouwd maar niet zo vervelend geworden als de *ganga*, waarop hij al twee uur Sirenese toonladders zat te tokkelen, akkoorden vormde, eenvoudige progressies doornam. Nu verwisselde hij de *ganga* voor de *zachinko*, een kleine geluiddoos bezet met toetsen die met de rechterhand bespeeld werden. Een druk op de toetsen dwong lucht door buisjes in de toetsen zelf wat ongeveer de klank van een harmonica opleverde. Thissell doorliep vlug en met heel weinig fouten een tiental toonladders. Van de zes instrumenten die hij zich tot taak had gesteld te leren bespelen, was de *zachinko* het minst weerspannig gebleken (met uitzondering natuurlijk van de *hymerkin*, dat klakkende, kletsende en kletterende toestel van hout en steen dat uitsluitend tegenover de slaven werd gebruikt).

Thissell oefende nog een minuut of tien en legde de *zachinko* dan ter zijde. Hij boog zijn armen een paar maal, bewoog zijn pijnlijke vingers. Sinds zijn aankomst was ieder wakend moment gewijd aan de instrumenten: de *hymerkin*, de *ganga*, de *zachinko*, de *kiv*, de *strapan*, de *gomapard*. Hij had toonladders geoefend op negentien tonen en in vier toongeslachten, akkoorden zonder tal, intervallen die niemand op de Thuisplaneten zich ooit had voorgesteld. Trillers, arpeggio's, legato, klikrusten en nasalisaties; verzwakking en versterking van boventonen; vibrato's en wolftonen; concaviteiten en convexiteiten. Hij oefende met koppige, dodende ijver, waarbij zijn vroegere opvatting van muziek voor het genoegen al lang verloren was gegaan. Naar de instrumenten kijkend moest hij zich bedwingen om ze niet alle zes in de Titanische Oceaan te gooien.

Hij stond op, liep door de salon, de eetkamer, door een gang langs de kombuis en kwam uit op het voordek. Daar leunde hij over de reling en keek in de onderwaterkooi waar Toby en Rex, de slaven, de sleepvissen inspanden voor de wekelijkse tocht naar Fan, dat twaalf kilometer naar het noorden lag. De jongste vis lag speels of nukkig te duiken en te spartelen. Zijn natte zwarte snuit brak door het water en Thissell die hem in zijn gezicht zag voelde een scheut van onbehagen. De vis droeg geen masker!

Thissell lachte moeilijk en betastte zijn eigen masker, de Maanvlinder. Geen twijfel aan, hij paste zich al aan Sirene aan! Hij was in een belangrijk stadium gekomen als het blote gezicht van een vis hem schrik aanjoeg!

Ten slotte waren de vissen ingespannen; Toby en Rex klommen aan boord. Hun rode lichamen glinsterden en hun zwarte katoenen maskers kleefden aan hun gezicht. Thissell negerend borgen ze de kooi op en hesen het anker. De sleepvissen zetten kracht, het tuig kwam strak te staan en de huisboot gleed naar het noorden.

Terug op het achterdek pakte Thissell de *strapan* op — dit was een ronde doos van twintig centimeter doorsnede. Van een centrale naaf straalden zesenveertig snaren naar de omtrek waar ze aan een klokje of een rinkelstaaf waren verbonden. Als de snaren getokkeld werden, rinkelden de klokjes en galmden de staven; als er op getrommeld werd bracht het instrument een zagend, tjingelend geluid voort. Vaardig bespeeld leverden de aangenaam zure dissonanten een expressief effect op; in de handen van een ongeoefende waren de resultaten minder plezant en benaderden soms zelfs een ordeloos lawaai. De *strapan* was Thissells zwakste instrument en de hele reis naar het noorden oefende hij geconcentreerd.

Na verloop van tijd naderde de huisboot de drijvende stad. De sleepvissen werden ingetoomd en de huisboot werd afgemeerd. Op de kade woog en taxeerde een ris leeglopers naar Sirenese gewoonte ieder aspect van de huisboot, de slaven en Thissell zelf. Nog niet helemaal gewend aan zulke doordringende inspecties raakte Thissell van zijn stuk, te meer door de roerloze maskers. Beschroomd zijn Maanvlinder verschikkend klom hij op de kade.

Een slaaf rees op uit hurkhouding, hield zijn knokkels tegen de zwarte lap op zijn voorhoofd en zong met een drietonige, vragende frase: "De Maanvlinder voor mij drukt wellicht de identiteit van Ser Edwer Thissell uit?"

Thissell klopte op de *hymerkin* die aan zijn riem hing en zong: "Ik ben Ser Thissell."

"Ik ben geëerd met een vertrouwensopdracht," zong de slaaf. "Drie dagen van dageraad tot schemering heb ik gewacht op de kade; drie nachten van schemering tot dageraad hurkte ik op een vlot onder deze zelfde kade en luisterde ik naar de voeten van de Nachtmensen. Ten leste aanschouw ik het masker van Ser Thissell."

Thissell ontlokte een ongeduldig geratel aan de *hymerkin*. "Hoe is de aard van deze vertrouwensopdracht?"

"Ik draag een boodschap, Ser Thissell. Hij is bedoeld voor u."

Thissell hield zijn linkerhand op terwijl hij de *hymerkin* met zijn rechter bespeelde. "Geef mij de boodschap."

"Ogenblikkelijk, Ser Thissell."

De omslag droeg een zwaar opschrift:

IJLBERICHT! SPOED!

Thissell scheurde de envelop open. Het bericht was ondertekend door Castel Cromartin, opperste uitvoerder van het Interwereld-beleidscollege, en luidde na de formele groet:

> **BESLIST URGENT** dat de volgende bevelen worden uitgevoerd! Aan boord van de *Carina Cruzeiro*, met bestemming Fan, datum van aankomst 10 januari U.T., bevindt zich de beruchte sluipmoordenaar Haxo Angmark. Woon de landing met toereikend gezag bij, volvoer inhechtenisneming en opsluiting van deze man. Deze instructies dienen met succes te worden opgevolgd. Mislukking is onaanvaardbaar.
> **ATTENTIE!** Haxo Angmark is buitengemeen gevaarlijk. Dood hem zonder aarzelen bij elk vertoon van tegenstand.

Thissell was ontsteld. Als nieuw benoemde consulair vertegen-woordiger had hij niets van deze aard verwacht; hij voelde zich noch in staat, noch bereid met gevaarlijke sluipmoordenaars om te gaan. Bedachtzaam wreef hij over de donzige grijze wang van zijn masker. Maar de situatie was niet volkomen uitzichtloos; Esteban Rolver, de directeur van de ruimtehaven zou ongetwijfeld meewerken en mis-schien zelfs een peloton slaven ter beschikking stellen.

Iets hoopvoller gestemd herlas Thissell de boodschap. 10 januari universele tijd. Hij raadpleegde een omzettingskalender. Vandaag was het de veertigste in het Seizoen van Bittere Nectar — hij liet zijn vinger langs de kolom glijden. Daar. 10 januari. Vandaag.

In de verte klonk een brommend geluid op. Uit de mist kwam een doffe vorm vallen: de lichter die op de terugweg was van de *Carina Cruzeiro*.

Voor de derde keer las Thissell het bericht. Toen keek hij op en bestudeerde de dalende boot. Haxo Angmark zou aan boord zijn. Over vijf minuten zou hij de bodem van Sirene betreden. De landingsformaliteiten hielden hem misschien twintig minuten op. De haven lag op een afstand van drie kilometer en was via een slingerende weg door de heuvels met Fan verbonden.

Thissell keerde zich naar de slaaf: "Wanneer is dit bericht aangekomen?"

De slaaf boog zich naar hem toe met een uitdrukking van onbegrip. Thissell herhaalde zijn vraag door op het klikken van de *hymerkin* te zingen: "Dit bericht: hoelang heb je genoten van de eer ervoor te mogen zorgen?"

De slaaf zong: "Lange dagen heb ik gewacht op de oever en mij slechts bij het vallen van de schemer teruggetrokken op het vlot. Nu is mijn waakzaamheid beloond: ik aanschouw Ser Thissell."

Thissell liep razend weg. Onhandige, stuntelende Sirenezen! Waarom hadden ze de boodschap niet naar zijn huisboot gebracht? Vijfentwintig minuten — nu nog maar tweeëntwintig...

Op de esplanade bleef hij staan, keek links en dan rechts, hopend op een wonder; een of andere vorm van luchttransport die hem in een wip naar de ruimtehaven zou brengen waar met hulp van Rolver de misdadiger Haxo Angmark nog in de kraag gevat zou kunnen worden. Of beter nog, een tweede boodschap die de eerste ongeldig maakte. Iets, wat dan ook... Maar luchtwagens vond men op Sirene niet, en er werd geen tweede bericht bezorgd.

Aan de overkant van de esplanade rees een schaarse rij permanente gebouwen op, van steen en ijzer geconstrueerd en daardoor bestand tegen de verwoede inspanningen van de Nachtmensen. In een van deze gebouwen deed een stalhouder zaken. Onder het oog van Thissell kwam er een man met een schitterend zilveren masker met parels naar buiten rijden op een van de op hagedissen lijkende rijdieren van Sirene.

Thissell repte zich erheen. Er was nog tijd; met enig geluk zou hij Haxo Angmark nog bij zijn kladden vatten.

Voor de rij stallen stond de eigenaar. Hij inspecteerde zijn dieren met zorg, poetste af en toe een schub op of joeg een insect weg. Er waren vijf dieren in eersteklas conditie, elk zo hoog als de schouders van een man, met massieve poten, forse lijven en zware wigvormige koppen. Aan hun voorste hoektanden, die kunstmatig verlengd en gekruld waren tot ze bijna een cirkel vormden, bengelden gouden ringen: de schubben waren in ruitpatronen gekleurd: violet en groen, oranje en zwart, rood en blauw, bruin en roze, geel en zilver.

Thissell kwam ademloos tot stilstand voor de stalhouder. Hij reikte naar zijn *kiv**, aarzelde toen. Kon dit opgevat worden als een terloopse persoonlijke ontmoeting? De *zachinko* misschien? Maar het uiten van zijn verlangens leek nauwelijks om een formele benadering te vragen. Toch maar de *kiv*. Hij sloeg een akkoord aan, maar merkte dat hij per abuis met de *ganga* bezig was. Onder zijn masker grijnsde Thissell verontschuldigend; zijn relatie met de stalhouder was geenszins intiem. Hij hoopte maar dat de man blijmoedig van aard was, en in ieder geval had hij te veel haast om het gepaste instrument te kiezen. Hij sloeg nog een akkoord aan en speelde zo goed als zijn opwinding en gebrek aan adem en vaardigheid toelieten terwijl hij zijn verzoek zong: "Ser Stalhouder, ik heb dringend behoefte aan een snel rijdier. Sta mij toe uit uw kudde te kiezen."

De man droeg een bijzonder ingewikkeld masker dat Thissell niet kon thuisbrengen; een constructie van gevernist bruin textiel, geplisseerd grijs leer, en hoog op het voorhoofd twee grote groene en felrode bollen die minutieus gesegmenteerd waren als insectenogen. Hij bekeek Thissell een lang ogenblik, dan, terwijl hij nogal ostentatief zijn *stimic*† koos, speelde hij een briljante progressie van trillers en

---

* De *kiv* bestaat uit vijf rijen veerkrachtige metalen stroken, veertien per rij, en wordt bespeeld door aanraking, draaien, tokkelen.

† De *stimic*: drie op fluiten lijkende pijpen voorzien van plunjers. Tussen duim en middelvinger knijpt men in een zak om lucht langs de mondstukken te voeren; met de overige vingers hanteert men de zuigers. De *stimic* is een instrument dat zich zeer goed leent voor de gevoelens van koele reserve of zelfs afkeuring.

loopjes waarvan Thissell het belang niet doorzag. De man zong: "Ser Maanvlinder, ik vrees dat mijn rijdieren niet geschikt zijn voor een persoon van uw distinctie."

Thissell roffelde vlijtig op zijn *ganga*. "Geenszins; alle lijken mij heel geschikt. Ik verkeer in grote haast en zal met genoegen een dier van de groep aanvaarden."

De staleigenaar speelde een broos, golvend crescendo. "Ser Maanvlinder," zong hij, "de rijdieren zijn ziek en vuil. U vleit mij dat u ze geschikt acht voor uw doel. Ik kan de dienst die u mij wilt bewijzen niet aanvaarden. En —" hier sloeg hij een koele rinkeling uit zijn *krodatch** "— op een of andere wijze slaag ik er niet in de vrolijke kornuit en medevakman te herkennen die mij zo familiaar aanspreekt met zijn *ganga*."

Dat was duidelijk. Thissell kreeg geen rijdier. Hij draaide zich om en ging op een draf naar het landingsterrein. Achter hem klonk het kletteren van de *hymerkin* van de stalhouder — gericht tot zijn slaven of tot Thissell zelf, maar hij bleef niet staan om dat uit te zoeken.

De vorige consulair vertegenwoordiger van de Thuisplaneten op Sirene was gedood in Zundar. Gemaskerd als een Kroegrabauw had hij een meisje met de linten voor de Evennachtshoudingen aangeklampt, een ongepastheid waarvoor hij terstond onthoofd was door een Rode Demiurgos, een Zonnefee en een Magische Horzel. De onlangs door het Instituut gediplomeerde Edwer Thissell was als zijn opvolger benoemd en kreeg drie dagen de tijd om zich voor te bereiden. Thissell, die een beschouwende zo niet behoedzame aard bezat, had de benoeming als een uitdaging gezien. Hij leerde de Sirenese taal met subcerebrale technieken en vond haar ongecompliceerd. Toen las hij in het *Journaal voor universele antropologie*:

> De bevolking van de Titanische kuststreek is hoogst individualistisch, mogelijk in reactie op een overvloedig milieu

---

* De *krodatch*: een kleine vierkante doos bespannen met in de hars gezette darmen. De musicus bekrast de snaren met zijn nagel, of streelt ze met zijn vingertoppen, wat een menigte rustige, formele klanken oplevert. De *krodatch* wordt ook gebruikt als instrument om te beledigen.

waarin groepsactiviteit niet hoog wordt aangeslagen. De taal, die deze trek weerspiegelt, drukt de stemming van het individu uit, zijn emotionele houding tegenover een gegeven situatie. Feitelijke informatie wordt beschouwd als bijzaak. Bovendien wordt de taal gezongen, onder begeleiding van een klein instrument. Bijgevolg is het bijzonder moeilijk om feiten te vernemen van inwoners van Fan of de verboden stad Zundar. Men wordt verwelkomd met elegante aria's en vertoningen van verbazende virtuositeit op een van de talrijke muziekinstrumenten. Degenen die deze fascinerende wereld bezoeken, moeten, tenzij zij met opperste minachting behandeld willen worden, leren zich op de algemeen gangbare plaatselijke wijze uit te drukken.

Thissell maakte een aantekening in zijn memorandumboek: *Schaf klein muziekinstrument aan met gebruiksaanwijzing.* Hij las verder.

Overal en altijd bestaat een overvloed, om niet te zeggen een overtolligheid van voedsel en het klimaat is weldadig. Puttend uit een bron van ras-energie en met heel wat vrije tijd, houdt de bevolking zich bezig met bewerkelijke zaken. Alles is ingewikkeld: het werk van de ambachtslieden, zoals de bewerkte houten panelen die de huisboot sieren; de symboliek die tot uiting komt in de maskers welke iedereen draagt; de gecompliceerde muzikale taal die subtiele stemmingen en emoties bewonderenswaardig exact uitdrukt; en bovenal de fantastisch complexe interpersoonlijke relaties. Prestige, gezicht, *mana*, aanzien, roem: het Sirenese woord luidt *strakh*. Elke man heeft zijn kenmerkende *strakh*, die bepaalt of, wanneer hij een huisboot nodig heeft, men zal aandringen dat hij gebruik maakt van een drijvend paleis, rijk versierd met edelstenen, albasten lantaarns, pauwenfaïence en bewerkt hout, of dat men hem ongaarne een verwaarloosde hut op een vlot afstaat. Op Sirene bestaat geen betaalmiddel; de enige valuta is *strakh*...

Thissell wreef over zijn kin.

> Te allen tijde worden maskers gedragen, overeenkomstig
> de opvatting dat niemand gedwongen moet worden een uiter-
> lijk te tonen dat hem is opgedrongen door factoren buiten
> zijn macht; hij moet de vrijheid hebben het uiterlijk te kiezen
> dat het best past bij zijn *strakh*. In de beschaafde gebieden
> van Sirene — dat wil zeggen aan de kust van de Titanische
> Oceaan — toont niemand ooit zijn gezicht; dat is zijn meest
> essentiële geheim.
> Het gokken is dan ook niet bekend op Sirene; het zou
> rampzalig voor het Sirenese zelfrespect zijn om voordeel te
> behalen met andere middelen dan het uitoefenen van *strakh*.
> Het woord 'boffen' kent geen equivalent in het Sirenees.

Thissell maakte nog een aantekening: *Zorg voor masker. Uit museum?
Toneelgilde?*

Hij las het artikel uit, haastte zich verder met zijn voorbereidselen
en scheepte zich de volgende dag in op de *Robert Astroguard* voor de
eerste etappe van de reis naar Sirene.

De lichter daalde neer op de Sirenese ruimtehaven, een topazen schijf
die geïsoleerd tussen de zwart, groen en violet getinte heuvels lag.
Edwer Thissell stapte uit. Hij werd opgewacht door Esteban Rolver, de
plaatselijke agent van Ruimtelijnen. Rolver maakte een ontsteld gebaar
en deed een stap achteruit. "Uw masker," riep hij schor. "Waar is uw
masker?"

Thissell hield het nogal gegeneerd omhoog. "Ik wist niet zeker of —"

"Doe 't voor," zei Rolver terwijl hij zich afwendde. Zelf droeg hij
een toestand van dofgroene schubben en blauw gelakt hout. Uit de
wangen staken zwarte pennen en onder zijn kin hing een zwart en wit
geblokte pompon. Het algehele effect was van een sardonische, soepele
persoonlijkheid.

Thissell deed het masker voor. Hij aarzelde of hij een grapje over de
situatie zou maken, dan wel een zekere afstand in acht zou nemen die
paste bij de waardigheid van zijn ambt.

"Bent u gemaskerd?" vroeg Rolver over zijn schouder.

Thissell antwoordde bevestigend en Rolver draaide zich om. Het masker verborg zijn uitdrukking, maar zijn hand knipte onwillekeurig tegen een reeks toetsen aan zijn riem. Het instrument liet een triller van schrik en beschaafde ontsteltenis horen. "Dat masker kunt u niet dragen!" zong Rolver. "Trouwens — hoe, en waar, heeft u dat gekregen?"

"Het is gekopieerd van een masker in het Polypolis Museum," deelde Thissell wat stijf mee. "Ik weet zeker dat het authentiek is."

Rolver knikte met een masker dat sardonischer leek dan ooit. "Authentiek is het zeker. Het is een variant van het type dat bekend staat als de Zeedraakveroveraar, en wordt bij ceremoniële gelegenheden gedragen door personen met immens prestige: prinsen, helden, meestervaklieden, beroemde musici."

"Ik wist niet —"

Rolver maakte een loom gebaar van begrip. "U zult het wel leren. Kijk naar mijn masker. Vandaag draag ik een Meervogel. Personen met minimaal prestige — zoals u, ik, en alle andere buitenwerelders — dragen dit soort dingen."

"Vreemd," zei Thissell terwijl ze over het landingsveld naar een lage betonnen bunker liepen. "Ik nam aan dat je kon dragen welk masker je wilde."

"Dat klopt," zei Rolver. "Draag ieder masker dat je bevalt — als je dat waar kunt maken. Deze Meervogel bijvoorbeeld. Ik draag hem om aan te geven dat ik mij niets verbeeld. Ik maak geen aanspraak op wijsheid, verscheurendheid, veelzijdigheid, muzikale prestaties, vechtlust, of één van een dozijn andere Sirenese deugden."

"Even om mijn nieuwsgierigheid te bevredigen," zei Thissell, "wat zou er gebeuren als ik met dit masker door de straten van Zundar liep?"

Rolver lachte gedempt achter zijn masker. "Als u over de kaden van Zundar liep — er zijn geen straten — met wat voor masker ook, dan zou u binnen het uur gedood worden. Dat is Benko overkomen, uw voorganger. Hij wist niet hoe hij zich moest gedragen. Geen van ons buitenwerelders weet hoe hij zich moet gedragen. In Fan worden we getolereerd — zolang we onze plaats weten. Maar in die uitmonstering die u nu aanheeft zou u niet eens door Fan kunnen wandelen. Iemand die een Vuurslang of een Donderduivel droeg — dat zijn maskers, begrijpt u — zou zich voor u posteren. Hij zou op zijn *krodatch* spelen, en als u zijn onbeschaamdheid niet te lijf ging met een passage op de *skaranyi**, een duivels moeilijk instrument, dan zou hij zijn *hymerkin* bespelen — het instrument dat wij tegenover de slaven gebruiken. Dat is het toppunt van minachting. Of hij zou op zijn duelleergong kunnen slaan en u ter plaatse aanvallen."

"Ik had geen idee dat de mensen hier zo opvliegend waren," zei Thissell bedrukt.

Rolver haalde zijn schouders op en zwaaide de zware stalen deur naar zijn kantoor open. "Ook op de Concourse van Polypolis kan men zekere daden niet bedrijven zonder zich kritiek op de hals te halen."

"Ja, dat is zeker waar," erkende Thissell. Hij keek om zich heen. "Vanwaar deze beveiliging? Het beton, het staal?"

"Dat is ter bescherming tegen de wilden," zei Rolver. " 's Nachts komen ze omlaag uit de bergen, stelen wat ze pakken kunnen en doden iedereen die ze aan land treffen." Hij ging naar een kast en pakte een masker. "Hier. Gebruik deze Maanvlinder maar, daarmee komt u niet in moeilijkheden."

Zonder veel geestdrift bekeek Thissell het ding. Het was gemaakt van muiskleurig bont; aan weerskanten van het mondgat zat een pluk haar en op het voorhoofd prijkte een tweetal op veren lijkende antennes. Aan de slapen bengelden witkanten lellen en onder de ogen hing een serie rode plooien; het effect was tegelijk luguber en komiek.

Thissell vroeg: "Duidt dit masker enige mate van prestige aan?"

"Niet zeer veel."

"Tenslotte ben ik consulair vertegenwoordiger," zei Thissell. "Ik vertegenwoordig de Thuisplaneten, honderd miljard mensen —"

"Als de Thuisplaneten willen dat hun vertegenwoordiger een Zeedraakveroveraar draagt, dan moeten ze een man van het type Zeedraakveroveraar uitsturen."

"Ik snap het." zei Thissell bedrukt. "Ach, als het dan moet —"

---

* De *skaranyi*: een miniatuurdoedelzak waarvan de zak tussen duim en handpalm wordt gemanipuleerd terwijl de vier vingers de kleppen regelen.

Rolver wendde beleefd zijn blik af toen Thissell de Zeedraak-veroveraar verwijderde en het bescheiden Maanvlindertje over zijn hoofd trok. "Vermoedelijk kan ik in een of andere winkel wel iets toepasselijkers vinden," mompelde Thissell. "Ik heb gehoord dat je gewoon naar binnen loopt en pakt wat je nodig hebt, is dat juist?"

Rolver bekeek hem kritisch. "Dat masker — in ieder geval voor-lopig — is volmaakt gepast. En het is nogal belangrijk om niets uit de winkels te halen totdat u precies weet hoeveel *strakh* ieder artikel waard is. De eigenaar boet prestige in als een persoon met geringe *strakh* zich vrijheden veroorlooft met zijn beste werk."

Thissell schudde zijn hoofd van ergernis. "Niets hiervan is mij ver-teld! Ik wist natuurlijk van de maskers, en de angstvallig gehandhaafde integriteit van de handwerkslieden, maar deze enorme nadruk op pres-tige — *strakh*, of hoe het ook heet ..."

"Het geeft niet," zei Rolver. "Na een jaar of twee zult u het klappen van de zweep wel kennen. Ik neem aan dat u de taal spreekt?"

"O zeker. Dat beslist."

"En welke instrumenten bespeelt u?"

"Ach — ik heb begrepen dat ieder klein instrument voldeed, of dat ik eenvoudig kon zingen."

"Dit is geheel bezijden de waarheid. Alleen slaven zingen zonder begeleiding. Ik stel voor dat u de volgende instrumenten zo spoedig mogelijk leert bespelen: de *hymerkin* voor uw slaven. De *ganga* voor conversatie met intieme kennissen of iemand die een iets geringere *strakh* heeft dan uzelf. De *kiv* voor terloopse wellevende gesprekken. De *zachinko* voor meer formele omgang. De *strapan* of de *krodatch* voor uw maatschappelijke minderen — in uw geval dus als u iemand zou willen beledigen. De *gomapard** of de dubbele *kamanthil*† voor plechtige momenten." Hij dacht even na. "De *crebarin*, de waterluit en

---

* De *gomapard*: een van de weinige elektrische instrumenten die op Sirene gebruikt worden. Een oscillator produceert een klank als van een hobo die men met vier toetsen moduleert, dempt, laat trillen en van toonhoogte laat veranderen.

† De dubbele *kamanthil*: een instrument dat lijkt op de *ganga*, behalve dat de tonen voortgebracht worden door het verdraaien en kantelen van een schijf van harsig leer tegen een of meer van de zesenveertig snaren.

de *slobo* zijn ook bijzonder nuttig—maar misschien is het beter als u eerst op de andere instrumenten oefent. Daarmee verschaft u zich tenminste een rudimentaire mogelijkheid tot communicatie."

"Overdrijft u niet?" vroeg Thissell. "Of maakt u een grap?"

Rolver lachte op zijn zwaarmoedige manier. "Geenszins. Allereerst zult u een huisboot nodig hebben. En dan wilt u natuurlijk slaven aanschaffen."

Rolver nam hem mee naar de kaden van Fan, een wandeling van anderhalf uur over een plezierig pad onder immense bomen beladen met fruit, graanpeulen en blazen met suikersap.

"Op het ogenblik," zei Rolver, "zijn er slechts vier buitenwerelders in Fan als we u meerekenen. Ik zal u naar Welibus brengen, onze handelsfactor. Ik geloof dat hij nog een oude huisboot heeft die u misschien zou kunnen gebruiken."

Comely Welibus woonde al vijftien jaar in Fan en had voldoende *strakh* verworven om zijn Zuidenwindmasker met gezag te dragen. Dit bestond uit een blauwe schijf die was ingelegd met gepolijste stukken lapis lazuli en omringd met een aureool van schitterend slangenleer. Hij was krachtdadiger en hartelijker dan Rolver en verschafte Thissell niet alleen een huisboot maar ook een twintigtal verschillende muziekinstrumenten en twee slaven.

Gegeneerd door deze edelmoedigheid stamelde Thissell iets over betaling, maar Welibus onderbrak hem met een weids gebaar. "Mijn beste man, we zijn op Sirene. Zulke bagatellen kosten niets."

"Maar een huisboot—"

Welibus speelde een hoffelijke krul op zijn *kiv*. "In alle oprechtheid, Ser Thissell, is de boot oud en ietwat haveloos. Ik kan me niet veroorloven hem te gebruiken; mijn status zou er onder lijden." Hij begeleidde zijn woorden met een sierlijke melodie. "Status is iets waar u zich voorlopig nog niet om hoeft te bekommeren. U heeft alleen onderdak, gerief en bescherming tegen de Nachtmensen nodig."

"De 'Nachtmensen'?"

"De kannibalen die na donker de kust afstropen."

"O ja. Ser Rolver sprak ervan."

"Vreselijke dingen. We zullen er niet over praten." Zijn *kiv* bracht een huiverende triller voort. "Nu, wat slaven betreft." Met een bedachtzame middelvinger klopte hij op de blauwe schijf van zijn masker. "Rex en Toby zullen u goed dienen." Hij verhief zijn stem en speelde een vlugge rateling op zijn *hymerkin*. *"Avan esx trobu!"*

Er verscheen een slavin die gekleed was in een tiental strakke banden en een lieftallig zwart masker dat glinsterde van parelmoeren lovertjes.

"Fascu etz Rex ae Toby."

Rex en Toby kwamen binnen met wijde maskers van zwarte stof en roestrode wambuizen. Welibus sprak ze toe met een weergalmend geklepper van zijn *hymerkin* en gebood ze hun nieuwe meester goed te dienen, op straffe van terugzending naar hun geboorte-eilanden. Ze vernederden zich en zongen met zachte, hese stemmen plechtige geloften van dienstwilligheid. Thissell lachte nerveus en poogde een zin in de Sirenese taal. "Ga naar de huisboot, reinig hem goed, en breng voedsel aan boord."

Toby en Rex staarden wezenloos door de gaten in hun masker. Welibus herhaalde het bevel onder begeleiding van zijn *hymerkin*. De slaven bogen en vertrokken.

Thissell bekeek de muziekinstrumenten met ontzetting. "Ik heb niet het flauwste benul hoe ik deze dingen moet leren bespelen."

Welibus wendde zich tot Rolver. "Wat denk je van Kershaul? Zou hij overreed kunnen worden Ser Thissell enig fundamenteel onderricht te geven?"

Rolver knikte kritisch. "Kershaul zou die taak misschien wel op zich willen nemen."

"Wie is Kershaul?" vroeg Thissell.

"Het derde lid van ons groepje bannelingen," antwoordde Welibus. "Hij is antropoloog. Heeft u *Schitterend Zundar* gelezen? *Rituelen van Sirene*? *Het volk zonder gezicht*? Nee? Jammer. Het zijn uitstekende werken. Kershaul bezit zeer veel prestige, en ik meen zelfs dat hij Zundar af en toe bezoekt. Hij draagt een Grottenuil, soms een Sterrendoler of zelfs een Wijze Arbiter."

"Hij is overgegaan op een Equatoriaal Serpent," zei Rolver. "De variant met de vergulde slagtanden."

"Werkelijk!" zei Welibus bewonderend. "Nou, ik moet zeggen dat hij het verdiend heeft. Een prachtkerel, werkelijk een bijzonder aardige man." En hij tokkelde peinzend op zijn *zachinko*.

Drie maanden gingen voorbij. Geïnstrueerd door Mathew Kershaul studeerde Thissell op de *hymerkin*, de *ganga*, de *strapan*, de *kiv*, de *gomapard* en de *zachinko*. De dubbele *kamanthil*, de *krodatch*, de *slobo*, de waterluit en een aantal andere konden wachten, zei Kershaul, totdat Thissell de zes fundamentele instrumenten onder de knie had. Hij leende Thissell opnamen van Sirenezen die zich onderhielden in verscheidene stemmingen en met diverse begeleidingen, zodat Thissell kon leren welke melodieën momenteel in de mode waren en zich kon bekwamen in de finesses van intonatie, de verschillende ritmen, kruisritmen, samengestelde ritmen, gesuggereerde ritmen en onderdrukte ritmen. Kershaul zei de Sirenese muziek een fascinerende studie te vinden, en Thissell gaf toe dat het geen onderwerp was waarop men snel zou zijn uitgekeken. De stemming met kwarttonen leverde vierentwintig tonen op, wat vermenigvuldigd met de vijf toongeslachten die algemeen in gebruik waren, uitkwam op honderdtwintig afzonderlijke toonladders. Kershaul gaf Thissell echter de raad zich vooral te concentreren op de basisstemming van ieder instrument en slechts twee van de toongeslachten te gebruiken.

Zonder dringende zaken in Fan behalve de wekelijkse bezoeken aan Mathew Kershaul, kon Thissell zijn huisboot vijftien kilometer naar het zuiden brengen en daar afmeren in de luwte van een rotskaap. Afgezien van het onafgebroken oefenen leidde hij hier een idyllisch leven. De zee was rustig en kristalhelder; het strand dat omzoomd was door het grijze, groene en violette bos lag vlakbij als hij zijn benen wilde strekken.

Toby en Rex woonden in twee hutten in het vooronder. Thissell kon vrij beschikken over de andere kajuiten. Af en toe speelde hij met het idee om een derde slaaf te nemen, wellicht een jonge slavin, die een element van charme en vrolijkheid aan het huishouden zou toevoegen, maar Kershaul raadde dit af, omdat hij vreesde dat Thissells concentratie er misschien onder zou lijden. Thissell schikte zich hierin en wijdde zich geheel aan de studie van de zes instrumenten.

De dagen gleden vlot voorbij. Het luisterrijke schouwspel van de dageraad en de zonsondergang verveelde hem nooit; de witte wolken en de blauwe zee van de middag evenmin; noch de nachtelijke hemel die straalde met de negenentwintig leden van de sterrenhoop SI 1-715. De wekelijkse reis naar Fan betekende een welkome onderbreking. Toby en Rex zorgden voor voedsel; Thissell bezocht de luxueuze huisboot van Mathew Kershaul voor onderwijs en advies. En toen, drie maanden na zijn aankomst op Sirene, kwam het bericht dat zijn routine volledig in de war schopte: Haxo Angmark, de sluipmoordenaar, agent provocateur, meedogenloos en listig misdadiger, was naar Sirene gekomen. *Volvoer inhechtenisneming en opsluiting van deze man!* luidde het bevel. *Attentie! Haxo Angmark buitengemeen gevaarlijk! Dood hem zonder aarzelen!*

Thissell was niet in beste conditie. Al na vijftig meter draven haalde hij stotend adem. Daarna liep hij gewoon, door lage heuvels bekroond met witte bamboe en zwarte boomvarens, Over weiden die geel zagen van grasnoten, door boomgaarden en wilde wijngaarden. Twintig minuten, vijfentwintig minuten; met een zwaar gevoel in zijn maag erkende hij dat hij te laat was. Haxo Angmark was geland en liep mogelijk over deze zelfde weg naar Fan. Maar onderweg kwam Thissell slechts vier personen tegen: een kleine jongen met een quasi-woest Alk-eilander masker; twee jonge vrouwen met de Rode Vogel en de Groene Vogel; een man die gemaskerd was als Bosduivel. Toen hij deze laatste in het oog kreeg bleef Thissell abrupt staan. Kon dit Angmark zijn?

Thissell probeerde een list. Hij liep stoutmoedig naar de man toe, staarde in het afzichtelijke masker. "Angmark!" riep hij in de taal van de Thuisplaneten, "je bent gearresteerd!"

De Bosduivel staarde hem verbluft aan, liep toen verder.

Thissell versperde hem de weg. Hij tastte naar zijn *ganga*, maar herinnerde zich toen de reactie van de stalhouder en sloeg een akkoord aan op zijn *zachinko*. "U reist over de weg van de ruimtehaven," zong hij. "Wat heeft u daar gezien?"

De Bosduivel pakte zijn handtrompet, een instrument dat gebruikt werd om tegenstanders in het gevecht te bespotten, dieren te roepen, en soms om zich vechtlustig en van zessen klaar te betonen. "Waar ik reis en wat ik zie zijn zaken die uitsluitend mijzelf aangaan. Ga opzij of ik loop over uw gezicht." Hij marcheerde vooruit en als Thissell niet opzij was gesprongen, zou de Bosduivel zijn dreigement heel goed hebben kunnen uitvoeren.

Thissell keek hem na. Angmark? Niet waarschijnlijk, als hij zo vaardig overweg kon met de handtrompet. Thissell aarzelde, vervolgde dan zijn weg.

Op de ruimtehaven aangekomen begaf hij zich direct naar het kantoor. De zware deur stond op een kier; toen Thissell aankwam verscheen er een man in de deuropening. Hij droeg een masker van dofgroene schubben, micaplaatjes, blauw gelakt hout en zwarte pennen — de Meervogel.

"Ser Rolver," riep Thissell bezorgd, "wie is er uit de *Carina Cruzeiro* gekomen?"

Rolver nam Thissell een lang moment op. "Waarom vraagt u dat?"

"Waarom ik dat vraag?" zei Thissell. "U moet het ruimtetelegram toch hebben gezien dat ik van Castel Cromartin kreeg!"

"O ja," zei Rolver. "Natuurlijk. Zeker."

"Ik kreeg het pas een halfuur geleden," zei Thissell bitter. "Ik haastte mij hierheen zo snel ik kon. Waar is Angmark?"

"In Fan, veronderstel ik," zei Rolver.

Thissell vloekte zacht. "Waarom heeft u hem niet tegengehouden, op een of andere manier laten wachten?"

Rolver haalde de schouders op. "Ik had noch het gezag, noch het verlangen of de macht om hem tegen te houden."

Thissell streed tegen zijn ergernis. Uiterst kalm zei hij: "Op weg hierheen passeerde ik een man met een nogal gruwelijk masker — schotelogen en rode lellen."

"Een Bosduivel," zei Rolver. "Dat masker had Angmark bij zich."

"Maar hij speelde op de handtrompet," wierp Thissell tegen. "Hoe zou Angmark —"

"Hij is zeer goed thuis op Sirene; hij heeft vijf jaar in Fan gewoond."

Thissell maakte een woedend geluid. "Daar heeft Cromartin niets over gezegd."

"Het is algemeen bekend," zei Rolver met een schouderophalen. "Hij was hier handelsfactor voordat Welibus het overnam."

"Kenden hij en Welibus elkaar?"

Rolver lachte kortaf. "Natuurlijk. Maar je hoeft de arme Welibus niet te verdenken van iets zondigers dan het jongleren met zijn boeken; ik verzeker je dat hij niet met sluipmoordenaars heult."

"Over sluipmoordenaars gesproken," zei Thissell, "heeft u misschien een wapen dat ik zou kunnen lenen?"

Rolver keek hem verwonderd aan. "U wou Angmark hier met blote handen komen arresteren?"

"Ik had geen keus," zei Thissell. "Als Cromartin bevelen geeft, dan rekent hij op resultaten. In ieder geval was u hier met uw slaven."

"Verwacht van mij geen hulp," zei Rolver gemelijk. "Ik draag de Meervogel en maak geen aanspraak op moed. Maar ik kan u wel een energiepistool lenen. Ik heb het al een hele poos niet gebruikt; ik kan niet garanderen dat het voldoende geladen is."

"Alles is beter dan niets," zei Thissell.

Rolver ging het kantoor in en kwam even later terug met een wapen. "Wat gaat u nu doen?"

Thissell schudde vermoeid het hoofd. "Ik zal proberen Angmark in Fan te vinden. Of zou hij naar Zundar gaan?"

Rolver dacht na. "Mogelijk zou hij in Zundar in leven blijven. Maar eerst zou hij zijn muzikale vaardigheden willen oppoetsen. Ik denk dat hij wel een paar dagen in Fan zal blijven."

"Maar hoe moet ik hem vinden? Waar moet ik zoeken?"

"Dat kan ik niet zeggen," zei Rolver. "Het is veiliger voor u als u hem niet vindt. Angmark is een gevaarlijk man."

Thissell liep terug naar Fan.

Waar het pad uit de heuvels met een boog op de esplanade uitkwam stond een gebouw met dikke muren van aangestampte aarde. De deur was uit een dikke zwarte plank gesneden en de ramen waren voorzien van ijzeren banden. Dit was het kantoor van Comely Welibus, de handelsfactor, im- en exporteur. Thissell zag Welibus op zijn gemak op de veranda van plavuizen zitten met een bescheiden versie van de Waldemar op zijn hoofd. Hij leek in gepeins verloren, en of hij Thissells Maanvlinder herkende of niet, hij groette in ieder geval niet.

Thissell kwam naderbij. "Goedemorgen, Ser Welibus."

Welibus knikte afwezig en zei met een vlakke stem terwijl hij aan zijn *krodatch* plukte: "Goedemorgen."

Thissell was nogal van zijn stuk gebracht. Dit was niet bepaald het instrument dat men gebruikte tegenover een vriend en mede-buitenwerelder, zelfs als hij de Maanvlinder droeg.

Koel zei Thissell: "Mag ik u vragen hoelang u hier al zit?"

Welibus dacht een halve minuut na, en toen hij daarna sprak, begeleidde hij zich op de iets hartelijker *crebarin*. Maar de herinnering aan de *krodatch* zat Thissell nog dwars.

"Ik zit hier ongeveer een kwartier. Waarom vraagt u dat?"

"Ik vraag me af of u een Bosduivel langs heeft zien komen?"

Welibus knikte. "Hij is de esplanade afgelopen — en daar die maskerwinkel binnengegaan, meen ik."

Thissell siste van teleurstelling. Dat zou natuurlijk het eerste zijn wat Angmark deed. "Als hij van masker verwisselt vind ik hem nooit meer," mompelde hij.

"Wie is deze Bosduivel?" vroeg Welibus met niet meer dan terloopse belangstelling.

Thissell zag geen reden om de naam geheim te houden. "Een berucht misdadiger: Haxo Angmark."

"Haxo Angmark!" kwaakte Welibus opschrikkend. "Weet u zeker dat hij hier is?"

"Redelijk zeker."

Welibus wreef in zijn bevende handen. "Dat is slecht nieuws — bijzonder slecht nieuws! Hij is een schurk zonder wroeging."

"Kende u hem goed?"

"Even goed als anderen." Nu begeleidde Welibus zichzelf op de *kiv*. "Hij bekleedde het ambt dat ik nu uitoefen. Ik kwam hier als inspecteur en merkte dat hij vierduizend UMI's per maand verduisterde. Ik weet zeker dat hij geen grote dankbaarheid jegens mij koestert." Welibus keek nerveus de esplanade op en neer. "Ik hoop dat u hem vangt."

"Ik doe mijn best. Hij is de maskerwinkel binnengelopen, zei u?"

"Ik ben er zeker van."

Thissell ging verder. Na een paar passen hoorde hij de zwarte planken deur achter zich dichtslaan.

Hij bleef voor de winkel van de maskermaker staan alsof hij de uitstalling bewonderde: honderd miniatuurmaskers, gesneden uit zeldzame houtsoorten en mineralen, getooid met vlokken smaragd, spinragzijde, wespenvleugels, versteende vissenschubben en dergelijke. Er waren geen klanten in de winkel, alleen de maskermaker, een knoestige man in een gele mantel die een bedrieglijk simpele Universele

Expert droeg die gefabriceerd was uit meer dan tweeduizend stukjes bewerkt hout.

Thissell dacht na over wat hij zou zeggen, hoe hij zichzelf zou begeleiden, en liep dan binnen. Toen de ambachtsman Thissells Maanvlinder en zijn schuchtere gedrag opmerkte, ging hij door met zijn werk.

Het makkelijkste instrument kiezend streelde Thissell zijn *strapan* — wellicht niet de gelukkigste keus want het hield een zekere hooghartigheid in. Hij probeerde deze indruk te compenseren door op warme, bijna uitbundige toon te zingen terwijl hij verontschuldigend aan het instrument schudde als hij een verkeerde noot aansloeg. "Een vreemdeling is een interessant persoon om te ontmoeten; zijn gewoonten zijn onbekend, hij wekt nieuwsgierigheid op. Geen twintig minuten geleden betrad een vreemdeling deze fascinerende winkel om zijn saaie Bosduivel te verwisselen voor een van de opmerkelijke en avontuurlijke creaties die hier ter plaatse worden samengesteld."

De maskermaker keek Thissell van opzij aan en speelde zonder een woord een progressie van akkoorden op een instrument dat Thissell nog nooit had gezien: een flexibele zak die men in de hand hield met drie korte pijpjes die tussen de vingers staken. Als de pijpjes bijna dichtgeknepen werden en de lucht door de spleet werd geperst, kwam er een klank als van een hobo uit. Voor Thissells rijpende oor leek het instrument moeilijk, de maskermaker een expert, en de muziek onpeilbaar onverschillig.

Hij probeerde het nog een keer. Moeizaam manipuleerde hij de *strapan*. Hij zong: "Voor een buitenwerelder op een vreemde planeet is de stem van iemand van zijn thuis als water voor een dorstige plant. Een persoon die twee zulke personen zou kunnen verenigen, smaakt wellicht voldoening door zo'n daad van erbarmen."

De maskermaker bevingerde als terloops zijn eigen *strapan* en ontlokte er een serie golvende toonladders aan terwijl zijn vingers zich sneller bewogen dan het oog kon volgen. In de formele stijl zong hij: "Een kunstenaar stelt prijs op zijn momenten van concentratie; hij voelt er niet voor tijd te verdoen aan het uitwisselen van banaliteiten met personen van op zijn best gemiddeld prestige." Thissell poogde ertussen te komen met een tegenmelodie, maar de vakman sloeg een nieuwe reeks complexe akkoorden aan die Thissells begrip te boven gingen en vervolgde: "In de winkel komt een persoon die kennelijk voor de eerste keer een ongeëvenaard moeilijk instrument ter hand heeft genomen, want zijn spel laat te wensen over. Hij zingt van heimwee en verlangen naar de aanblik van anderen als hijzelf. Hij verbergt zijn immense *strakh* achter een Maanvlinder, want hij speelt op de *strapan* tegenover een meestervakman, en hij zingt op een toon van smalende scherts. De verfijnde en scheppende kunstenaar negeert de provocatie. Hij bespeelt een wellevend instrument, houdt zich op de vlakte, en vertrouwt erop dat de vreemdeling zijn streken moe zal worden en vertrekt."

Thissell pakte zijn *kiv*. "De edele maskermaker begrijpt mij volkomen verkeerd —"

Hij werd in de rede gevallen door een staccato geschraap van de *strapan* van de kunstenaar. "Nu schept de vreemdeling er aardigheid in het begripsvermogen van de kunstenaar te bespotten."

Thissell kraste als een dolleman op zijn *strapan*: "Om aan de hitte te ontkomen dwaal ik een kleine en onopvallende maskerwinkel binnen. De handwerksman, hoewel hij zich nog laat afleiden door het nieuwe van zijn gereedschap, maakt toch een veelbelovende indruk. Hij zwoegt vlijtig om zijn vaardigheid te vervolmaken, zozeer zelfs dat hij weigert zich met vreemdelingen te onderhouden, zonder zich aan hun wensen te storen."

De maskermaker legde zijn gereedschap voorzichtig neer. Hij stond op, ging achter een kamerscherm en kwam even later terug met op zijn hoofd een masker van goud en ijzer met een krans van nagebootste lekkende vlammen. In zijn ene hand had hij een *skaranyi*, in de andere een kromzwaard. Hij produceerde een briljante reeks wilde klanken en zong: "Zelfs de meest begenadigde kunstenaar kan zijn *strakh* vergroten door zeemonsters, Nachtmensen en opdringerige leeglopers te doden. Zo'n gelegenheid doet zich nu voor. De kunstenaar stelt zijn aanval precies tien seconden uit, omdat de zondaar slechts een Maanvlinder draagt." Hij liet zijn kromzwaard ronddraaiend door de lucht fluiten.

Wanhopig beukte Thissell op zijn *strapan*. "Is hier een Bosduivel binnengekomen? Is hij met een nieuw masker weggegaan?"

"Vijf seconden zijn reeds verstreken," zong de maskermaker in een strak, sinister ritme.

Thissell verdween kokend van woede en teleurstelling. Hij stak het plein over, keek de esplanade af. Honderden mannen en vrouwen wandelden over de kaden of stonden op het dek van hun huisboot, elk met een masker voor dat gekozen was om zijn of haar stemming, prestige en speciale kenmerken uit te drukken, en overal klonk het sjilpen en galmen van muziekinstrumenten.

Thissell wist niet meer wat te doen. De Bosduivel was verdwenen. Haxo Angmark liep vrij rond in Fan, en Thissell had de dringende bevelen van Cromartin niet weten uit te voeren.

Achter hem klonken de terloopse klanken van een *kiv*. "Ser Maanvlinder Thissell, u staat hier verzonken in gedachten."

Thissell draaide zich om en zag naast zich een Grottenuil staan met een sombere zwart met grijze mantel aan. Thissell herkende het masker, dat eruditie en geduldige vorsing van abstracte ideeën symboliseerde; Mathew Kershaul had het bij hun ontmoeting van een week geleden gedragen.

"Goedemorgen, Ser Kershaul," mompelde Thissell.

"En hoe staat het met de studie? Heeft u de cis-plus toonladder op de *gomapard* al onder de knie? Ik herinner me dat u die omgekeerde intervallen lastig vond."

"Ik heb eraan gewerkt," zei Thissell somber. "Maar aangezien ik waarschijnlijk word teruggeroepen naar Polypolis, is het allemaal verspilde moeite geweest."

"Wat? Hoe dat zo?"

Thissell legde de situatie met Haxo Angmark uit. Kershaul knikte ernstig. "Ik herinner me Angmark. Geen innemend persoon, maar een uitstekend musicus met rappe vingers en een echt talent voor nieuwe instrumenten." Nadenkend krulde hij de geitensik van zijn Grottenuil. "Wat zijn uw plannen?"

"Die zijn er niet," zei Thissell met een smartelijke frase op de *kiv*. "Ik heb geen idee wat voor maskers hij kan dragen en als ik niet weet hoe hij eruitziet, hoe kan ik hem dan vinden?"

Kershaul trok aan zijn sik. "Vroeger had hij een voorliefde voor de Exo-Cambiaanse Cyclus, en ik geloof dat hij een hele set Onderbewoners gebruikte. Maar nu is zijn smaak misschien veranderd."

"Precies," klaagde Thissell. "Hij zou vijf meter van me af kunnen staan zonder dat ik het wist." Bitter tuurde hij naar de maskerwinkel. "Niemand wil me iets vertellen; ik betwijfel of het ze iets kan schelen dat er een moordenaar over hun kaden loopt."

"Juist," beaamde Kershaul. "De Sirenese normen verschillen van de onze."

"Ze kennen geen verantwoordelijkheidsgevoel," klaagde Thissell. "Ze zouden zelfs geen touw naar een drenkeling gooien."

"Het is waar dat ze er een hekel aan hebben om zich ergens mee te bemoeien," zei Kershaul. "Ze leggen de nadruk op individuele verantwoordelijkheid en onafhankelijkheid."

"Boeiend," zei Thissell, "maar ik tast nog steeds in het duister omtrent Angmark."

Kershaul keek hem ernstig aan. "En als u erin slaagt Angmark op te sporen, wat doet u dan?"

"Dan zal ik de bevelen van mijn meerdere uitvoeren," zei Thissell koppig.

"Angmark is gevaarlijk," peinsde Kershaul. "Op enkele punten is hij op u in het voordeel."

"Daar kan ik geen rekening mee houden. Het is mijn plicht om hem terug te sturen naar Polypolis. Waarschijnlijk heeft hij niets van mij te vrezen, omdat ik geen flauw benul heb waar ik hem zoeken moet."

Kershaul dacht na. "Een buitenwerelder kan zich niet achter een masker verstoppen, althans niet voor de Sirenezen. Wij zijn hier met zijn vieren in Fan — Rolver, Welibus, u en ik. Als een nieuwe buitenwerelder hier een huishouden tracht te beginnen, zal dat nieuws binnen korte tijd de ronde doen."

"En als hij naar Zundar gaat?"

Kershaul haalde zijn schouders op. "Ik betwijfel of hij dat zou durven. Anderzijds —" Hij zweeg toen hij zag dat Thissell opeens zijn belangstelling had verloren.

Een man met een Bosduivel kwam met stoere stappen in hun richting. Kershaul legde een weerhoudende hand op Thissells arm maar deze ging met zijn geleende pistool gereed voor de Bosduivel staan. "Haxo Angmark," riep hij, "verroer je niet, anders dood ik je. Je bent gearresteerd."

"Weet je zeker dat dit Angmark is?" vroeg Kershaul bezorgd.

"Ik kom er wel achter," zei Thissell. "Angmark, draai je om en steek je handen op."

De Bosduivel stond versteld van verrassing en verwondering. Hij reikte naar zijn *zachinko* en speelde een vragend arpeggio terwijl hij zong: "Maanvlinder, waarom val je me lastig?"

Kershaul trad naar voren en speelde een verzoenende frase op zijn *slobo*. "Ik vrees dat hier een identiteitsverwisseling in het spel is, Ser Bosduivel. Ser Maanvlinder zoekt een buitenwerelder met een Bosduivelmasker."

De muziek van de Bosduivel werd geërgerd en opeens ging hij over op zijn *stimic*. "Hij beweert dat ik een buitenwerelder ben? Laat hem die aantijging bewijzen, of anders mijn wraak ondergaan."

In verlegenheid gebracht keek Kershaul de menigte rond die zich had verzameld en begon opnieuw aan een sussende melodie. "Ik weet zeker dat Ser Maanvlinder —"

De Bosduivel viel hem in de rede met een fanfare van *skaranyi*-klanken. "Laat hem zijn bewering staven of zich anders voorbereiden op bloedvergieten."

Thissell zei: "Uitstekend, ik zal het bewijzen." Hij deed een stap naar voren en greep het masker van de Bosduivel beet. "Laat je gezicht maar eens zien, dat zal je identiteit wel bewijzen!"

De Bosduivel sprong verbluft achteruit. De menigte hield de adem in; toen stegen er onheilspellende klanken op. De Bosduivel tastte naar zijn hals, gaf een ruk aan het koord van zijn duelgong en trok met zijn andere hand zijn kromme sabel voor de dag.

Kershaul stapte naar voren terwijl hij geagiteerd zijn *slobo* bespeelde. Nu beschroomd ging Thissell opzij, zich bewust van het lelijke geluid dat de menigte maakte.

Kershaul zong uitleg en excuses, de Bosduivel antwoordde; over zijn schouder siste Kershaul tegen Thissell: "Ren weg, of het is je dood! Haast je!"

Thissell aarzelde; de Bosduivel maakte aanstalten om Kershaul opzij te duwen. "Ren voor je leven!" schreeuwde Kershaul. "Naar het kantoor van Welibus en sluit je daar op!"

Thissell nam de benen. De Bosduivel rende hem enkele meters

achterna, maar stampte toen met zijn voet op de grond en stuurde hem een serie rauwe en schimpende stoten op de handtrompet achterna terwijl de menigte een smalend contrapunt van klepperende *hymerkins* produceerde.

Verder gebeurde er niets. In plaats van in het Import-Exportkantoor te vluchten rende Thissell een zijstraat in en liep behoedzaam in het rond spiedend naar de kade waar zijn huisboot lag gemeerd.

De schemer was niet ver meer toen hij weer aan boord kwam. Toby en Rex hurkten op het voordek omringd door de proviand die ze hadden verzameld: rieten manden met fruit en graanproducten, blauwglazen kruiken met wijn, olie en pikant sap, drie varkentjes in een gevlochten kooi. Ze kraakten noten tussen hun tanden en spuwden de doppen overboord. Toen Thissell op het dek stapte keken ze op en het leek alsof ze op een nieuwe, achteloze manier opstonden. Toby mompelde binnensmonds en Rex onderdrukte een gegrinnik.

Thissell klepperde boos met zijn *hymerkin*. "Breng de huisboot naar buiten; vannacht blijven we bij Fan," zong hij.

In de beslotenheid van zijn kajuit deed hij de Maanvlinder af en staarde in de spiegel naar het gezicht dat hij al nauwelijks meer herkende. Hij pakte de Maanvlinder, bestudeerde de verafschuwde trekken: de donzige grijze huid, de blauwe stekels, de bespottelijke kanten flappen. Echt geen waardige uitmonstering voor de consulair vertegenwoordiger van de Thuisplaneten. Als hij die baan tenminste nog had wanneer Cromartin hoorde dat Angmark ontkomen was!

Hij liet zich in een stoel vallen, staarde naargeestig voor zich uit. Vandaag had hij een reeks tegenslagen verduurd, maar hij was nog niet verslagen, geenszins. Morgen zou hij naar Mathew Kershaul toegaan; samen zouden ze bespreken hoe hij Angmark het best kon opsporen. Zoals Kershaul had opgemerkt kon een nieuw buitenwerelds huishouden niet gecamoufleerd worden; Haxo Angmarks identiteit zou spoedig bekend zijn. Bovendien moest hij morgen een ander masker aanschaffen. Niets extreems of ijdels, maar een masker met een zekere waardigheid en zelfvertrouwen.

Op dat ogenblik klopte een van de slaven op het deurpaneel en haastig trok Thissell de gehate Maanvlinder weer over zijn hoofd.

✳

De volgende ochtend vroeg, nog voordat het goed en wel licht was, roeiden de slaven de huisboot terug naar het deel van de kade dat gereserveerd was voor mensen van andere planeten. Rolver, Welibus en Kershaul waren nog niet gearriveerd en Thissell wachtte ongeduldig. Na een uur bracht Welibus zijn boot naar de kade. Thissell wilde niet met hem spreken en bleef daarom binnen.

Even later kwam ook Rolvers boot langszij. Door het raam zag Thissell hem met zijn gebruikelijke Meervogel aan land gaan. Daar werd hij aangesproken door een man in een Zandtijgermasker met gele haarpieken die het bericht dat hij Rolver bracht begeleidde op zijn *gomapard*.

Rolver leek verbaasd en verstoord. Na een ogenblik nam hij zijn eigen *gomapard* ter hand en gebaarde onder het zingen naar Thissells huisboot. Toen vervolgde hij na een buiging zijn weg.

De man met de Zandtijger klom nogal gewichtig op de drijvende steiger en klopte op de verschansing van Thissells boot.

Thissell ging naar buiten. De Sirenese etiquette vereiste niet dat hij een toevallige bezoeker aan boord noodde, dus sloeg hij alleen een vragend akkoord aan op zijn *zachinko*.

De Zandtijger bespeelde zijn *gomapard* en zong: "De dageraad over de baai van Fan is gewoonlijk een schitterend moment; de hemel straalt met gele en groene tinten; als Mireille oprijst, brandt en draait de mist als vlammen. Hij die zingt peurt groter genot uit het uur wanneer het dobberende lijk van een buitenwerelder niet de serene kalmte van het uitzicht ontsiert."

Thissells *zachinko* maakte bijna uit zichzelf een geschrokken vragend geluid; de Zandtijger boog waardig. "De zanger beroemt zich op zijn gelijkmoedigheid; het verheugt hem evenwel niet geplaagd te worden door de capriolen van een ontevreden geest. Daarom heeft hij zijn slaven opdracht gegeven een riem aan de enkel van het lijk te bevestigen en terwijl wij hebben staan praten, hebben zij het lijk verbonden aan de achtersteven van uw huisboot. U zult de in de Buitenwereld voorgeschreven riten willen verrichten. Hij die zingt wenst u een goede morgen en neemt nu afscheid."

Thissell snelde naar de achterkant van zijn boot. Daar, bijna naakt en zonder masker, dreef het lijk van een volwassen man dat aan de oppervlakte werd gehouden door de in zijn spanbroek gevangen lucht.

Thissell bestudeerde het dode gezicht, dat karakterloos en leeg leek, mogelijk als rechtstreeks gevolg van het dragen van maskers. Het lijk scheen van gemiddelde bouw en lengte te zijn, en hij schatte de leeftijd op vijfenveertig tot vijftig. Het haar was een onbestemd bruin, de gelaatstrekken waren opgezwollen door het water. Aan niets viel te zien hoe de man gestorven was.

Dit moest Haxo Angmark zijn, dacht Thissell. Wie anders? Mathew Kershaul? Waarom niet? vroeg hij zich onbehaaglijk af. Rolver en Welibus waren al aan land gegaan. Hij speurde de baai af of Kershauls boot al in de buurt was en zag toen dat deze net aanlegde. Meteen daarna sprong Kershaul van boord met zijn Grottenuil.

Hij leek in een afwezige stemming te zijn, want hij passeerde Thissells huisboot zonder zijn ogen van de kade te nemen.

Thissell keek weer naar het lijk. Dan was het dus Angmark, buiten kijf. Waren er niet drie mannen uit de boten van Rolver, Welibus en Kershaul gekomen, met de voor deze mannen karakteristieke maskers op? Natuurlijk was het Angmarks lijk...Thissells geest weigerde vrede te hebben met deze makkelijke oplossing. Kershaul had hem erop geattendeerd dat een nieuwe buitenwerelder spoedig bekend zou raken. En hoe zou Angmark zich anders in leven moeten houden, tenzij... Thissell zette deze gedachte van zich af. Het lijk moest Angmark zijn.

En toch...

Thissell ontbood zijn slaven en gaf bevel dat ze een geschikte kist naar de kade brachten en het lijk daarin legden en naar een toepasselijke rustplaats overbrachten. De slaven toonden geen geestdrift voor deze taken en Thissell moest heftig zij het niet vaardig op de *hymerkin* rammen om zijn bevelen kracht bij te zetten.

Hij liep de kade af naar de esplanade, passeerde het kantoor van Comely Welibus en begon aan het mooie pad naar de ruimtehaven. Toen hij daar aankwam bleek Rolver nog niet verschenen te zijn. Een bovenslaaf, die status kreeg door een gele rozet op zijn zwarte masker, vroeg hoe hij Thissell van dienst kon zijn. Thissell verklaarde dat hij een boodschap naar Polypolis wilde verzenden.

Dat zou geen moeite kosten, verzekerde de slaaf. Als Thissell zijn bericht met duidelijke blokletters wilde opschrijven zou het terstond verstuurd worden.

Thissell schreef:

> Dode buitenwerelder gevonden, mogelijk Angmark.
> Leeftijd 48, gemiddelde bouw, haar bruin. Andere
> identificatiemogelijkheden ontbreken. In afwachting
> van bevestiging en/of instructies.

Hij richtte de boodschap aan Castel Cromartin in Polypolis en overhandigde hem aan de bovenslaaf. Een ogenblik later hoorde hij het kenmerkende geknetter van een transruimteontlading.

Na een uur was Rolver nog niet komen opdagen. Thissell liep rusteloos heen en weer voor het kantoor. Het viel niet te zeggen hoelang hij zou moeten wachten; de transmissietijd van een bericht via de transruimte varieerde op grillige manier. Soms kwam een bericht in microseconden door; soms zwierf het urenlang door onbegrijpelijke regionen; en er bestonden verschillende geverifieerde gevallen van boodschappen die ontvangen waren voordat ze verzonden werden.

Nog een halfuur later arriveerde Rolver eindelijk met zijn gebruikelijke Meervogel. Tegelijk hoorde Thissell het gesis van een binnenkomend bericht.

Rolver leek verbaasd Thissell te zien. "Wat voert u zo vroeg hierheen?"

Hij legde het uit. "Het gaat over het lijk dat u vanochtend naar mij hebt verwezen. Ik heb het aan mijn meerderen gemeld."

Rolver hief zijn hoofd en luisterde naar het gesis. "Er schijnt al antwoord te komen. Ik moet me ermee bezighouden."

"Waarom zo veel moeite?" vroeg Thissell. "Uw slaaf lijkt me heel efficiënt."

"Dat is mijn werk," verklaarde Rolver. "Ik ben verantwoordelijk voor de accurate verzending en ontvangst van alle ruimtetelegrammen."

"Ik ga mee," zei Thissell. "Ik heb het altijd al eens willen zien."

"Ik vrees dat dat tegen de regels is," zei Rolver. Hij liep naar de binnendeur. "Uw bericht zal weldra gereed zijn."

Thissell stribbelde tegen maar Rolver negeerde hem en ging naarbinnen.

Vijf minuten later verscheen hij met een kleine gele envelop. "Geen erg goed nieuws," kondigde hij met niet overtuigende deelneming aan. Treurig maakte Thissell de envelop open. Hij las:

> Lijk niet van Angmark. Angmark heeft zwart haar.
> Waarom niet bij landing opgewacht? Ernstig verzuim.
> Hoogst onvoldaan. Keer terug naar Polypolis bij eerste gelegenheid.
>
> Castel Cromartin

Thissell stak het papier in zijn zak. "Tussen haakjes, mag ik u naar de kleur van uw haar vragen?"

Rolver speelde een verraste trilling op zijn *kiv*. "Ik ben lichtblond. Waarom vraagt u dat?"

"Louter nieuwsgierigheid."

Rolver speelde nog een serie klanken op de *kiv*. "Nu begrijp ik het! Mijn beste kerel, wat een achterdochtig karakter heeft u. Kijk!" Hij draaide zich om en trok de plooien van zijn masker bij zijn nek opzij. Thissell zag dat Rolver inderdaad blond haar had.

"Gerustgesteld?" vroeg Rolver schertsend.

"O zeker," zei Thissell. "Trouwens, kunt u mij misschien een ander masker lenen? Ik word ziek van deze Maanvlinder."

"Ik ben bang van niet," zei Rolver. "Maar u hoeft slechts de werkplaats van een maskermaker binnen te lopen en uw keus te bepalen."

"Ja, natuurlijk," zei Thissell. Hij groette Rolver en liep terug aar Fan. Toen hij voorbij Welibus' kantoor kwam aarzelde hij, maar ging toch naarbinnen. Vandaag droeg Welibus een verblindende constructie van groene glazen prisma's en zilveren kralen die Thissell nog nooit had gezien.

Welibus begroette hem behoedzaam onder begeleiding van zijn *kiv*. "Goedemorgen, Ser Maanvlinder."

"Ik zal u niet lang ophouden," zei Thissell, "maar ik wil u een tamelijk persoonlijke vraag stellen. Welke kleur heeft uw haar?"

Welibus aarzelde een fractie van een seconde, maar draaide zich dan om en tilde de flap van zijn masker op. Thissell zag dikke zwarte krullen. "Beantwoordt dit uw vraag?" vroeg Welibus.

"Volmaakt," zei Thissell. Hij stak de esplanade over en liep naar

Kershauls boot aan de kade. Kershaul begroette hem zonder veel animo en nodigde hem met een berustend handgebaar aan boord.

"Een vraag die ik u wil stellen," zei Thissell. "Wat voor kleur heeft uw haar?"

Kershaul lachte triest. "Het weinige dat nog rest is zwart. Waarom vraagt u dat?"

"Uit nieuwsgierigheid."

"Kom, kom," zei de antropoloog ongewoon ferm. "Er zit meer aan vast dan dat."

Om raad verlegen gaf Thissell dit toe. "Zo is de situatie. Vanochtend is er een dode buitenwerelder in de haven gevonden. Zijn haar was bruin. Ik ben er niet helemaal zeker van, maar er is een kans van — eens kijken, ja, twee op de drie dat Angmarks haar zwart is."

Kershaul trok aan de sik van zijn Grottenuil. "Hoe komt u tot die conclusie?"

"Deze informatie kreeg ik uit handen van Rolver. Hij heeft blond haar. Als Angmark Rolvers identiteit heeft aangenomen, dan zou hij natuurlijk het bericht veranderen dat ik vanochtend ontving. Zowel u als Welibus zeggen zwart haar te hebben."

"Hm," zei Kershaul. "Eens kijken of ik uw redenatie kan volgen. U denkt dat Haxo Angmark Rolver, Welibus of mij heeft gedood en de identiteit van de dode heeft aangenomen. Juist?"

Thissell keek hem verbaasd aan. "U zelf vertelde me dat Angmark geen huishouden zou kunnen beginnen zonder zich te verraden. Weet u dat niet meer?"

"O, zeker. We gaan verder. Rolver heeft u een bericht gegeven dat verklaarde dat Angmark zwart haar heeft en toonde dat hijzelf blond haar had."

"Ja. Kunt u dat verifiëren? Ik bedoel wat de oude Rolver betreft."

"Nee," zei Kershaul. "Ik heb Rolver en Welibus geen van beiden ooit zonder masker gezien."

"Als Rolver Angmark niet is," peinsde Thissell, "en als Angmark inderdaad zwart haar heeft, dan valt de verdenking op u en Welibus."

"Heel interessant," zei Kershaul. Hij nam Thissell onderzoekend op. "U zou trouwens zelf Angmark kunnen zijn. Wat voor kleur heeft uw haar?"

"Bruin," zei Thissell kort. Hij tilde het grijze bont van de Maanvlinder in zijn nek op.

"Maar u zou me kunnen bedriegen omtrent de tekst van het bericht," opperde Kershaul.

"Dat doe ik niet," zei Thissell mat. "Dat kunt u bij Rolver controleren als u wilt."

Kershaul schudde zijn hoofd. "Niet nodig. Ik geloof u wel. Maar nog iets: de stemmen. U heeft ons allemaal horen spreken voordat Angmark arriveerde en daarna. Levert dat niets op?"

"Nee. Ik ben zo gespitst op veranderingen dat jullie allemaal anders klinken. En de maskers dempen de stemmen."

Kershaul trok aan zijn sik. "Ik zie niet direct een oplossing voor het probleem." Hij grinnikte. "Is dat trouwens wel nodig? Voor de komst van Angmark hadden we Rolver, Welibus, Kershaul en Thissell. En nu — praktisch gesproken — hebben we nog steeds Rolver, Welibus, Kershaul en Thissell. Wie zal zeggen of het nieuwe lid geen verbetering is?"

"Een boeiende gedachte," beaamde Thissell, "maar toevallig is het voor mij van belang om Angmark te identificeren. Mijn baan staat op het spel."

"Aha," mompelde Kershaul. "Dan wordt het dus een kwestie tussen u en Angmark."

"Wilt u mij niet helpen?"

"Niet actief. Ik ben doordrongen geraakt van het Sirenese individualisme. Ik denk dat Rolver en Welibus soortgelijk zullen reageren." Hij zuchtte. "Wij zijn hier allemaal al te lang."

Thissell dacht diep na. Kershaul wachtte geduldig en vroeg toen: "Heeft u verder nog vragen?"

"Nee," zei Thissell. "Alleen wil ik u nog om een gunst verzoeken."

"Als het maar enigszins kan zal ik u ter wille zijn," antwoordde Kershaul hoffelijk.

"Geef mij dan, of leen mij, een van uw slaven, voor een week of zo."

Kershaul speelde een uitroep van vermaak op zijn *ganga*. "Ik voel er niet zo veel voor om een van mijn slaven af te staan; ze kennen mij en mijn manieren —"

"Zodra ik Angmark vang, krijgt u hem terug."

"Goed," zei Kershaul. Hij ratelde op zijn *hymerkin* om een slaaf te ontbieden. "Anthony," zong hij, "je moet met Ser Thissell meegaan en hem een korte tijd dienen."

De slaaf boog zonder plezier.

Thissell nam Anthony mee naar zijn huisboot en ondervroeg hem uitvoerig. Sommige antwoorden noteerde hij. Daarna beval hij hem niets te zeggen over het gebeurde en stelde hem onder de hoede van Rex en Toby. Hij gaf opdracht de huisboot een eind het water op te slepen en niemand aan boord te laten tot hij terugkwam.

Voor de tweede keer die dag sloeg hij het pad naar het landingsveld in. Hij trof Rolver bezig aan een middagmaal van gekruide vis, geraspte bast van de saladeboom en een kom inheemse krenten. Na een bevel van Rolver op zijn *hymerkin* dekte een slaaf voor Thissell. "En hoe verlopen uw onderzoekingen?"

"Ik kan geen vorderingen melden," zei Thissell. "Ik veronderstel dat ik op uw hulp kan rekenen?"

Rolver lachte kort. "U heeft mijn goede wensen."

"Ik zou graag een slaaf van u willen lenen," zei Thissell. "Tijdelijk."

Rolver hield even op met eten. "Waarvoor dan wel?"

"Dat leg ik liever niet uit," zei Thissell. "Maar u kunt erop vertrouwen dat het geen loos verzoek is."

Rolver liet ongaarne een slaaf komen en droeg hem over aan Thissell.

Weer op weg naar zijn huisboot liep Thissell aan bij het kantoor van Welibus.

Welibus keek op van zijn werk. "Goedemiddag, Ser Thissell." Thissell kwam direct ter zake. "Ser Welibus, wilt u me voor een paar dagen een slaaf lenen?"

Welibus aarzelde even. "Waarom niet?" Hij klepperde met zijn *hymerkin* en er verscheen een slaaf. "Voldoet hij? Of heeft u liever een jonge slavin?" Hij grinnikte nogal beledigend, naar Thissells idee.

"Hij voldoet uitstekend. Ik breng hem over een paar dagen terug."

"Er is geen haast bij." Welibus toog met een achteloos gebaar weer aan het werk.

Op zijn huisboot ondervroeg Thissell de twee nieuwe slaven afzonderlijk van elkaar en maakte nieuwe aantekeningen op zijn kaart.

De schemer viel zacht over de Titanische Oceaan. Toby en Rex roeiden de boot weg van de kade over het zijden water. Thissell zat op het dek te luisteren naar het rumoer van zachte stemmen en de klanken van talrijke instrumenten. De lampen op de drijvende huisboten brandden geel en flets watermeloenrood. De kust was donker; weldra zouden de Nachtmensen komen aansluipen om het afval te doorzoeken en afgunstig over het water te turen.

Over negen dagen zou de *Buenaventura* Sirene aandoen, en Thissell had bevel gekregen om terug te reizen naar Polypolis. Kon hij Haxo Angmark in negen dagen opsporen?

Negen dagen waren zo voorbij, dacht Thissell, maar heel misschien was het genoeg.

Twee dagen verstreken, toen drie en vier en vijf. Iedere dag ging Thissell aan land en bezocht Rolver, Welibus en Kershaul minstens één keer.

Elk reageerde anders op zijn aanwezigheid. Rolver sardonisch en prikkelbaar, Welibus vormelijk en althans aan de oppervlakte vriendelijk, Kershaul mild en minzaam, maar opvallend onpersoonlijk en vrijblijvend in het gesprek.

Thissell bleef even wellevend onder Rolvers zure hatelijkheden, Welibus' opgewektheid, Kershauls koele gedrag. En iedere dag maakte hij na terugkeer op de boot aantekeningen op zijn schema.

De zesde, zevende en achtste dag kwamen en gingen. Nogal grof en op de man af vroeg Rolver of Thissell passage wilde boeken op de *Buenaventura*. Thissell dacht na en antwoordde: "Ja, u kunt beter passage voor één persoon reserveren."

"Terug naar de wereld van gezichten," huiverde Rolver. "Gezichten! Overal bleke gezichten met vissenogen. Monden als moes, verknoopte en doorboorde neuzen, platte, lubberende gezichten. Ik geloof niet dat ik er nog tegen zou kunnen, na al deze jaren hier. Maar gelukkig dat u geen echte Sirenees bent geworden."

"Maar ik ga niet terug," zei Thissell.

"Ik dacht dat u passage wilde reserveren."

"Dat klopt. Voor Haxo Angmark. Hij gaat terug naar Polypolis, in de cel."

"Zo, zo," zei Rolver. Dus u heeft hem eruit gehaald."

"Dat spreekt," zei Thissell. "U niet?"

Rolver haalde zijn schouders op. "Of het is Welibus, of Kershaul, meer weet ik er niet van. Zolang hij zijn masker draagt en zich Welibus of Kershaul noemt, betekent het niets voor mij."

"Voor mij betekent het een heleboel," zei Thissell. "Hoe laat gaat de lichter morgen naar boven?"

"Om elf uur tweeëntwintig precies. Als Haxo Angmark vertrekt, zeg hem dan dat hij op tijd komt."

"Hij zal er zijn," beloofde Thissell.

Hij bracht zijn dagelijkse bezoek aan Welibus en Kershaul. Daarna zette hij drie laatste symbolen op zijn kaart.

Hier lag het bewijs, duidelijk en overtuigend. Geen absoluut onomstotelijk en onweerlegbaar bewijs, maar genoeg om een bepaalde handeling op te baseren. Hij controleerde zijn pistool. Morgen was de beslissende dag. Hij kon zich geen fouten veroorloven.

Het ochtendgloren was helderwit, de hemel als de binnenkant van een oesterschelp; Mireille rees op door lichtende mist. Toby en Rex roeiden de boot naar de kade. De andere drie boten van buitenwerelders dreven slaperig op de trage golven.

Eén boot in het bijzonder hield Thissell in de gaten, de boot waarvan de eigenaar door Haxo Angmark was gedood en overboord gezet. Deze boot gleed weldra naar de kust en Haxo Angmark zelf stond op de voorplecht met een masker dat Thissell niet kende: een samenstel van felrode veren, zwart glas en pieken van groen haar.

Thissell moest zijn houding wel bewonderen. Een slim plan, handig bedacht en listig uitgevoerd — maar stukgelopen op een onoverkomelijk obstakel.

Angmark ging weer naar binnen. De huisboot kwam bij de kade. De slaven wierpen meertouwen uit, legden de loopplank uit. Met zijn pistool gereed in de zak van zijn mantel liep Thissell de kade af en ging aan boord. Hij duwde de deur naar de salon open. De man achter de tafel hief zijn rode, zwarte en groene masker verrast op.

Thissell zei: "Angmark, probeer me alsjeblieft niet tegen te spreken of —"

Iemand viel hem van achter aan; hij werd tegen de vloer geworpen en deskundig van zijn pistool ontdaan.

Achter hem klepperde een *hymerkin* en een stem zong: "Bind de armen van deze dwaas."

De man achter de tafel stond op, verwijderde het rode, zwarte en groene masker en onthulde zo het zwarte masker van een slaaf. Thissell draaide zijn hoofd. Naast hem stond Haxo Angmark met een masker dat Thissell herkende als een Drakentemmer. Het was gemaakt van zwart metaal, had een messcherpe neus, oogringen en drie kammen over de scalp.

De uitdrukking van het masker was vanzelfsprekend onleesbaar, maar Angmarks stem klonk triomfantelijk. "Ik heb je heel makkelijk in de val laten lopen."

"Dat is waar," zei Thissell. De slaaf was klaar. Een roffel op de *hymerkin* stuurde hem weg. "Sta op," zei Angmark. "Ga in die stoel zitten."

"Waar wachten we op?" vroeg Thissell.

"Twee van onze lotgenoten zijn nog op het water. We hebben ze niet nodig voor wat ik van zins ben."

"En dat is?"

"Dat merk je vanzelf," zei Angmark. "We hebben nog een uur de tijd."

Thissell beproefde zijn boeien. Die waren vast en zeker stevig genoeg.

Angmark ging ook zitten. "Hoe heb je mij uitgekozen? Ik geef toe dat ik nieuwsgierig ben... Kom, kom," gispte hij toen Thissell bleef zwijgen. "Zie je niet in dat ik je verslagen heb? Maak het niet onprettiger voor jezelf dan nodig."

Thissell haalde zijn schouders op. "Ik ging uit van een fundamentele stelling. Je kunt je gezicht maskeren, maar niet je persoonlijkheid."

"Aha," zei Angmark. "Interessant. Ga verder."

"Ik leende een slaaf van jou en de twee anderen, en die ondervroeg ik zorgvuldig. Welke maskers hadden hun meesters gedragen gedurende de maand voordat jij arriveerde? Ik maakte een schema en tekende daar hun antwoorden op aan. Rolver droeg de Meervogel ongeveer tachtig procent van de tijd, en de resterende twintig verdeelde hij tussen de Sofistenabstractie en de Zwarte Complexe. Welibus had een voorliefde voor de helden van de Kan-Dachan Cyclus. Hij droeg meestal de Chalekun, de Prins Onverveerd, en de Zeevein; zes dagen van de acht. De overige twee dagen droeg hij zijn Zuidenwind of zijn Vrolijke Metgezel. Kershaul was conservatiever en prefereerde zijn Grottenuil, de Sterrendoler en twee of drie andere maskers die hij met onregelmatige tussenpozen droeg.

"Zoals ik zei kreeg ik deze inlichtingen uit misschien wel de betrouwbaarste bron, de slaven. De volgende stap was jullie drie in de gaten houden. Iedere dag noteerde ik welke maskers jullie droegen en vergeleek dat met mijn kaart. Rolver heeft zijn Meervogel zes keer gedragen en zijn Zwarte Complexe tweemaal. Kershaul droeg zijn Grottenuil vijfmaal, zijn Sterrendoler één keer, zijn Quincunx ook één keer, en zijn Toonbeeld van Volmaaktheid idem. Welibus droeg tweemaal de Smaragden Berg, driemaal de Driedubbele Phoenix, eenmaal de Prins Onverveerd en tweemaal de Haaiengod."

Angmark knikte peinzend. "Ik zie mijn fout. Ik koos uit Welibus' maskers, maar volgens mijn eigen smaak — en zoals jij zegt heb ik me daardoor blootgegeven. Maar alleen tegenover jou." Hij stond op, liep naar het raam. "Kershaul en Rolver komen nu aan wal; het duurt niet lang of ze zijn voorbij en aan het werk — maar ik betwijfel eigenlijk of ze tussenbeide zouden komen; ze zijn allebei brave Sirenezen geworden."

Thissell wachtte zwijgend. Na tien minuten pakte Angmark een mes van een plank. Hij keek Thissell aan. "Sta op."

Thissell kwam langzaam overeind. Angmark naderde hem van opzij, stak zijn hand uit en tilde de Maanvlinder van Thissells hoofd. Thissell hapte naar lucht en deed een vergeefse poging om het masker te pakken. Te laat: zijn gezicht was naakt.

Angmark keerde zich af, verwijderde zijn eigen masker en zette de Maanvlinder op. Toen gebruikte hij zijn *hymerkin*. Twee slaven traden binnen; geschrokken bleven ze staan toen ze Thissell zagen.

Angmark speelde een kordate taptoe en zong: "Draag deze man naar de kade."

"Angmark!" riep Thissell. "Ik ben ongemaskerd!"

De slaven grepen hem vast en al Thissells vertwijfelde gestribbel ten spijt voerden ze hem naar het dek, over de steiger en op de kade.

Angmark bond een touw om Thissells nek. Hij zei: "Nu ben jij Haxo Angmark, en ik ben Edwer Thissell. Welibus is dood, jij bent spoedig dood. Jouw taak handel ik zonder moeite af. Ik zal mijn instrumenten

bespelen als een Nachtman en zingen als een kraai. Ik zal de Maanvlinder dragen tot hij wegrot en dan haal ik een nieuwe. Naar Polypolis
gaat het bericht: Haxo Angmark is dood! Alles is sereen."

Thissell hoorde het nauwelijks. "Dit kun je niet doen," fluisterde hij.
"Mijn masker, mijn gezicht…" Een struise vrouw in een blauw en roze
bloemenmasker die over de kade liep zag Thissell, stiet een snerpende
kreet uit en wierp zich plat op de stenen.

"Kom mee," zei Angmark monter. Hij trok aan het touw en sleurde
Thissell op deze wijze over de kade. Een man in een Piratenkapiteins-
masker die van zijn huisboot kwam verstijfde van verbazing.

Angmark speelde op zijn *zachinko* en zong: "Aanschouwt de
beruchte misdadiger Haxo Angmark. Op alle Buitenwerelden wordt
zijn naam verafschuwd; nu is hij gevangen en wordt in schande naar
zijn dood gevoerd. Aanschouwt Haxo Angmark!"

Ze liepen de esplanade op. Een kind krijste het uit van angst; een
man schreeuwde schor. Thissell struikelde. De tranen biggelden uit zijn
ogen; hij zag alleen ongeorganiseerde vormen en kleuren. Angmarks
stem schalde klaterend: "Aanschouwt hem, de boosdoener van de
Buitenwerelden, Haxo Angmark! Komt nader en slaat zijn terechtstel-
ling gade!"

Met zwakke stem riep Thissell uit: "Ik ben Angmark niet; ik ben
Edwer Thissell; híj is Angmark." Maar niemand luisterde naar hem;
alom klonken kreten van ontzetting, schrik, weerzin bij de aanblik van
zijn blote gezicht. Hij riep tegen Angmark: "Geef me mijn masker, een
slavenmasker…"

Angmark zong jubelend: "In schande leefde hij, in maskerloze
schande sterft hij."

Opeens stond er een Bosduivel voor Angmark. "Maanvlinder,
opnieuw ontmoeten wij elkaar."

Angmark zong: "Stap opzij, vriend Duivel; ik moet deze schurk
terechtstellen. In schande leefde hij, in schande sterft hij!"

Een menigte had zich rond het groepje verzameld; de maskers staarden Thissell ziekelijk geprikkeld aan.

De Bosduivel rukte het touw uit Angmarks hand, smeet het op de
grond. De menigte brulde. "Geen duel, geen duel! Dood het monster!"
riepen de stemmen.

Thissell kreeg een lap over zijn hoofd geworpen. Hij rekende op de stoot van een lemmet. Maar in plaats daarvan werden zijn boeien doorgesneden. Haastig verschikte hij de lap zodat zijn gezicht verborgen bleef maar hij tussen de plooien uit kon kijken.

Vier mannen hielden Haxo Angmark vast. De Bosduivel sprak hem toe terwijl hij op zijn *skaranyi* speelde.

"Een week geleden poogde je mij van mijn masker te ontdoen; nu heb je je perverse doel bereikt!"

"Maar hij is een booswicht!" riep Angmark. "Hij is berucht, infaam!"

"Wat zijn zijn misdaden?" zong de Bosduivel.

"Hij heeft gemoord, verraden; hij heeft schepen naar de kelder gejaagd; hij heeft gemarteld, gechanteerd, geroofd, kinderen als slaven verkocht; hij heeft —"

De Bosduivel snoerde hem de mond. "Jullie godsdiensttwisten zijn van geen gewicht. Maar van jouw misdaden kunnen wij getuigen!"

De rijdierenverhuurder stapte naar voren. Vurig zong hij: "Deze onbeschaamde Maanvlinder trachtte negen dagen geleden zich mijn fraaiste ros toe te eigenen!"

Een andere man drong nader. Hij droeg een Universele Expert, en zong: "Ik ben Meester-Maskermaker; ik herken deze buitenwereldse Maanvlinder! Nog onlangs kwam hij mijn winkel binnen en beschimpte mijn talent. Hij verdient de dood!"

"Dood aan het buitenwereldse monster!" riep de menigte. Een golf van mannen stortte zich naar voren. Stalen lemmeten rezen en daalden, de daad was geschied.

Thissell keek toe zonder zich te kunnen verroeren. De Bosduivel kwam naar hem toe en terwijl hij op zijn *stimic* speelde zong hij streng: "Voor u voelen wij medelijden, maar ook minachting. Een ware man zou zich nimmer zulke vernederingen laten welgevallen."

Thissell putte diep adem. Hij tastte naar zijn riem en vond daar zijn *zachinko*. Hij zong: "Mijn vriend, u belastert mij! Kunt u ware moed niet herkennen? Zou u sterven in het gevecht of liever maskerloos over de esplanade lopen?"

De Bosduivel zong: "Er is slechts één antwoord mogelijk. Eerder zou ik sterven in de strijd; zulke schande zou ik niet verdragen."

Thissell zong: "Zo'n keus had ik. Ik kon vechten met geboeide handen, en zo sterven — of ik kon mij met schande laten overladen en door deze schande mijn vijand overwinnen. U erkent dat het u aan *strakh* ontbreekt om dit te presteren. Ik heb bewezen een dappere held te zijn! Ik vraag u, wie bezit hier de moed om te doen wat ik heb gedaan?"

"Moed?" zei de Bosduivel. "Ik vrees niets, zelfs niet de dood onder de handen van de Nachtmensen of erger!"

"Antwoord dan."

De Bosduivel trad achteruit. Hij bespeelde zijn dubbele *kamanthil.* "Dit was ware moed, als zulks uw drijfveer was."

De stalhouder sloeg een serie gedempte *gomapard*-akkoorden aan en zong: "Geen man onder ons zou durven wat deze maskerloze heeft gedaan."

De menigte mompelde instemmend.

De maskermaker benaderde Thissell met onderdanige strelingen van zijn dubbele *kamanthil.* "Ik smeek u, Heer Held, treed mijn nabije winkel binnen, ruil dit smerige vod voor een masker dat past bij uw kwaliteit."

Een andere maskermaker zong: "Alvorens u kiest, Heer Held, wil toch eerst mijn magnifieke scheppingen keuren!"

Een man met een Zonnige Hemelvogel vroeg eerbiedig om Thissells aandacht. "Ik heb zojuist een kostbare huisboot voltooid; zeventien jaar zwoegen is aan de bouw gewijd. Schenk mij het grote geluk dit schitterend vaartuig te aanvaarden en te gebruiken; aan boord wachten attente slaven en plezierige maagden om u te dienen; er is een ruime voorraad wijn aan boord en op de dekken liggen zachte zijden tapijten."

"Dank u," zei Thissell krachtig en zelfverzekerd op de *zachinko* rammend. "Ik aanvaard het met genoegen. Maar eerst een masker."

De maskermaker sloeg een vragende trilling uit zijn *gomapard.* "Zou de Heer Held een Zeedraakveroveraar beneden zijn waardigheid achten?"

"Geenszins," zei Thissell. "Ik acht hem gepast. Nu zullen wij hem gaan bekijken."

GROENE MAGIE

Toen Howard Fair tussen de erfstukken van zijn oudoom Gerald McIntyre neusde, vond hij een groot opschrijfboek met de titel:

WERKBOEK en JOURNAAL
Openen op eigen risico!

Fair las het journaal met grote belangstelling, hoewel zijn eigen werk veel verder ging dan de ideeën die door Gerald McIntyre slechts behoedzaam werden behandeld.

"Het bestaan van kennisterreinen die concentrisch gelegen zijn ten opzichte van de elementaire magieën, dient nu zonder eerdere disputen te worden erkend," schreef McIntyre. "Geleid door een reeks analogieën uit de witte en zwarte magie (te zijner tijd in bijzonderheden te behandelen), heb ik de fundamentele uitbreiding tot de purperen magie afgebakend, evenals dat wat daaruit volgt, het Dynamisch Nomisme."

Fair las verder, bekeek de zorgvuldige diagrammen, de projecties en expansies, de transpolaties en transformaties volgens welke Gerald McIntyre zijn systemologie had ontworpen. Maar de technische kunsten waren met zulke rasse schreden gevorderd, dat McIntyre's uiteenzettingen, hoewel zestig jaar geleden nog zeer controversieel, nu eigengereid en overdreven star leken.

"Terwijl goedaardige wezens, zoals daar zijn: engelen, witte geesten, merrihews, sandestins, kenmerkend zijn voor de witte cycli; terwijl demonen, magners, trollen en zwarte tovenaars opgeroepen worden door de zwarte magie, zo brengen ook de purperen en groene cycli hun karakteristieke wezens voort, maar deze zijn goed noch slecht, en staan eigenlijk in dezelfde relatie tot de zwarte en witte domeinen als deze laatste zich verhouden tot ons eigen fundamentele niveau."

Fair herlas deze passage. De 'groene' cyclus? Was Gerald McIntyre afgedwaald naar paden die door moderne onderzoekers over het hoofd waren gezien?

Hij herlas het journaal in het licht van dit vermoeden en ontdekte nu andere toespelingen en verwijzingen. Vooral een bepaalde kanttekening prikkelde hem: "Meer betreffende mijn jongste onderzoekingen mag ik niet neerschrijven, daar mij in ruil voor deze omissie een grenzeloze beloning beloofd is."

Deze passage was gedateerd op één dag voor Gerald McIntyre's dood, die had plaatsgevonden op 21 maart 1898, de eerste dag van de lente. McIntyre had slechts kortstondig kunnen genieten van zijn 'beloning', welke aard die ook mocht hebben gehad... Fair wijdde zich opnieuw aan het bestuderen van het journaal, dat hem met een of twee regels een blik als door een muurspleet op een geheel nieuw panorama vergund had. McIntyre bleek verder geen opheldering te verschaffen en Fair begon aan een uitgebreid onderzoek.

Zijn eerste stappen waren een kwestie van routine. Hij deed twee doorgrondingen, raadpleegde de gangbare registers, concordantia, vademecums en formulariën, riep een demon op die bij eerdere gelegenheden goed ingelicht was gebleken; alles zonder resultaat. Hij trof geen directe verwijzingen aan naar een cyclus voorbij het purper en de demon weigerde zelfs over de mogelijkheid na te denken.

Fair raakte door dit alles geenszins ontmoedigd, zo mogelijk verhevigde zijn belangstelling zelfs. Hij herlas het journaal wederom, met speciale aandacht voor McIntyre's rechtvaardiging van de purperen magie, redenerend dat zijn oudoom, terwijl hij speurde naar een kennisgebied voorbij het purper, heel goed de methoden zou hebben kunnen gebruiken die eerder resultaten hadden afgeworpen. De bladzijden van het journaal kleurend en blootstellend aan ultraviolet licht, wist Fair een aantal aantekeningen leesbaar te maken die McIntyre had geschrapt.

Fair werd uitermate gestimuleerd door zijn vondst. De aantekeningen verzekerden hem dat hij op de goede weg was en duidden voorts een aantal doodlopende paden aan die Fair zo tot zijn voordeel kon vermijden. Hij legde zich met zoveel vrucht toe op zijn taak dat hij voor de week om was een bewoner van de groene cyclus wist op te roepen. Deze verscheen in de gedaante van een man met groen-glazen ogen en een krans van jonge eucalyptusbladeren in plaats van hoofdhaar. Hij groette Fair koel doch hoffelijk, weigerde plaats te nemen en negeerde Fairs aanbod van een kop koffie. Na door de flat gewandeld en Fairs boeken en curiosa met een air van toegeeflijk vermaak geïnspecteerd te hebben, stemde de elf erin toe Fairs vragen te beantwoorden.

Fair vroeg toestemming om zijn taperecorder te gebruiken, en de elf vond het goed. Fair schakelde zijn apparaat in. (Toen hij later het onderhoud opnieuw wilde beluisteren, kwam er geen geluid uit.)

"Welke rijken van de magie liggen er voorbij het groene?" was Fairs eerste vraag.

"Ik kan u geen exact antwoord geven," antwoordde de elf, "omdat ik het niet weet. Er zijn er nog minstens twee, overeenkomend met de kleuren die wij rawn en pallow noemen, en hoogstwaarschijnlijk nog meer."

Fair plaatste de microfoon zo dat deze de stem van de elf beter kon onderscheppen.

"Hoe," vroeg hij toen, "ziet de groene cyclus eruit? Hoe is de stoffelijke verschijningsvorm?"

De elf overdacht zijn antwoord. Glinsterende parelmoersluiers zweefden over zijn gelaat, de tint van zijn gedachten weerspiegelend. "Ik word nogal ernstig beperkt in mijn antwoord door uw gebruik van het woord 'stoffelijk'. En 'verschijningsvorm' houdt een subjectieve interpretatie in, en die verandert met het rijzen en dalen der seconden."

"Beschrijf het toch vooral met uw eigen woorden," zei Fair haastig.

"Wel — wij kennen vier verschillende gebieden, waarvan er twee opbloeien van het fundamentele geraamte van het heelal, en zo de twee overige ondervangen. Het eerste hiervan is gecomprimeerd en versmallend, maar staat bekend om zijn brede poelen van mottel, die wij soms gebruiken om rangen te verstoren. We hebben wolfsklauw overgeplant uit het Aardse Devoon en wat ijsvuren uit de Verdoemenis. Ze klauteren rond tussen de staven die wij duivelshaar noemen —" Zo sprak hij nog verscheidene minuten, doch de zin van zijn verhaal ontging Fair bijna geheel. En het begon erop te lijken dat de vraag waarmee hij het ijs had willen breken, op hol sloeg met het gesprek. Hij kwam met een ander idee.

"Kunnen wij vrijelijk de stoffelijke uitvloeiingen van de Aarde manipuleren?"

De elf leek zich te vermaken. "U doelt, zo neem ik aan, op de diverse aspecten van ruimte, tijd, massa, energie, leven, denken en herinneren?"

"Precies."

De elf fronste zijn groenzijden wenkbrauwen. "Een even verstandige vraag aan u zou zijn: kun je een ei breken door er met een knuppel op te slaan? Dit staat op een soortgelijk niveau van ernst."

Fair had gerekend op een zekere mate van neerbuigendheid en ongeduld en raakte dus niet in verlegenheid. "Hoe kan ik deze technieken leren?"

"Op de gebruikelijke wijze: door ijverig studeren."

"Ah ja, inderdaad — maar waar zou ik kunnen studeren? Wie zou mij onderwijzen?"

De elf maakte een luchtig gebaar. Spiralen van groene rook ontsproten aan zijn vingers en wentelden door de lucht. "Ik zou die kwestie kunnen regelen, maar daar ik u geen bijzondere vijandigheid toedraag, zal ik niets van dien aard doen. En nu moet ik gaan."

"Waar gaat u heen?" vroeg Fair gefascineerd en verlangend. "Mag ik met u meegaan?"

De elf, die een sluier van heldergroen stof over zijn schouders deed wervelen, schudde het hoofd. "U zou zich daar niet in het minst thuis voelen."

"Andere mensen hebben de werelden van de magie verkend."

"Dat is waar: uw oom Gerald McIntyre bijvoorbeeld."

"Heeft oom Gerald groene magie geleerd?"

"Tot aan de grens van zijn vermogens. Het onderricht verschafte hem geen genoegen. U zou er goed aan doen van zijn ervaring te leren en uw ambities te wijzigen." De elf liep weg.

Fair sloeg het vertrek gade. De elf week terug in ruimte en dimensie, maar bereikte niet de muur van Fairs kamer. Op een afstand die wel vijftig meter leek, keek de elf even om, als om zich te vergewissen dat Fair hem niet volgde, toen verdween hij om een hoek.

Fairs eerste opwelling was de waarschuwing ter harte nemen en zijn onderzoek te beperken. Hij was zeer bedreven in de witte magie, en ook de zwarte kunst was hij meester — van tijd tot tijd riep hij een demon op teneinde wat leven in de brouwerij te brengen als een feest of bijeenkomst saai dreigde te worden — maar hij had nog geenszins licht geworpen op ieder mysterie van de purperen magie, die het rijk van de vleesgeworden symbolen is.

Howard Fair zou zich misschien van de groene cyclus hebben afgewend, ware het niet dat drie factoren zijn belangstelling wakker hielden.

In de eerste plaats was daar zijn uiterlijk. Hij bleef tamelijk onder de gemiddelde lengte, had een groezelig donker gezicht, spaarzaam zwart haar, een kromme neus en een kleine, zware mond. Hij was niet zeer gevoelig voor zijn verschijning, maar besefte dat deze verbeterd kon worden. Voor zijn geestesoog projecteerde hij een ideaalbeeld van zichzelf: vijftien centimeter langer, een smalle en scherpe neus, de huid ontdaan van zijn modderkleurige ondertoon. Een opvallende gestalte, maar nog wel herkenbaar als Howard Fair. Hij wilde de liefde van vrouwen bezitten, maar zonder dat zijn magische vermogens daarvoor aangesproken hoefden worden. Vele malen had hij beeldschone meisjes naar zijn bed gevoerd, meisjes met vochtige lippen en stralende ogen, maar het was de purperen magie die hen verleid had en niet Howard Fair, en zulke veroveringen schonken hem slechts beperkte voldoening.

Dit was de eerste factor die Fairs aandacht wederom naar de groene magie lokte; de tweede was zijn smachtend verlangen naar een langer, misschien wel eeuwigdurend leven; de derde factor was eenvoudig dorst naar kennis.

Gerald McIntyre's dood, of oplossing in het niets, of verdwijning — wat hem dan ook overkomen mocht zijn — was vanzelfsprekend een zaak die nadere aandacht verdiende. Als hij zo'n begeerlijk doel had bereikt, waarom was hij dan zo spoedig al gestorven? Was de 'grenzeloze beloning' zo wonderbaarlijk, zo verrukkelijk dat de geest onder het bezit ervan bezweek? In dat geval was de beloning nauwelijks die naam waardig.

Fair kon zich al met al niet weerhouden en hervatte zijn studie van de groene magie. Liever dan opnieuw de elf op te roepen wiens houding van toegeeflijke minachting hij zo ergerlijk en tergend had gevonden, besloot hij kennis te vergaren met indirecte methoden door gebruik te maken van de meest geavanceerde vindingen van de technische en kabbalistische wetenschappen.

Hij schafte een draagbare televisiezender met camera aan benevens een ontvanger, en deze apparaten laadde hij in zijn bestelwagen. Op een maandagavond vroeg in mei reed hij naar een buiten gebruik gestelde begraafplaats die ver in de beboste heuvels gelegen was en daar, bij het licht van de afnemende maan, begroef hij de televisiecamera in de leem van het terrein zodat alleen de lens uit de aarde stak.

Met een scherpe elzentwijg kraste hij een monsterlijke omtrek in de grond. De televisielens deed dienst als het ene oog van het monster, het andere was een omgekeerd in de grond gestoken bierfles.

In het holst van de nacht, terwijl de maan stierf achter bleke wolk-slierten, kerfde Fair een woord in het donkere voorhoofd van zijn monster; toen zegde hij de activerende formule.

De aarde rommelde en kreunde, de golem worstelde zich overeind en verduisterde de sterren met zijn omvang.

De glazen ogen staarden neer op Fair, die zich veilig wist in zijn pentagram.

"Spreek!" riep Fair. "*Enteresthes, Akmai Adonai Bidemgir! Elohim, pa rahulli! Enteresthes, HVOI!* Spreek!"

"Doe mij wederkeren tot de aarde, verenig mijn leem met de rustige leem waaruit gij mij wekte."

"Eerst moet je mij dienen."

De golem strompelde op Fair af om hem te verpletteren, maar werd weerhouden door de steek van de beschermende magie.

"Dienen zal ik u, als ik u dienen moet."

Fair stapte stoutmoedig uit het pentagram en spande een groen lint van veertig meter lengte langs de weg in de vorm van een smalle V. "Ga heen naar het rijk van groene magie," beval hij de golem. "Het lint reikt veertig mijlen ver. Loop naar het eind, keer om en loop terug en verenig je dan met de aarde waaruit je bent opgestaan."

De golem schuifelde de V van groen lint in, waarbij hij aardkluiten afschudde en de aarde deed beven met zijn zware tred.

Fair sloeg gade hoe de lompe gestalte slonk en zich verwijderde, doch nimmer de punt van de magische V bereikte. Hij liep naar zijn bestelwagen, stemde de ontvanger af op het ene oog van de golem en bestudeerde de fantastische vergezichten van het groene rijk.

Twee elementalen van het groene rijk ontmoetten elkaar in een landschap van gesponnen zilver. Het waren Jaadian en Misthemar, en zij kwamen te discussiëren over het aarden monster dat veertig mijlen geschreden was door de streek die bekend stond als Cil, en dat vervolgens zijn spoor terug volgde, daarbij geleidelijk de pas versnellend, tot het ten slotte in logge draf liep en een spoor van kluiten achterliet op de tere mozaïeken van vlindervleugels.

"Gebeurtenissen, gebeurtenissen," tobde Misthemar, "zij verdringen zich in de koker van de tijd tot de naden uitpuilen. Of anders is de loop slank en mager als een gespannen pees… Maar wat deze inval aangaat…" Hij dacht een poos zwijgend na en zilveren wolken bewogen zich boven zijn hoofd en onder zijn voeten.

Jaadian merkte op: "Je bent op de hoogte dat ik mij verstaan heb met Howard Fair. Hij is zo geobsedeerd door het verlangen om het vuil van zijn wereld te ontvluchten, dat hij roekeloos handelt."

"De man Gerald McIntyre was zijn oom," peinsde Misthemar. "McIntyre smeekte, wij gaven toe; zoals wij nu misschien moeten toegeven aan Howard Fair."

Onbehaaglijk opende Jaadian zijn hand, schudde een regen van smaragden vuur weg. "Gebeurtenissen drukken, naar binnen en naar buiten. Ik ben niet bij machte in dit opzicht handelend op te treden."

"Ik voel er evenmin voor het werktuig van een tragedie te zijn."

Een Betekenis fladderde op van omlaag: "Een stoornis tussen de spiraaltorens! Een rups van glas en metaal is rammelend gekomen; hij heeft elektrische ogen in de Portinone gestoken en het Ei van de Onschuld gebroken. Howard Fair is de schuldige."

Jaadian en Misthemar zagen elkander met wrange weerzin aan. "Welaan, wij gaan beiden; een taak als deze vergt twee elkaar steunende zielen."

Zij maakten inbreuk op de Aarde en troffen Howard Fair in een loge van een cocktailbar. Hij keek op naar de twee vreemdelingen, van wie één hem vroeg: "Mogen wij bij u komen zitten?"

Fair nam de twee mannen op. Ze droegen een stemmig pak en hadden een kasjmier overjas over de arm. Fair zag dat van beide mannen de nagel van de linkerduim groen glinsterde.

Hij kwam hoffelijk overeind. "Wilt u gaan zitten?"

De groene elfen hingen hun jas op en gleden de loge in.

Fair keek van de een naar de ander. Hij richtte zich toen tot Jaadian. "Bent u niet degene met wie ik enkele weken geleden een gesprek had?"

Jaadian beaamde dit. "U hebt mijn raad niet ter harte genomen."

Fair haalde de schouders op. "U vroeg mij onwetend te blijven, mijn domheid en onbekwaamheid te aanvaarden."

"En waarom niet?" zei Jaadian vriendelijk. "U bent een primitieve bewoner van een primitieve wereld; toch evenaart niet één op de duizend uw prestaties."

Fair beaamde dit met een flauwe glimlach. "Maar kennis schept begeerte naar meer kennis. Welk kwaad steekt er in het bezit van kennis?"

Misthemar, de lichtst ontvlambare van de twee, sprak boos: "Welk kwaad? Denk eens aan jouw aarden monster! Het bevuilde veertig lange mijlen van fijnzinnigheid, het getuigenis van tien miljoen jaar! Denk eens aan je rups! Hij vertrapte onze pilaren van gebeeldhouwde melk, onze dromende torens, en beschadigde de zenuwstrengen die de Betekenissen afscheiden en ze ons toewaaieren."

"Het spijt me verschrikkelijk," zei Fair. "Ik beoogde geen verwoestingen."

De elfen knikten. "Maar uw verontschuldiging garandeert geen beheersing in de toekomst."

Fair speelde met zijn glas. Een kelner kwam naar de tafel en vroeg de twee elementalen: "Iets voor de beide heren?"

Jaadian bestelde een glas sodawater, evenals Misthemar. Fair vroeg een nieuwe whisky-soda.

"Wat hoop je met deze bezigheden te winnen?" vroeg Misthemar aan Fair. "Verwoestende strooptochten leren je niets!"

Fair beaamde dit. "Ik heb weinig geleerd. Maar wel wonderlijke dingen gezien. Ik verlang er heviger dan ooit naar om meer te leren."

De groene elfen keken bedrukt naar de opstijgende luchtbelletjes in hun glas. Eindelijk slaakte Jaadian een diepe zucht. "Misschien kunnen wij zwoegen voor jou en stoornis voor ons voorkomen. Welke voordelen of winsten hoop je precies te behalen uit groene magie?"

Glimlachend leunde Fair tegen de rode kussens van imitatieleer. "Ik wil vele dingen. Een langer leven — me door de tijd kunnen bewegen — een volledig geheugen — vermeerderde waarneming, en het hele spectrum kunnen zien. Ik wens lichamelijke charme en aantrekkingskracht, een jeugdig voorkomen, uithoudingsvermogen... Dan zijn er nog min of meer speculatieve kwaliteiten, zoals —"

Jaadian viel hem in de rede. "Deze kwaliteiten en eigenschappen zullen wij jou verlenen. In ruil beloof je het groene rijk nimmermeer te zullen verstoren. Zo zul je eeuwen van gezwoeg vermijden; en ons zal de hinder van jouw aanwezigheid bespaard blijven, en evenzo de onvermijdelijke tragedie."

"De tragedie?" zei Fair verwonderd. "Waarom een tragedie?"

Jaadian sprak met diepe, galmende stem: "Jij bent een man van de Aarde. Jouw doeleinden zijn de onze niet. Groene magie zal je bewust maken van onze doeleinden."

Bedachtzaam nam Fair een slok van zijn whisky. "Ik zie niet in dat dit een nadeel is. Ik ben bereid mij te onderwerpen aan de discipline van het leren. Kennis van de groene magie zal mij toch niet veranderen in een ander wezen?"

"Nee. Dat is juist de tragedie!"

Misthemar sprak geërgerd: "Het is ons verboden mindere wezens kwaad te doen, en dat is een geluk voor jou: want jou in lucht laten oplossen, zou aan alle ergernis een eind maken."

Fair lachte. "Ik verontschuldig mij nogmaals dat ik u zo'n last ben geweest. Maar u ziet toch wel in hoe belangrijk dit voor mij is?"

Jaadian vroeg hoopvol: "Dan stem je in met ons aanbod?"

Fair schudde het hoofd. "Hoe zou ik kunnen leven, eeuwig jong, in staat tot vérgaand leren, maar beperkt tot kennis waarvan ik de grenzen al zie schemeren? Ik zou me vervelen, rusteloos worden, me ellendig gaan voelen."

"Dat is heel goed mogelijk," zei Jaadian. "Maar toch niet zo verveeld, rusteloos en ellendig als wanneer je bekend was met groene magie."

Fair rechtte zijn rug. "Ik moet de groene magie leren. Het is een kans die alleen een stom en traag persoon zou kunnen afslaan."

Jaadian zuchtte. "In jouw plaats zou ik gelijk reageren." De elfen stonden op. "Kom dan mee, we zullen je onderwijzen."

"Zeg nooit dat we je niet gewaarschuwd hebben," zei Misthemar.

De tijd verstreek. De zonsondergang verliep en de schemer verduisterde. Een man liep de trap op en ging de flat van Howard Fair binnen. Hij was lang, onopvallend gespierd. Zijn gelaat was gevoelig, schrander, humoristisch; de nagel van zijn linkerduim glinsterde groen.

De tijd is een functie van de levensprocessen. De mensen van de Aarde hadden het draaien van hun klokken waargenomen. Dit in aanmerking nemende waren er twee uur voorbijgegaan sedert Howard Fair met de groene elementalen de bar verlaten had.

Howard Fair was onderworpen geweest aan andere maatstaven. Voor hem had het interval zevenhonderd jaar geduurd. In die tijd had hij in de groene wereld gewoond en geleerd tot aan de grenzen van de capaciteit van zijn hersens.

Twee jaren had hij doorgebracht met het oefenen van zijn zintuigen onder de nieuwe omstandigheden. Allengs leerde hij te lopen in de zes fundamentele driedimensionale richtingen en zich te gewennen aan de vierdimensionale kortere weggetjes. In fasen, geleidelijk, waren hem de schellen van de ogen genomen, zodat de duizelingwekkende, meer dan menselijke complexiteit van de omgeving hem nooit totaal overweldigde.

Een jaar lang werd hij geoefend in het gebruik van een codetaal — een tussenstap tussen het vocaliseren van de Aardbewoners en de betekenispatronen van de inwoners van het groene rijk, waarbij honderd symboolvlokken (elke vlok een flitsend, teer kleurenspel) een enkele wervel van betekenis konden vormen. In deze tijd werden Fairs ogen en hersens gewijzigd, zodat hij het gebruik van de vele nieuwe kleuren verwierf zonder welke hij de betekenisvlokken niet herkend zou hebben.

Dit waren voorbereidende stappen. Veertig jaren bestudeerde hij de vlokken, waarvan er bijna een miljoen waren. Weer veertig jaren werden besteed aan elementaire omzettingen en verwisselingen, en nog eens veertig aan parallellen, verijling, verminderingen en uitbreidingen; en ook in deze tijd werd hij ingeleid in de studie van de vlokpatronen en sommige van de meer voor de hand liggende vertoningen.

Nu kon hij studeren zonder een beroep te moeten doen op de code-taal en hij boekte zienderogen vooruitgang. Twintig jaar later was hij in staat meer gecompliceerde Betekenissen te herkennen en ging hij over op een gevarieerder programma. Hij zweefde over het veld met mozaieken van vlindervleugels, die nog altijd de voetstappen van de golem vertoonden. Hij kreeg het warm van verlegenheid nu de omvang van zijn grove moedwil hem duidelijk werd.

Zo verstreken de jaren. Howard Fair leerde zo veel zijn hersens konden bevatten.

Hij verkende een groot deel van het groene rijk, en trof daar zoveel schoonheid dat hij bijkans vreesde dat zijn hersens zouden ontploffen. Hij proefde, hij luisterde, hij voelde, hij nam waar, en elk van zijn zintuigen was honderdmaal scherper dan vroeger. Voedsel diende zich aan in duizend verschillende vormen: lichtrode eieren die oplosten tot een warm, zoet gas dat zijn hele lichaam doorstroomde; een regen van prikkende metalen kristallen; louter peinzen over het juiste symbool.

Heimwee naar de Aarde kwam en ging. Soms werd het ondraaglijk en was hij bereid om alles wat hij geleerd had te verzaken en zijn hoop voor de toekomst prijs te geven. Bij andere gelegenheden was hij doordrongen van de luister van het groene rijk en was denken aan weggaan alsof hij met de dood bedreigd werd.

Zo geleidelijk dat hij het amper besefte, leerde hij groene magie.

Maar zijn nieuwe kunnen maakte hem niet trots; tussen zijn primitieve gestuntel en de poëtische elegantie van de elfen gaapte een immense kloof — en hij voelde zijn aangeboren minderwaardigheid veel sterker dan ooit in zijn vroegere staat. Erger nog, zijn meest toegewijde inspanningen slaagden er niet in zijn techniek te verbeteren en soms, als hij de zingende vreugde aanschouwde van een geïmproviseerde manifestatie van een van de elfen, en die dan met zijn eigen moeizame bouwsels vergeleek, werd het hem beschaamd te moede en voelde hij zich nutteloos.

Hoe langer hij in de groene wereld verbleef, hoe sterker de druk van zijn onhandigheid en misplaatstheid werd, en hij begon te verlangen naar de omstandigheden van de Aarde, waar hij zich als een vis in het water zou voelen, en waar niet elk van zijn daden een schreeuwerig vertoon van vulgaire lompheid was. Soms sloeg hij de elfen (in de vluchtige gedaanten van hun natuurlijke staat) gade bij het spel tussen de parelbladeren of als zij zich als vlugge flitsen van muziek door het bos van lichtrode spiralen vlochten. Het contrast tussen hun vuur en zijn lomp gewroet was niet te dragen en gewoonlijk wendde hij zich af. Zijn zelfrespect werd met het uur geringer en in plaats van trots te zijn op zijn nieuw verworven kennis, werd hij gekweld door een nors, smachtend verlangen naar wat hij niet was en nimmer kon worden. De eerste honderden jaren studeerde hij met de geestdrift van de onwetendheid en de volgende honderden dreef hij op zijn hoop. Tijdens het laatste deel van zijn verblijf was het alleen uit halsstarrigheid dat hij bleef ploeteren met oefeningen waarvan hij nu wist dat ze infantiel waren.

In een verschrikkelijke kramp van bitterzoete wanhoop gaf hij het op. Hij trof Jaadian terwijl deze klingelende fragmenten van verscheidene magieën in een schering van lange glanzende latten weefde. Met ernstige hoffelijkheid schonk Jaadian aan Fair zijn aandacht en Fair bracht moeizaam zijn Betekenis tot uitdrukking.

Jaadian antwoordde met een eigen Betekenis. "Ik begrijp je onbehagen, en ik betuig mijn medeleven. Het is het beste als je nu terugkeert naar je oorspronkelijke wereld."

Hij liet zijn weefsel liggen en bracht Fair omlaag door de nodige maalstromen. Onderweg passeerden ze Misthemar. Geen vlok van Betekenis werd geuit of gewisseld, maar Fair meende een zweem van licht boosaardig vermaak te voelen.

Howard Fair zat in zijn flat. Zijn waarneming, verbreed en gescherpt door zijn verblijf in het groene rijk, nam nota van zijn omgeving. Pas twee uren tevoren, gerekend volgens de klokken van de Aarde, vond hij die omgeving zowel rustgevend als stimulerend; nu noch het een, noch het ander. Zijn boeken: bijgeloof, onecht, ernstig gemeende onzin. Zijn journaals en aantekenboeken: zielig, infantiel gekrabbel. De zwaartekracht trok aan zijn voeten en maakte hem star. De slordige bouw van zijn huis, die hij nooit eerder had opgemerkt, drukte hem terneer. Overal waar hij keek zag hij haveloze wanorde, vuil. De gedachte aan het voedsel dat hij hier moest eten vervulde hem met walging.

Hij ging het kleine balkon op dat op de straat uitkeek. De lucht was zwanger van organische geuren. Aan de overkant van de straat kon hij door de ramen kijken waarachter zijn medemensen in domme armoede woonden.

Fair glimlachte droef. Hij had getracht zich op deze reacties voor te bereiden, maar verbaasde zich nu toch om hun heftigheid. Hij ging zijn flat weer in. Hij moest zich weer wennen aan zijn oude omgeving. En per slot van rekening stond er wel iets tegenover: nu kon hij ten volle genieten van de begeerlijkste zaken die de wereld te bieden had.

Howard Fair stortte zich op het genot. Hij dwong zich hoeveelheden kostbare wijnen, cognacs, likeuren te drinken, ook al beledigden ze zijn gehemelte. De honger overwon zijn walging en hij dwong zich dingen te consumeren die hij nu niet anders kon zien dan als gebakken dierenweefsel en de uit hun krachten gegroeide geslachtsorganen van planten. Hij experimenteerde met erotische sensaties, maar ontdekte dat knappe vrouwen voor hem nu niet meer verschilden van lelijke, en hij kon zich maar net voldoende vermannen om de onreine contacten te ondergaan. Hij kocht bibliotheken vol geleerde boeken en bladerde ze minachtend door. Hij probeerde zich te vermaken met zijn oude magische kunsten; die leken alleen nog lachwekkend.

Een volle maand dwong hij zich deze genoegens te smaken: toen vluchtte hij de stad uit en maakte een kristallen luchtbel op een rotspiek in de Andes. Om zich te voeden beraamde hij een dikke vloeistof die wel allesbehalve zo monter stemmend was als de substanties van de groene wereld, maar in ieder geval gespeend van organische besmetting.

Na een periode van improviseren en uitproberen richtte hij zijn leven zo in dat hij nog slechts geplaagd werd door een minimum aan onbehagen. Het uitzicht bezat een sobere grandeur; zelfs de condors kwamen hem niet storen. Hij overpeinsde de keten van gebeurtenissen die begonnen was met zijn ontdekking van Gerald McIntyre's journaal. Hij fronste. Waar was McIntyre nu? Hij sprong overeind, tuurde ver over de rotspunten.

Hij vond McIntyre bij een benzinestation langs de weg in het hart van de prairie van South Dakota. McIntyre zat op een oude houten stoel, achterovergeleund op twee poten tegen de bladderende gele verf van het gebouwtje. Een strohoed beschermde zijn ogen tegen de zon.

Het was een onweerstaanbaar knappe man, blond van haar, gebronsd van huid, met blauwe ogen waarvan de blik als een ijspegel was. De nagel van zijn linkerduim glinsterde groen.

Fair groette hem nonchalant. De twee mannen namen elkaar wrang, nieuwsgierig op.

"Ik zie dat je je aangepast hebt," zei Fair.

McIntyre haalde zijn schouders op. "Zo goed als mogelijk. Ik probeer een evenwicht te vinden tussen eenzaamheid en de druk van de mensheid." Hij keek op in de helderblauwe lucht waar wiekende kraaien hun kreten lieten horen. "Jarenlang heb ik in afzondering geleefd. Ik begon het geluid van mijn eigen ademhaling te haten."

Over de weg kwam een glinsterende auto, rococo als een hybride goudvis. Met hun vermeerderde waarneming zagen Fair en McIntyre dat de man in de auto een rood en kribbig gezicht had, terwijl de vrouw nors en duur gekleed was.

"Het wonen hier heeft nog andere voordelen," zei McIntyre. "Ik ben bijvoorbeeld in staat het leven van voorbijgangers te verrijken met avontuurtjes." Hij maakte een klein gebaar: twee dozijn kraaien doken neer en vlogen voort naast de auto. Toen namen ze plaats op de bumpers, flaneerden op en neer over de motorkap en bevuilden de voorruit.

De auto kwam piepend tot stilstand, de bestuurder sprong eruit, joeg de vogels weg. Hij gooide een nutteloze steen, zwaaide woedend met zijn armen, stapte weer in en reed door.

"Een onbenullige vertoning," zuchtte McIntyre. "De waarheid is dat ik me verveel." Hij tuitte zijn lippen en blies drie stralende rookwolken uit, eerst een rode, toen een gele en ten slotte een helderblauwe. "Zoals je ziet, ben ik al op het niveau van het dwaze aangeland."

Fair nam zijn oudoom met een spoor van ongerustheid op. McIntyre lachte. "Geen grappen meer. Ik voorspel echter dat jij spoedig mijn neerslachtigheid zult delen."

"Zover is het al," antwoordde Fair. "Soms wenste ik dat ik al mijn magie in de steek kon laten en terugkeren naar mijn vroegere onschuld."

"Ik heb ook met dat idee gespeeld," zei McIntyre peinzend. "Ik heb zelfs alle vereiste maatregelen getroffen. Het is een simpele zaak." Hij ging Fair voor naar een klein vertrek achterin het gebouwtje. Hoewel de deur open was, heerste in het kamertje diepe duisternis.

Op een afstand blijvend staarde McIntyre met spottend krullende lippen naar de duisternis. "Je hoeft alleen maar naar binnen te gaan. Al je magie, al je herinneringen aan het groene rijk zullen je verlaten. Je zult niet wijzer zijn dan een ander. En met je kennis verdwijnen ook je verveling, je melancholie, je onvrede."

Fair keek naar de donkere deuropening. Met een enkele pas zou zijn onbehagen oplossen.

De twee mannen keken elkaar bitter geamuseerd aan. Ze liepen terug naar de voorkant.

"Soms ga ik voor de deur staan en kijk in het duister," zei McIntyre. "Dan moet ik er weer aan denken hoezeer ik mijn verveling liefheb, en wat een kostbaar goed zulke ellende is."

Fair maakte zich op om te vertrekken. "Ik dank je voor deze wijsheid, die ik in geen honderd jaar in de groene wereld geleerd zou hebben. En nu — voorlopig, in ieder geval — ga ik terug naar mijn rots in de Andes."

McIntyre liet zich in zijn stoel tegen de wand van het benzinestation zakken. "En ik — voorlopig in ieder geval — wacht op de volgende passant."

"Tot ziens dan, oom Gerald."

"Tot ziens, Howard."

Alfreds ark

Ben Hixey, de redacteur van de *Weekly Courier* van Marketville in de staat Iowa, ging er makkelijk bij zitten en stak een stompje sigaar aan, waarna hij zijn bezoeker vanachter de rookwolken inspecteerde. "Alfred, je ziet eruit als een toonbeeld van wanhoop. Vanwaar dat lange gezicht?"

Alfred Johnson, de plaatselijke handelaar in veevoer en graan, gaf niet meteen antwoord. Hij keek uit het raam, naar zijn laarzen, naar Ben, naar zijn eigen forse knuisten. Hij krabde in zijn stijve bruine haar, wat een vleugje stof en kaf opleverde. Ten slotte zei hij: "Ben, ik weet eigenlijk niet goed hoe ik het je moet zeggen, zonder er een opgewonden toestand van te maken."

"Begin dan maar bij het begin," zei Ben. "Ik word niet zo gauw opgewonden. Je gaat toch niet weer trouwen?"

Alfred schudde zijn hoofd met de pijnlijke grijns van iemand die door schade en schande wijs is geworden. "Twee keer was wel genoeg."

"Nou, kom maar op. Wat is er voor opwindends aan de hand?"

"Lees je je Bijbel, Ben?"

"De Bijbel?" Ben liet zijn vlakke hand neerkomen op de laatste editie van *Redacteur en Uitgever*. "Hier heb je m'n bijbel."

"Nee, even ernstig."

"Nee," zei Ben. Hij blies een rookpluim naar het plafond. "Ik kan niet beweren dat ik me echt grondig in die dingen heb verdiept."

"Je hebt de Bijbel niet nodig om te zien dat de wereld vol rottigheid zit."

Daar was Ben het mee eens. "Ik zou er nooit op stemmen, maar mijn oplaag vaart er wel bij."

"Zesduizend jaar geleden was de wereld net als tegenwoordig — een poel des verderfs. Herinner je je nog wat er toen gebeurde?"

"Zo uit het hoofd, nee."

"De Here bezocht ons met een grote zondvloed. Hij wies de wereld schoon van rottigheid. Nou Ben, er komt weer zo'n zondvloed."

"Zeg Alfred," zei Ben zonder omwegen, "hou je me voor het lapje?"

"Nee, meneer. Lees je Bijbel er maar op na, dan zul je het zelf wel zien. De dag naakt en het duurt niet lang meer!"

Ben verschoof een paar van de papieren op zijn bureau. "En je wilt zeker dat ik deze zondvloed met vette koppen in de krant zet?"

Alfred schoof naar voren op zijn stoel en gaf een klap met zijn vuist op het tafelblad. "Ik zal je mijn plan vertellen, Ben," zei hij met een ernstig gezicht. "Ik wil dat de goede burgers van de stad bij elkaar komen. Ik wil dat wij een grote ark gaan bouwen, dat we twee dieren van elke soort aan boord brengen, genoeg eten en drinken, en dat we ons gereed houden. Lach me niet uit, Ben. De dag naakt."

"Wanneer precies is de grote dag?"

"20 juni. Dus we hebben nog niet eens een heel jaar. Veel tijd is het niet, maar wel genoeg."

"Alfred — meen je het serieus?"

"Nou reken maar, Ben."

"Ik heb je altijd voor een kerel met gezond verstand gehouden, Alfred. Zoiets fantastisch kun je toch niet in geloven."

Alfred glimlachte. "Maar ik rekende er ook helemaal niet op dat je mij op m'n woord zou geloven. Nee, ik ga het je bewijzen." Hij haalde een Bijbel uit zijn zak, liep om het bureau heen en hield het boek aan Ben voor. "Kijk hier maar eens…"

Een halfuur lang bepleitte hij zijn zaak, wees de belangrijke passages aan en formuleerde conclusies die Ben anders misschien over het hoofd zou hebben gezien. "Zo," zei hij toen, "geloof je me nu?"

Ben zakte onderuit in zijn stoel. "Alfred, mag ik je een goeie raad geven?"

"Ik zou graag zien dat je me komt helpen, Ben. Ik wil jou en je gezin graag aan boord van die ark hebben die ik van plan ben te bouwen."

"Ik zal je een goeie raad geven. Neem weer een vrouw. Dat is het minste van twee kwaden, en dan denk je tenminste niet meer aan die zondvloedtoestand."

Alfred stond op. "Dan wil je dus zeker geen bericht in de krant zetten?"

"Nee, meneer. En weet je waarom niet? Omdat ik niet wil dat de hele provincie je vierkant uitlacht. Ga nou naar huis en dirk je op, rij naar Davenport en drink je een flink stuk in je kraag en vergeet al deze onzin."

Alfred groette met een gebaar en vertrok.

Ben Hixey loosde een diepe zucht, schudde zijn hoofd en ging weer aan het werk.

Een ogenblik of wat later was Alfred alweer terug. "Je kunt iets voor me doen, Ben. Ik wil m'n zaak verkopen. Ik neem een grote advertentie op de voorpagina. En onderaan moet je zetten: 'Zondvloed op komst, 20 juni. Hulp en geld nodig om een ark te bouwen.' Wil je dat voor me doen?"

"Het is jouw advertentie," zei Ben.

Twee weken later begon Alfred Johnson op een onbebouwd terrein naast zijn huis met de bouw van een ark. Hij had zijn zaak verkocht voor een bedrag dat zijn vrienden een schandaal vonden. "Hij heeft je gewoon bestolen, Alfred!" Alfred schudde zijn hoofd. "Ik heb het geld van hém gestolen. Over een jaar wordt die zaak zo weggespoeld. Ik heb zijn geld alleen maar aangenomen omdat het over een jaar toch niets meer te betekenen heeft."

"Alfred," zeiden zijn vrienden kregel, "je zet jezelf voor aap!"

"Misschien wel," zei Alfred. "Wie weet? En misschien heb ik een plek om te staan, terwijl jullie moeten zwemmen. Hebben jullie daar weleens aan gedacht?"

"Meen je het echt in volle ernst, Alfred?"

"Tuurlijk, wat dacht je dan? Ooit van een goddelijke openbaring gehoord? Nou, dat heb ik gehad. En als jullie alleen maar gekomen zijn om te kletsen, sorry, maar ik moet aan het werk."

De ark begon vorm te krijgen. Het werd een ark van vijftien meter lang, negen meter breed en drie meter diepgang.

Alfred werd een soort plaatselijke beroemdheid en de dorpelingen maakten er een gewoonte van om even bij hem langs te gaan en te kijken hoe hij vorderde. Alfred kreeg een heleboel schertsend advies.

"Die schuit is van z'n leven niet groot genoeg, Alfred," riep Bill Olafson. "Niet voor de olifanten en de rinocerossen en de giraffes en de leeuwen en de tijgers en de nijlpaarden en de grizzlyberen."

"Ik neem geen wilde beesten mee," zei Alfred. "Alleen een paar stuks stamboekvee, paarden en schapen, alleen maar hele goeie dieren. Als de Heer wilde dat die andere dieren ook gespaard werden, dan had hij me wel meer geld gestuurd. Ik heb net genoeg voor wat je hier ziet."

"Neem je nog een vrouw mee, Alfred? Je bent niet getrouwd. Ben je soms van plan de wereld opnieuw te bevolken vanwegens die onbevlekte ontvangenis-methode of zo?"

"Als de goeie vrouw niet uit zichzelf opduikt," antwoordde Alfred, "dan huur ik gewoon een vrouw voor een dag. Als ze merkt dat ik de enige man ben die nog leeft, dan trouwt ze me gauw genoeg."

De herfst ging over in de winter, de lente brak aan en de ark was klaar. Alfred begon allerlei voorraden aan boord te brengen.

Op een dag kwam Ben Hixey hem opzoeken. "Zo, Alfred, ik moet zeggen, je hebt de moed die bij je overtuiging hoort."

"Het is geen moed, Ben. Het is lafheid. Ik wil niet verzuipen. Ik vind het alleen maar jammer dat niet nog een paar van jullie even grote lafaards zijn als ik."

"Ik maak me meer zorgen om de waterstofbom, Alfred. Ik zou wel een ark willen bouwen die daartegen helpt."

"Over ongeveer een maand is er niet één waterstofbom meer over, Ben. Dan is er geen enkel soort bommen meer, nooit meer, als ik er iets over te vertellen krijg — en dat krijg ik, als ik kijk hoe het er uitziet."

Ben bekeek de ark met een verwonderde blik. "Je gelooft er helemaal rotsvast in, hè Alfred?"

"Jazekers, Ben. Er zijn een hele massa mensen die ik met lede ogen zie verdrinken — maar ik heb jullie allemaal gewaarschuwd. Ik heb aan de President geschreven en aan de Gouverneur en aan de baas van *Reader's Digest.*"

"Ja? Wat zeiden ze?"

"Ze schreven om me te bedanken voor mijn voorstel. Maar ik snapte wel dat ze me niet geloofden."

Ben Hixey glimlachte. "Ik ook niet, Alfred."

"Je zult wel zien, Ben."

Juni deed zijn intrede met een periode van prachtig zomerweer. Nog nooit had het land er zo mooi en schoon uitgezien. Alfred kocht zijn levende have en loodste de dieren op 15 juni aan boord van zijn ark. Zijn vrienden en buren namen er foto's van en boden hem met veel ceremonieel een glazen kooitje aan waarin twee vlooien zaten. Het probleem welke vrouw de moeder van de toekomstige mensheid moest worden loste zichzelf op: een impresario kwam vertellen dat een cliënte van hem, het beeldschone filmsterretje Maida Brent, vrijwillig haar diensten aanbood en dat ze op de ochtend van 20 juni aan boord van de ark zou komen.

"Nee," zei Alfred Johnson. "De twintigste juni begint om middernacht. Ze moet de negentiende 's avonds aan boord zijn."

Nadat hij overlegd had met juffrouw Brent, ging de impresario hiermee akkoord.

De achttiende juni begon helder en zonnig, hoewel het weerbericht op de radio en de tv gewag maakte van zonderlinge afwijkingen in de straalstroom.

Op de ochtend van de negentiende liep Alfred Johnson, die voor de gelegenheid nieuwe schoenen en een nieuw pak aanhad, even bij Ben Hixey aan. "De laatste keer, Ben."

Ben keek even op van een bericht van AP, met een wat treurige grijns. "Ik zat net het weerbericht te lezen."

Alfred knikte. "Ik weet het. Regen." Hij stak zijn hand uit. "Vaarwel, Ben."

"Vaarwel, Alfred. Goeie aankomst."

Op de negentiende 's middags kwamen er uit het noorden dofzwarte wolken aanrollen. Juffrouw Maida Brent arriveerde om zeven uur in haar Cadillac met open kap en bestraald door de elkaar afwisselende lichtflitsen van de bliksem en de flitslampjes ging ze aan boord. De impresario wilde mee, maar Alfred ging voor hem staan. "Sorry. De bemanning is al compleet."

"Maar juffrouw Brent kan toch niet de hele nacht aan boord blijven, meneer Johnson."

"Ze blijft veertig dagen en veertig nachten aan boord. Ze zal er toch aan moeten wennen. Smeer 'm nu maar."

De impresario haalde zijn schouders op en ging in de auto zitten wachten. Het filmsterretje zou wel weer tevoorschijn komen als ze er op uitgekeken was.

's Avonds begon de regen te vallen en om tien uur goot het. Om elf uur plaste de impresario naar de ark. "Maida!" riep hij. "Hé, Maida!"

Maida Brent verscheen in de deur van de kajuit. "Ja?"

"Laten we er toch vandoor gaan! Meer publiciteit kunnen we hier toch niet uit halen."

Maida Brent keek naar de gesloten zwarte hemel. "Wat zegt het weerbericht?"

"Regen."

"Alfred en ik zitten te dammen. We hebben het heel gezellig. Ga jij maar vast. Dag."

De impresario zette de kraag van zijn jas op en kloste slechtgehumeurd met stijve benen terug naar de auto, waar hij wat probeerde te slapen. Het kletteren van de regen op het dak hield hem wakker.

De dageraad bleef achterwege. Om negen uur liet een flets, somber licht zien dat er in de straatgoten een decimeter water stond. De regen roffelde steeds harder. Op straat begonnen auto's vol nieuwsgierigen te verschijnen met hun radio afgestemd op het weerbericht. Verbaasde weerkundigen spraken over stationaire koudefronten, occlusies, cyclonen en anticyclonen, het vooruitzicht: regen.

De straat werd overvol. Het nieuws meldde dat de brug over de Perry weggespoeld was en dat de Tinkreek buiten zijn oevers trad. Steeg het water? Ja, het water steeg!

Bill Olafson kwam door de modder soppen. "Hé Alfred! Waar ben je?"

Alfred keek kalm uit de kajuit naar beneden. "Hallo, Bill."

"Moeder de vrouw en de kinderen willen je ark eens bekijken. Vind je het goed als ze een poosje aan boord komen?"

"Sorry, Bill. Kan ik niet aan beginnen."

Bill liep onzeker terug naar zijn auto. Er klonk een ontzaglijke, rollende reeks donderslagen en hij keek bang omhoog.

Alfred hoorde achterop de ark een geluid. Hij trok zijn oliejas en zijn laarzen aan en slofte erheen. Twee tienerjongens en hun vriendinnen kwamen een ladder op.

Alfred duwde de ladder weg. "Maar dat je wegkomt, jongens. Hoepel op. Laat ik het geen twee keer hoeven zeggen."

"Alfred!" hoorde hij Maida door de plenzende regen roepen. "Er komen mensen aan boord!"

Alfred holde terug en zag een stuk of twintig vrienden en buren onder aanvoering van Bill Olafson die hun koffers in de kajuit droegen. "Ga van m'n ark af, beste mensen," zei Alfred vriendelijk. "Er is niet genoeg plaats."

"We kwamen even kijken hoe het er uitziet," zei Bill.

"Het ziet er prima uit. Smeer 'm nu."

"Toch maar niet, Alfred." Bill leunde over de reling. "Okay Moeders, geef Joanne en de hond even aan. Vlug. Voor al die andere mensen aan boord komen."

"Als je niet ophoepelt," zei Alfred, "zal ik moeten zorgen dat je ophoepelt."

"Probeer geen geintjes met me uit te halen, Alfred."

Alfred deed een stap naar voren; Bill sloeg hem op zijn neus. Andere vrienden en buren van Alfred tilden hem op, droegen de vloekende en spartelende botenbouwer naar de reling en gooiden hem in de modder.

Van de straat kwamen tientallen mensen aanrennen, mannen, vrouwen, kinderen. Ze sprongen tegen de zijkant van de boot op en klauterden aan boord van de ark. De kajuit stond stampvol en het dek wemelde van de mensen.

Er ratelde een donderslag; de regen nam af. Hoog aan de hemel ontstond een dunne plek in de wolken. De zon brak erdoor. De regen hield op. De zon glinsterde op de natte gebouwen, de stromende straten.

Alfreds vrienden en buren, die mannetje aan mannetje bij de reling stonden, keken neer op Alfred. Alfred, die nog steeds in de modder zat, keek omhoog naar hen.

SULWENS PLANEET

I

PROFESSOR JASON GENCH, professor Victor Kosmin, doctor Lawrence Drewe en vierentwintig anderen van even hoog aanzien liepen achter elkaar het ruimteschip uit om het tafereel op de Sulwenvlakte beneden hen in ogenschouw te nemen. Het verwonderde gemompel verstomde; op een holle scherts werd niet gereageerd. Professor Gench keek schuins naar professor Kosmin, die hem koel aanzag. Met een ruk wendde Gench zijn blik af.

Boerse blunderende kameel, dacht Gench.

Beuzelende kleine kwast, dacht Kosmin.

Elk wenste de ander twaalfhonderdenvier lichtjaren van hier, dat wil zeggen: terug op Aarde. Of zelfs twaalfhonderdenvijf lichtjaren.

De eerste man die de Sulwenvlakte betreden had was James Sulwen geweest, een verbitterde Ierse nationalist die ruimtezwerver was geworden. In zijn memoires schreef Sulwen: "Dat ik geschrokken was, met ontzag vervuld, verbluft, staat gelijk met de bewering dat de oceaan nat is. O, maar 't is een eenzaam oord, zo ver weg, zo schemerig en zo koud, des te meer door het mysterie. Ik bleef daar drie dagen en twee nachten, nam foto's, verwonderde me over de geschiedenis, alle geschiedenissen van het heelal. Wat was er zo lang geleden gebeurd? Wat had deze vreemde lieden hier naar hun dood gevoerd? Het begon een obsessie te worden; ik moest vertrekken..."

Sulwen ging terug naar de Aarde met zijn foto's. Zijn ontdekking werd bejubeld als 'de belangrijkste gebeurtenis in de geschiedenis van de mens'. De belangstelling van het publiek steeg tot duizelende opwinding; hier was een kosmisch drama op zijn levendigst: een mysterie, een tragedie, een ramp.

Te midden van deze opwinding werd de Onderzoekscommissie voor Sulwens Planeet benoemd, die de opdracht kreeg een voorlopig onderzoek in te stellen dat als basis kon dienen voor een grootscheeps programma. Niemand vond het nodig om er op te wijzen dat de taken van professor Kosmin, op het gebied van vergelijkende linguïstiek, en die van professor Jason Gench, filoloog, elkaar overlapten. De leider van de commissie was dr. Lawrence Drewe, staflid van de faculteit wiskundige wijsbegeerte van het Vidmar Instituut, een milde en licht ironische heer die zo op het oog niet geschikt was om de persoonlijkheden van de andere leden van de commissie in het gareel te houden.

Vergezeld door vier voorraadschepen met personeel, materialen en machinerie bestemd voor de bouw van een permanente basis, vertrok de commissie van de Aarde.

II

Sulwen had het troosteloze van de Sulwenvlakte niet bepaald overdreven. Een witte dwergzon wierp een flets schijnsel dat twee- of mogelijk driemaal zo sterk was als dat van de volle maan. In noord en oost was de vlakte omheind met basaltpieken. Een kilometer van de voet van deze pieken lag het eerste van de zeven scheepswrakken: een doorgezakte cilinder van zwart en wit metaal van tweeënzeventig meter lang en dertig en een halve meter in doorsnede. Er waren vijf van zulke gevaarten. Binnen en buiten de schepen, volmaakt geconserveerd in de ijle atmosfeer van ijzige stikstof, lagen de lijken van een gedrongen, bleek ras, iets kleiner dan de mens, met vier armen die uitliepen in twee vingers.

De overige twee schepen, die driemaal zo lang en tweemaal zo breed waren als de zwart met witte, waren op groter en zwieriger schaal uitgevoerd. De Grote Paarse, zoals hij al gauw genoemd werd, vertoonde alleen een scheur in de lengte over zijn rug en was verder niet beschadigd. De Grote Blauwe was met de neus omlaag neergestort en verkeerde in hachelijk evenwicht, alsof hij gereed stond om bij de minste aanraking om te vallen. Het model van de Grote Paarse en de

Grote Blauwe was excentriek, geraffineerd en bedrieglijk, en wees op esthetische oogmerken of een analoge hoedanigheid. Deze schepen waren bemand geweest door lange, slanke, blauwzwarte wezens met een hoofd vol hoorns en een broos, smal gezicht dat half schuil ging achter plukken haar. Zij raakten bekend als de Wespen en hun vijanden, de bleke schepsels, werden Zeekoeien genoemd, alhoewel geen van deze benamingen bijzonder toepasselijk was.

De Sulwenvlakte was het strijdperk van twee ruimtevarende rassen geweest, zoveel was duidelijk. Bij elk van de commissieleden rezen tegelijkertijd drie vragen:

Waar kwamen deze lieden vandaan?

Hoelang geleden hadden ze slag geleverd?

Hoe verhield de technologie van de Wespen en de Zeekoeien zich ten opzichte van de Aardse?

De eerste vraag viel niet direct te beantwoorden. Sulwens Ster regeerde geen andere planeten.

Wat de datum van de slag aanging kwam er een eerste schatting, gedaan aan de hand van de neerslag van kosmisch stof, van vijftigduizend jaar geleden. Naderhand brachten meer accurate bepalingen het getal op tweeënzestigduizend jaar.

De derde vraag was het moeilijkst te beantwoorden. In sommige gevallen waren Wesp, Zeekoe en mens over verschillende routes bij dezelfde oplossing gekomen. In andere gevallen was geen vergelijking mogelijk.

Men liet niet af zich het hoofd te breken over het mogelijke verloop van de strijd. Volgens de populairste theorie waren de schepen van de Zeekoeien neergedoken naar de Sulwenvlakte en vonden daar de Grote Blauwe en de Grote Paarse geparkeerd. De Grote Blauwe was misschien een kilometer gestegen, waarna hij vleugellam werd gemaakt en met de neus omlaag neerstortte. De Grote Paarse met zijn fatale spleet in de rug was blijkbaar helemaal niet van de grond gekomen. Misschien waren nog andere schepen aanwezig geweest: dat was niet te achterhalen. Op een of andere wijze waren er vijf Zeekoeschepen vernietigd.

III

De schepen van de Aarde landden op een hoger stuk grond ten zuidoosten van het slagveld, op de plek waar James Sulwen oorspronkelijk
was neergestreken. De commissieleden in hun buitenpakken liepen
naar het eerste Zeekoeschip: Zeekoe D, zoals het genoemd zou worden. Sulwens Ster hing laag boven de horizon en verspreidde een akelig
bleek licht. De stopverfkleurige vlakte was overdekt met lange zwarte
slagschaduwen.

De leden van de commissie bestudeerden het gebroken schip en
inspecteerden de verwrongen lijken van de Zeekoeien, en toen zakte
Sulwens Ster achter de einder. Ogenblikkelijk werd de vlakte overvallen door duisternis en met menige blik over de schouder wandelden de
mannen terug naar hun eigen schip.

Na het avondmaal richtte directeur Drewe zich tot de groep: "Dit is
een voorlopige verkenning. Ik herhaal dit omdat wij geleerden zijn: wij
willen weten! Wij stellen niet zozeer belang in het voorbereiden van
de research als in de research zelf. Maar — wij moeten ons beteugelen.

"Voor de meesten van u zullen deze wrakken vele jaren van uw
tijd opeisen. Ikzelf, helaas! ben wiskundig theoreticus, en krijg zo'n
gelegenheid dus niet. Welaan dan, genoeg over mijn persoonlijke
problemen. Voorlopig moeten wij berusten in onwetendheid. Het
mysterie zal een mysterie blijven, tenzij professor Gench of professor
Kosmin ogenblikkelijk in staat is een van de talen te lezen." Hier
grinnikte Drewe even; het was een schertsend bedoelde opmerking.
Maar toen hij zag welke vlugge, argwanende blikken Gench en Kosmin
uitwisselden, concludeerde hij dat hij niet erg tactvol was geweest. "Ik
stel voor dat wij ons de eerste paar dagen beperken tot een voorlopige
inspectie om ons te oriënteren. Wij staan niet onder druk; wij zullen
meer bereiken als we ontspannen zijn en de situatie zo breed mogelijk
bekijken. En laat iedereen vooral voorzichtig zijn met het grote blauwe
schip. Het ziet eruit alsof het zal omvallen als we ertegen blazen!"

Professor Gench glimlachte bitter. Hij was zo mager als een klauwier,
had een ingevallen, scheef gezicht, een rotspiek als voorhoofd en een
boze zwarte blik. " 'We staan niet onder druk,' " dacht hij. "Wat een grap!"

" 'Ontspannen'!" dacht Kosmin met een sarcastische trekking van zijn lippen. "Met die bespottelijke Gench over de vloer? Pah!" In tegenstelling tot Gench was Kosmin massief, bijna corpulent en hij had een groot bleek gezicht en een bos geel haar. Zijn jukbeenderen waren zwaar, zijn voorhoofd smal en hellend. Hij spande zich niet in om prettig over te komen, en Gench al evenmin. Van de twee was Gench misschien nog het meest sociaal ingesteld, maar hij had de neiging iedere situatie, zowel in het maatschappelijke als in het professionele vlak, scherp en dogmatisch tegemoet te treden.

"Ik zal zo gauw mogelijk met een briljante uiteenzetting zien te komen," nam Gench zich voor. "Ik moet die Kosmin op zijn plaats zetten."

"Uiteindelijk zal één man het linguïstisch programma leiden," peinsde Kosmin. "Wie anders dan een vergelijkend linguïst?"

Drewe besloot zijn toespraak. "Ik hoef allen nauwelijks tot behoedzaamheid te manen. Pas op waar u loopt; waag u niet in afgesloten ruimten. Natuurlijk draagt iedereen buitenpakken; controleer uw regenerators en energiepeil alvorens het schip te verlaten; laat uw communicatiekanalen voortdurend openstaan. Nog iets: laat ons proberen de situatie zo min mogelijk te verstoren. Dit is een monumentale taak, en het heeft geen zin ons er bovenop te storten en ermee aan de gang te gaan als een hond met een bot. Zo, ik wens u een goede nachtrust en morgen: aan de slag!"

IV

De commissieleden betraden de naargeestige vlakte en liepen op de verwoeste schepen toe. Het dichtstbij lag Zeekoe D, zwart en wit, toegetakeld en gebroken, bezaaid met bleke lijken. De metallurgen hielden hun analysators tegen verschillende delen van de romp en de machinerie en lazen de samenstelling van de legeringen af; de biologen onderzochten de lijken; de natuurkundigen en technici tuurden in de machinekamers en verwonderden zich over de ongewone constructies van een vreemd ras. Onder het wrak door lopend vond Gench een strook van witte vezels bedekt met rijen merkwaardige vegen. Toen hij het opraapte vielen de vezels, die bros van de kou waren, tot kruimels uiteen.

Kosmin die het zag, schudde kritisch het hoofd. "Precies wat u niet zou moeten doen!" deelde hij Gench mee. "Een kostbaar brok informatie is voor altijd verloren."

Gench ontblootte zijn tanden. "Zoveel spreekt vanzelf. Aangezien de eerste verantwoordelijkheid bij mij ligt, hoeft u zich niet te bekommeren of angst en zorgen te voelen."

Kosmin negeerde dit alsof Gench geen woord had gesproken. "Voortaan wilt u wel zo vriendelijk zijn geen belangrijke artikelen te verplaatsen of aan te raken zonder mij te raadplegen."

Gench richtte een verschrompelende blik op zijn gewichtige collega. "Zoals ik de reikwijdte van uw taak interpreteer, moet u de talen vergelijken nadat ik ze heb ontcijferd. U verkeert dus in de fortuinlijke omstandigheid dat u uw nieuwsgierigheid kunt botvieren zonder direct verantwoordelijkheid op zich te nemen."

Kosmin deed geen moeite om Gench's opmerking te weerleggen. "Raak alsjeblieft verder geen gegevens aan. U hebt al één artefact achteloos vernietigd. Verwittig mij voordat u nog iets aanraakt." En hij ging op weg naar de Grote Paarse.

Tussen zijn tanden sissend stond Gench te aarzelen, maar toen haastte hij zich achter de ander aan. Als hij alleen gelaten werd was Kosmin tot iedere uitspatting in staat.

Het merendeel van de groep stond nu rond de Grote Paarse geschaard, het enorm grote en bijna onbeschadigde schip dat de vlakte domineerde. De romp was van een ruwe substantie met vier horizontale banden van verweerd metaal: schijnbaar een onderdeel van de aandrijving. Slechts een laag poederstof en bevroren gaskristallen gaven een aanduiding van de hoge ouderdom van het schip.

De mannen liepen eromheen, maar de sluizen waren vergrendeld. Men kon alleen naar binnen via de scheur bovenin. Een van de metallurgen vond een ladder die tegen de romp was gelast. Hij probeerde de sporten en deze leken solide. Terwijl allen toekeken klom hij op de gebroken ruggengraat van het schip, zwaaide joviaal en verdween.

Gench keek steels naar Kosmin, die de ladder met afkerig samengeknepen lippen monsterde. Gench repte zich erheen en beklom de ladder. Kosmin schrok op alsof hij gestoken was. Met een lelijk gezicht deed hij een stap naar voren en zette een van zijn grote voeten op de eerste sport.

Drewe kwam hem aanraden voorzichtig te blijven. "Het is beter als u het niet riskeert, professor Kosmin; waarom zou u? Ik zal de sluis laten openmaken, dan kunnen we allemaal veilig naar binnen. We hebben geen enkele haast."

Kosmin dacht: "Jij hebt geen haast, natuurlijk niet! Maar terwijl jij staat te treuzelen, loopt die wandelende tak in mensengedaante daar binnen rond en eigent zich van alles het beste toe!"

Dat was inderdaad Gench's bedoeling. Toen hij met zijn brandende helmlamp door de gescheurde romp klauterde, belandde hij in een wonderbaarlijke omgeving met vormen en kleuren die alleen konden worden aangeduid met het banale woord 'griezelig'.* Zekere functionele details vertoonden overeenkomst met die van Aardse schepen, maar dan met eigenaardige vervormingen en gewijzigde verhoudingen die op een subtiele manier onthutsten. "Uiteraard, en zoals te verwachten," zei Gench in gedachten. "Wij wijzigen de omgeving naar gelang onze behoeften; de lengte van onze passen, het bereik van onze armen, de gevoeligheid van ons netvlies, nog vele andere punten van overweging. En deze andere rassen soortgelijk ... Fascinerend ... Ik vermoed dat een mens die een tijd in dit vreemde schip werd opgesloten, ernstig van streek zou kunnen raken, zo niet geesteziek." Met grote belangstelling inspecteerde hij de Wesp-lijken die in de gangen lagen: blauwzwarte omhulsels met glanzende chitine op de plekken waar geen stof was neergedaald. Hoelang zouden deze lijken onveranderd blijven? vroeg Gench zich af. Eeuwig? Waarom niet? Bij 100° K, in deze inerte atmosfeer, waren veranderingen niet goed denkbaar, behalve onder invloed van kosmische straling ... Maar hij moest aan de slag. Hij had nu geen tijd voor overpeinzingen! Hij was de trage Kosmin een slag voor, en hij was vastbesloten zijn kans uit te buiten.

Het was bemoedigend dat er geen gebrek aan teksten was. Overal waren opschriften, borden, aankondigingen in hoekige, vervlochten lijnen die op het eerste gezicht weinig hoop op ontcijfering boden. Gench was er wel mee in zijn schik. Het zou een uitdaging zijn, maar

---

* In Drewe's boek *Sulwens Planeet* merkte hij op: "Kleur is kleur en vorm is vorm; het lijkt niet juist om te spreken over *menselijke* vorm en *menselijke* kleur, en *Wesp*-vorm en *Wesp*-kleur; maar om een of andere reden, hoe dan ook, bestaat dit onderscheid. Misschien ben ik een mysticus..."

met hulp van computers, patroonherkenners, sleutels en correlaties afgeleid van een studie van het verband waarin de symbolen voorkwamen (hier lag de fundamentele bijdrage van de ontcijferaar aan het hele proces) zou de taal uiteindelijk opgehelderd worden. Nog iets: een schip van deze omvang zou heel goed een bibliotheek aan boord kunnen hebben, naast monsterrollen, inventarislijsten, technische handleidingen behorend bij de diverse machinerieën: een weelde aan materiaal! En Gench zag niet de ontcijfering als zijn probleem, maar de aanwezigheid van professor Kosmin.

Spijtig schudde hij het hoofd. Wat een ellendige last! Hij moest er eens over spreken met directeur Drewe. Wellicht kon Kosmin een andere taak worden toegewezen: het indexeren van materiaal dat naar de Aarde verzonden moest worden, iets van dien aard.

Door de gangen en dekken van de Grote Paarse zwervend poogde Gench een centrale verzamelplaats van teksten te vinden, of als dat niet lukte de regelkamer. Maar de indeling van het schip was niet direct begrijpelijk en aanvankelijk had hij geen succes. Heen en weer dwalend belandde hij in wat een voorraadruim leek te zijn, dat volgestouwd was met kisten en dozen, en toen hij daarna een talud afliep kwam hij uit op het onderste dek en de ingangshal. De sluis was opengebroken en de leden van de commissie en technici liepen in en uit. Nijdig bleef Gench staan, ging toen terug zoals hij gekomen was: door het ruim, enkele gangen af, omhoog en omlaag. Hij begon andere leden van de commissie tegen te komen en haastte zich zo dat zijn collega's hem verrast nakeken. Eindelijk kwam hij in de regelkamer terecht, die in het geheel niet leek op het overeenkomstige vertrek op Aardse schepen. Gench was er al eerder doorgelopen zonder de functie ervan te herkennen.

Professor Kosmin, die er al was, keek even op en ging toen verder met het onderzoek van wat een groot boek leek.

Verontwaardigd marcheerde Gench naar hem toe. "Professor Kosmin, ik heb liever dat u de bronnen niet in de war brengt, of ze verplaatst, aangezien de plek waar ze gevonden worden van gewicht kan zijn."

Kosmin schonk Gench een milde blik en wijdde zich vervolgens weer aan zijn studie van het boek.

"Wees alstublieft uiterst voorzichtig," zei professor Gench. "Als er iets beschadigd mocht worden door een verkeerde behandeling — wel, de vondsten zijn onvervangbaar." Hij deed een stap voorwaarts. Kosmin bewoog zich nauwelijks, maar slaagde er op een of andere manier in Gench met zijn ampele dij de weg te versperren.

Gench keek woedend naar de rug van zijn collega. Toen draaide hij zich op zijn hakken om en verliet de kamer.

Hij zocht directeur Drewe op. "Directeur, kan ik u even spreken?"

"Zeker."

"Ik vrees dat mijn onderzoekingen, ja zelfs het welslagen van het hele vertaalprogramma, in gevaar worden gebracht door het gedrag van professor Kosmin, die er in volhardt zich op mijn terrein te begeven. Het spijt me dat ik u met een klacht van deze aard lastig val, maar ik meen dat een besluitvaardig optreden uwerzijds mijn werk enorm zal vergemakkelijken."

Directeur Drewe zuchtte. "Professor Kosmin neemt een soortgelijk standpunt in. Er moet iets gebeuren. Waar is hij nu?"

"In de regelkamer, waar hij een beslist vitaal onderdeel van het onderzoek doorbladert alsof het een afgedankt tijdschrift was."

Drewe en Gench liepen naar de regelkamer. Gench zei: "Ik stel voor dat u professor Kosmin aan een of ander administratief werk zet: inventariseren, indexeren, compileren of iets dergelijks, totdat het vertaalprogramma voldoende gevorderd is om zijn gespecialiseerde talenten te gebruiken. Voorlopig — ha, ha! — zijn er nog geen talen die hij kan vergelijken!"

Drewe zei niets. In de regelkamer bleek Kosmin nog steeds verdiept in het boek.

"Wat hebben we hier?" vroeg Drewe.

"Hmm. Umf... Een zeer gewichtige vondst. Het schijnt te zijn — maar misschien ben ik al te optimistisch — een dictionaire, een woordenboek van de talen van de twee rassen."

"Als dat het geval is," verklaarde Gench, "kan ik het beter onverwijld onder mijn hoede nemen."

Drewe zuchtte diep. "Heren, wij moeten in ieder geval tijdelijk tot een functieverdeling komen zodat noch u, professor Kosmin, noch u, professor Gench, belemmerd wordt in uw taak. Er zijn hier twee rassen, met twee talen. Professor Kosmin, welk van de twee boeit u het meest?"

"Dat is moeilijk te zeggen," bromde Kosmin. "Ik ken geen van beide nog."

"En u, professor Gench?"

Met zijn ogen op het boek zei Gench: "Allereerst zal ik mij vooral bezighouden met de gegevens van dit schip, hoewel ik natuurlijk, zodra het onderzoek wordt uitgebreid en ik een staf verzamel, evenveel aandacht zal besteden aan de andere schepen."

"Bah!" zei Kosmin, met het maximum aan nadruk dat hij zich toestond. "Ik zal eerst met dit schip werken," zei hij tegen Drewe. "Dat komt me beter uit. Aan de andere kant zou ik zeker willen stellen dat het bronnenmateriaal dat zich elders bevindt door een bevoegd persoon wordt behandeld. Nu al heb ik het verlies van een onvervangbare tekst moeten melden."

Drewe knikte. "Het komt mij voor dat er geen mogelijkheid is om tot overeenstemming te komen, laat staan tot samenwerking. Goed." Hij raapte een metalen schijfje op. "We nemen aan dat dit een munt is. Deze kant met de twee inkepingen zullen we kruis noemen. De andere kant is munt. Professor Gench, wees zo goed kruis of munt te kiezen terwijl het schijfje in de lucht is. Als u het goed raadt, kunt u uw aandacht op de twee grote schepen concentreren."

Hij wierp de schijf omhoog.

"Kruis," riep Gench.

"Het is munt," zei Drewe. "Professor Gench, u verkent de vijf zwart met witte schepen. Professor Kosmin, u neemt de verantwoording op zich voor de twee grote schepen. Dit lijkt mij een eerlijke taakverdeling waarbij geen van beiden de ander tot last zal zijn."

Kosmin maakte een keelgeluid. Gench keek nijdig en beet op zijn lip. Geen van de twee was tevreden met de beslissing. Als elk slechts op de hoogte was van de helft van het programma, werd er misschien een derde benoemd om de arbeid van beiden te coördineren en er toezicht op te houden.

Drewe zei: "Denkt u er toch aan dat dit een verkennende expeditie is. Er wordt gevraagd naar suggesties hoe het onderzoek moet verlopen, niet naar onderzoek zelf."

Kosmin wijdde zich weer aan het boek dat hij had gevonden. Gench strekte zijn handen ten hemel en beende woedend weg.

V

Het scheen zomer te zijn. Sulwens Ster, een glinsterend lovertje, rees ver in het zuidoosten op, helde naar de noordelijke hemel, daalde naar het zuidwesten, en de zwarte schaduwen rond de wrakken bewogen gehoorzaam mee. De bouwploegen richtten een tweetal veelhoekige hutten op en de commissie nam zijn intrek in gerieflijker verblijven.

Op de vierde avond toen de ster de rand van de vlakte raakte, riep Drewe zijn medecommissieleden bijeen.

"Zo langzamerhand," begon hij, "zullen wij allemaal wel vat op de situatie hebben gekregen. Ikzelf heb weinig anders gedaan dan wat rondzwerven. Ik vrees zelfs dat ik overtollige bagage ben op deze expeditie. Maar — zoals ik al eerder heb gezegd — genoeg over mijn persoonlijke hoop en vrees. Wat hebben wij tot dusver geleerd? De algemene opinie schijnt te zijn dat beide rassen technisch verder gevorderd waren dan wij, hoewel dit slechts een gevoel, een gissing zou kunnen zijn. Wat hun verhouding tot elkaar was — wie weet? Maar laten wij de balans opmaken, onze gezamenlijke bevindingen taxeren."

De natuurkundigen gaven uiting aan hun verbazing over de radicaal verschillende oplossingen voor het probleem van de ruimteaandrijving die de drie soorten hadden gevonden. De scheikundigen theoretiseerden over de atmosfeer die Wesp en Zeekoe ademden, en bespraken vluchtig enkele nieuwe verbindingen die zij aan boord van de schepen hadden aangetroffen. De bouwkundigen waren ietwat verbluft, omdat ze onorthodoxe systemen hadden gevonden die zich niet vlot lieten analyseren en niet zonder meer konden worden afgewezen als het product van incompetentie. De biochemici konden nog geen inzicht verschaffen in de stofwisselingsprocessen van Wesp of Zeekoe.

Drewe vroeg om een opinie over de talen en de mogelijkheid die te vertalen. Professor Gench rees overeind en schraapte zijn keel, maar hoorde toen de gehate stem van professor Kosmin die elders in het publiek zat. "Tot dusver," zei Kosmin, "heb ik nog weinig aandacht geschonken aan de taal of het schrift van de Zeekoeien. De Wespen, heb ik gehoord van professor Hideman en doctor Miller, hebben geen stembanden of overeenkomstige organen. Ze schijnen geluid te hebben voortgebracht door zekere benige delen over elkaar te laten krassen achter een resonerend membraan. Hun conversatie, heeft men geopperd, klonk als een goedkope viool bespeeld door een zwakzinnig kind." En Kosmin gaf een van zijn zeldzame, vette grinniklachjes ten beste. "Het schrift komt ongeveer overeen met deze 'spraak', zoals het menselijke schrift met menselijke spraak. Met andere woorden, een vibrerend, fluctuerend geluid wordt weergegeven door een vibrerende, fluctuerende lijn; een lastige taal om te ontcijferen. Maar natuurlijk is dat niet onmogelijk. Ik heb één heel belangrijke vondst gedaan: een compendium of woordenboek van Zeekoepictogrammen met hun equivalent in het schrift van de Wespen — wat trouwens een bewijs is van de stelling dat het vertalen van beide talen moet worden toevertrouwd aan een enkele persoon, en met dit doel voor ogen zal ik een plan opstellen. Ik verwelkom ieders hulp; als iemand een duidelijke overeenkomst ziet tussen een symbool en een idee, brengt u het dan alstublieft onder mijn aandacht. Ik heb de eerste vluchtige verkenning van de Zeekoeschepen toevertrouwd aan professor Gench, maar zijn bevindingen nog niet gecontroleerd." Kosmin ging nog een paar minuten door, en toen vroeg Drewe professor Gench om zijn verslag. Gench sprong overeind met trillende lippen. Zorgvuldig sprak hij: "Het programma dat professor Kosmin noemde is uiteraard de normale, geijkte procedure. Professor Kosmin is een vergelijker van bekende talen en als zodanig kan men het hem natuurlijk niet kwalijk nemen dat hij onwetend is van ontcijferingstechnieken. Met twee zulke moeilijke talen hoeft niemand zich te schamen — ha, ha! — als hij boven zijn macht werkt. Het woordenboek dat professor Kosmin noemde is inderdaad een heel waardevol artikel en ik stel voor dat doctor Drewe het veilig opbergt of onder mijn hoede stelt. We kunnen niet riskeren dat het misbruikt wordt door ongeoefende amateurs en dilettanten. Ik speur naarstig naar een soortgelijk compendium aan boord van de Zeekoeschepen.

"Ik wil nu een kleine maar veelbetekenende prestatie bekendmaken. Ik heb het numerieke stelsel van de Zeekoeien geïdentificeerd. Het lijkt sterk op het onze. Een effen rechthoek is een nul. Een enkele streep is een één. Twee gekruiste strepen vormen een twee. Een omgekeerde u, misschien ontstaan uit een driehoek, is een drie. Een cijfer dat op onze 2 lijkt is de vier van de Zeekoeien. Enzovoort. Misschien heeft professor Kosmin al vastgesteld hoe de Wespen telden?"

Kosmin had zonder blijk van gevoelens geluisterd en zei nu: "Ik ben druk bezig geweest met het werk waarvoor ik aangesteld ben: het opstellen van en toezicht houden op een ontcijferprogramma. Getallen zijn op dit moment nog weinig belangrijk."

"Ik zal uw formuleringen doornemen," zei Gench. "Als er iets bij is dat goed bedacht lijkt, dan zal ik het opnemen in het meester-programma dat ik voorbereid. Op dit punt wens ik een huldeblijk uit te spreken. Professor Kosmin heeft zich tegen beter weten in laten overhalen om zitting te nemen in de commissie, en hij kreeg een taak toegewezen waarvoor hij niet opgeleid is; desalniettemin heeft hij zon-der klagen zijn best gedaan, ook al brandt hij van verlangen om terug te keren naar de Aarde en het werk dat hij ten behoeve van ons zo edel-moedig heeft onderbroken." En met een grijns boog Gench licht in de richting van Kosmin. De andere leden van de commissie zorgden voor een weifelend applaus.

Kosmin stond log op. "Dank u, professor Gench." Hij dacht even na. "Ik heb nog niets gehoord over de toestand van de Grote Blauwe. Het schip lijkt mij in wankel evenwicht te verkeren, maar daar staat tegenover dat het dat al duizenden jaren doet. Ik vraag me af of er al iets besloten is omtrent de mogelijkheid om dit schip te betreden?" Hij keek naar de ingenieurs.

Directeur Drewe antwoordde: "Ik meen dat er nog geen definitief besluit is genomen. Voorlopig kunnen we er maar beter uit de buurt blijven."

"Dat is ongelukkig," zei Kosmin. "Het schijnt dat de beschadiging van de Grote Paarse de kamer heeft verwoest die diende als opslag-ruimte voor teksten. De overeenkomende kamer van de Grote Blauwe is toevallig geheel intact, en ik zou die graag willen onderzoeken."

Gench zat zijn lange kin te kneden.

"Alles op zijn tijd, alles op zijn tijd," zei Drewe. "Ja, professor Gench?"

Gench keek fronsend naar zijn handen. Langzaam zei hij: "Wellicht boezemt het de commissie belang in dat ik aan boord van Zeekoe B, het schip ten noorden van de Grote Paarse, precies zo'n opslagruimte van Zeekoedocumenten heb aangetroffen, hoewel ik ze nog niet grondig heb bekeken. Deze materialen bevinden zich in kamer elf op het tweede dek van onder en dit schijnt de enige archiefkamer te zijn die niet beschadigd is."

"Heel interessant," zei Drewe met een zijdelingse blik op Gench. "Werkelijk heel interessant. Welaan, over naar de aandrijvingstechnici: kunt u al iets zeggen over de ruimtemotoren van de Wespen en de Zeekoeien, vergeleken met elkaar en die van ons?"

De vergadering duurde nog een uur. Tot slot verklaarde directeur Drewe: "Ons eerste doel is al bijna vervuld, en tenzij zich een dwingende reden voordoet, denk ik dat wij over twee dagen terug kunnen gaan naar de Aarde. Wilt u hier allen alstublieft rekening mee houden."

VI

De volgende ochtend zette professor Gench zijn naspeuringen aan boord van Zeekoe B voort. Bij het middagmaal leek hij bijzonder opgewonden. "Ik geloof dat ik in kamer elf van Zeekoe B een Wesp-Zeekoe-compendium heb gevonden! Een verbazend document! Vanmiddag moet ik kijken of Zeekoe E over een soortgelijke bibliotheek beschikt."

Twee tafels verderop boog professor Kosmin zijn hoofd over zijn bord.

VII

Gench leek enigszins nerveus en zijn vingers trilden toen hij zich in zijn buitenpak ritste. Hij stapte op de vlakte. Direct boven hem glinsterde Sulwens Ster: de verwoeste schepen stonden erbij als modellen, zonder menselijke werkelijkheid of betekenis.

Zeekoe E lag een kilometer zuidelijk. Gench marcheerde met stijve benen over de vlakte en keek af en toe achterom naar de andere mensen die onherkenbaar waren in hun pakken. Zijn route voerde hem langs de Grote Blauwe en hij boog af om vlak bij het schip te komen. Weer zag hij vlug over zijn schouder: niemand te zien. Hij keek op naar het balancerende wrak. "Veilig? Zo veilig als een drilpudding." Hij stapte door een bres in de romp in een schilderachtige verwarring van balken, platen, membranen en vezels.

Professor Kosmin die Gench naar de Grote Blauwe zag afslaan, knikte driemaal met zijn zware kop. "Zo, dan. Nu zullen we zien, we zullen zien." Hij liep naar Zeekoe B en stond even later bij de ingedrukte romp. "De ingang? Ja... Naar het tweede dek dus... Verrassende architectuur. Wat een eigenaardige kleuren... Hmm. Kamer elf. De cijfers zijn wel duidelijk. Dit is een één, een enkele streep. En hier hebben we een twee." Hij liep verder door de gang. "Zes... zeven... Vreemd. Tien. Waar zijn acht en negen? Nou ja, doet er niet toe. Misschien ongeluksgetallen. Hier hebben we tien en hier dan elf. Aha." Kosmin schoof het deurpaneel opzij en ging kamer elf binnen.

VIII

Sulwens Ster dook naar de grijze horizon en erachter; ogenblikkelijk spreidde de duisternis zich uit over de vlakte. Noch Gench noch Kosmin daagde op voor het avondeten. De hofmeester maakte doctor Drewe hierop attent.

Drewe keek peinzend naar de twee lege plaatsen. "We moeten ze maar gaan zoeken. Professor Gench is ongetwijfeld de Grote Blauwe aan het verkennen en ik neem aan dat we professor Kosmin wel hard aan het werk zullen vinden in Zeekoe B."

IX

Professor Gench had een gebroken sleutelbeen, kneuzingen en een shock opgelopen door de klap van de zware balk die professor Kosmin — dat beweerde Gench althans — zo had opgesteld dat hij neer zou storten op de eerste die binnenkwam in de regelkamer van de Grote Blauwe.

"Zeker niet!" bulderde professor Kosmin, wiens benen allebei gebroken waren als gevolg van zijn val door de vloer van kamer elf van het tweede dek van Zeekoe B. "Je bent nadrukkelijk gewaarschuwd geen voet in de Grote Blauwe te zetten. Hoe zou ik een val hebben kunnen opstellen op een plek waar jij niet mocht komen? En wat zeg je van die laaghartige valstrik waarmee je mij hoopte te doden? Aha, maar ik was te sterk voor jou! Ik greep me vast aan de vloer en brak zo mijn val! Ik heb jouw gemeenste streek overleefd!"

"Je hebt alleen je eigen stommiteit overleefd," hoonde Gench. "Zeekoeien, met hun twee vingers aan hun vier handen, tellen niet met het grondtal tien maar in veelvouden van acht. Jij bent kamer negen ingegaan, niet kamer elf. Iemand die zo bot en moordlustig is als jij hoort niet thuis in de wetenschap! Ik heb geluk dat ik nog leef!"

"Waren mijn benen maar intact, dan zou ik je vertrappen als de kakkerlak die je bent!" schreeuwde professor Kosmin.

Directeur Drewe kwam tussenbeide. "Heren, bedaar toch. Verwijten zijn vergeefs; wroeging is gepaster. U moet zich realiseren dat geen van u het ontcijferingsprogramma zal leiden."

"O nee? En waarom dan niet?" snoof Gench.

"In deze omstandigheden vrees ik dat ik noch de een, noch de ander kan aanbevelen."

"Wie wordt er dan benoemd?" wilde Kosmin weten. "Dit terrein wemelt niet bepaald van capabele mensen."

Drewe haalde zijn schouders op. "Als wiskundige moet ik zeggen dat het ontcijferen mij aantrekt als een fascinerende oefening in logica. Wellicht ben ik te overreden om zelf die benoeming te aanvaarden. In alle oprechtheid is dit waarschijnlijk mijn enige kans om aan het project verbonden te blijven." Hij boog beleefd en vertrok.

Professor Gench en professor Kosmin zwegen verscheidene minuten. Toen zei Gench: "Merkwaardig. Werkelijk heel merkwaardig. Ik heb geen val opgesteld in kamer negen. Ik geef toe dat ik wel had gezien dat de deur alleen vanaf de gang kon worden geopend...Iemand die zich in kamer negen waagde zou misschien in een vernederende situatie geraken...Vreemd."

"Hmm," bromde Kosmin. "Heel vreemd."

Weer bleef het een poos stil terwijl de twee nadachten. Toen zei Kosmin: "Natuurlijk ben ik niet geheel en al onschuldig. Ik had mij bedacht dat als jij het bevel negeerde en de Grote Blauwe binnenging, je een reprimande op zou lopen. Een balk heb ik niet klaargelegd."

"Hoogst eigenaardig," zei professor Gench. "Een wonderlijke situatie... Het doet me aan een zekere mogelijkheid denken —"

"Ja?"

"Maar waarom moesten wij gedood worden?"

"Voor de wiskundige geest is de elegantste oplossing de eenvoudigste," peinsde professor Kosmin.

"Het elimineren van de onbekenden," mijmerde professor Gench.

Rumfuddle

I

Uit *Memoires en overpeinzingen,*
van Alan Robertson:

Dikwijls hoor ik mij de weldoener bij uitstek van de mensheid noemen, hoewel de grappenmakers af en toe liever een vergelijking trekken met de eerste Slang. Na rijp beraad en in alle bescheidenheid kan ik aan dit oordeel niet tornen. Mijn plaats in de geschiedenis is onwankelbaar; mijn naam zal standhouden alsof hij onuitwisbaar aan de hemel geschreven was. Dit alles komt mij absurd maar begrijpelijk voor. Want ik heb niet te becijferen rijkdom geschonken. Ik heb ontbering, hongersnood, overbevolking en territoriale beperkingen opgeheven: alle belangrijke twistpunten zijn verdwenen. Mijn gaven zijn gratis en gaan vergezeld van mijn vreugde, maar als redelijk man (en wegens het ontbreken van een regelend orgaan) ben ik van mening dat ik niet alle touwtjes uit handen kan geven, want wanneer is het menselijk dier ooit geprezen voor zelfwegcijfering en zelftucht?

Wij treden nu een tijdperk van overvloed en nieuwe interesses binnen. De oude duivels zijn uitgebannen; wij moeten resoluut een misschien onnatuurlijke serie nieuwe zonden verbieden.

—

De drie meisjes schrokten hun ontbijt naar binnen, zochten hun boeken bij elkaar en gingen luidruchtig naar school.

Elizabeth schonk koffie in voor zichzelf en Gilbert. Hij vond dat ze zich peinzend en somber gedroeg. Na een poosje zei ze: "Het is hier zo mooi...We hebben erg geboft, Gilbert."

"Dat weet ik."

Elizabeth mijmerde wat voor zich heen terwijl ze koffie dronk. Toen zei ze: "Ik vond het nooit prettig om op te groeien. Ik voelde me altijd zo vreemd — anders dan de andere meisjes. Waarom weet ik eigenlijk niet."

"Dat is geen mysterie. Iedereen is anders."

"Misschien wel…maar oom Peter en tante Emma gedroegen zich altijd alsof ik éxtra anders was. Ik herinner me zó nog honderd tekens die daarop wezen. En toch was ik zo'n doodgewoon klein meisje… Weet jij nog iets van toen je klein was?"

"Niet veel." Duray keek uit het raam dat hij zelf van glas had voorzien over de groene hellingen naar het kalme water dat zijn dochters de Zilverrivier hadden gedoopt. De Galmende Zee lag vijftig kilometer naar het zuiden en direct achter het huis begon het Roversbos.

Duray liet zijn gedachten over zijn jeugd gaan. "Bob had een boerderij in Arizona omstreeks 1870. Dat was een van zijn hobby's. De Apaches hebben mijn vader en moeder vermoord. Bob nam me mee naar de boerderij en toen ik drie was, bracht hij me naar het huis van Alan in San Francisco en daar ben ik opgevoed."

Elizabeth zuchtte. "Alan moet een geweldige man zijn. Oom Peter was zo grimmig. En tante Emma heeft me helemaal nooit iets verteld. Letterlijk geen woord. Ze trokken zich helemaal niets van me aan, nooit…Ik vraag me af waarom Bob erover begonnen is — over de indianen en je ouders die gescalpeerd zijn en zo…Het is zo'n eigenaardige man."

"Is hij hier geweest?"

"Hij kwam gister even binnenvallen om ons te herinneren aan zijn 'Rumfuddle'. Ik heb hem gezegd dat ik de meisjes niet alleen wilde laten. Hij zei dat ik ze dan mee moest brengen."

"Ha!"

"Ik heb hem verteld dat ik gewoon niet naar zijn verdomde Rumfuddle wilde, niet met de meisjes en niet zonder. In de eerste plaats wil ik oom Peter niet tegen het lijf lopen, en die is er natuurlijk ook…"

II

Uit *Memoires en overpeinzingen*:

Ik stond erop, en ik heb voet bij stuk gehouden, dat onze dierbare oude Moeder Aarde, zo vervuild en verminkt, nooit verwaarloosd mocht worden. Aangezien ik het orkest betaal, bij wijze van spreken, mag ik zeggen wat ze spelen, en tot mijn geheime plezier word ik over de hele wereld bijzonder attent verzorgd, op de manier van piccolo's die vliegen om ieder bevel uit te voeren van een opvliegende oude man die bekend staat als scheutig met fooien. Niemand durft mij tegen te spreken. Mijn grillen worden verwezenlijkt en mijn plannen vorderen gestaag.

—

Parijs, Wenen, San Francisco, St. Petersburg, Venetië, Londen en Dublin zullen beslist blijven bestaan en allengs geïdealiseerde, gezuiverde essenties van zichzelf worden, zoals de wijn mettertijd de ziel van de druif wordt. Wat gebeurt er met de oude vitaliteit? Het geschreeuw en gevloek, de burenruzies, de schetterende muziek, de ordinaire dingen? Alles is verdwenen, alles is weg! (Maar makkelijk uit de eerste hand te beleven in elk van de nevenlijnen.) De oude Aarde moet een vriendelijke, rustige wereld worden, rijk voorzien van schatten en kunstvoorwerpen, een wereld van bijzondere plekken: oude herbergen, oude wegen, oude bossen, oude paleizen, waar de mensen kunnen ronddwalen en dromen en het beste van het verleden ondergaan zonder tegelijk onder het ergste te lijden.

—

Materiële overvloed is nu iets vanzelfsprekends: onze hulpbronnen zijn onuitputtelijk. Metaal, hout, aarde, rots, water, lucht: allemaal gratis voor wie het maar hebben wil. Slechts één enkel goed blijft beperkt voorradig: menselijke arbeid.

—

Gilbert Duray, de onofficieel geadopteerde kleinzoon van Alan Robertson, werkte bij het Stadsverwijderingsprogramma. Zes uur per dag, vier dagen per week, bestuurde hij een sloopmachine door het verlaten stadje Cupertino en vernietigde rijtjeshuizen, benzinestations en supermarkten.

Met knoppen en hefbomen bediende hij een zware hamer aan het eind van een dertig meter lange boom en met een knip van zijn vinger verwoestte hij elektriciteitsmasten, sloeg hij ramen kapot, beukte stucwerk en dakgoten aan diggelen, verpulverde beton, eerst links en dan rechts. Twintig meter achter hem kroop een opruimmachine in zijn zog. Het puin werd op een lopende band geharkt, dan naar een opening van zes meter middellijn getransporteerd en onder veel gedaver en gerommel in de Apathische Oceaan gestort. Aluminium lijsten, dakbedekking, golfplaten van glasvezel, tv's en barbecues, modern Zweeds meubilair, boekenclubselecties, gewassen grindtegels, tuinkabouters, bielzentuinen en ten slotte de stoep en de straat zelf: alles verdween naar de bodem van de Apathische Oceaan. Alleen de bomen bleven staan: een merkwaardig, eclectisch woud zo ver het oog reikte, bestaand uit liquidambar en Schotse pijnbomen, Chinese pimpernoten, Atlasceders en ginkgo, zilverberken en Scandinavische esdoorns.

Om één uur verscheen Howard Wirtz uit de conducteurswagon, zoals ze de kleine kastenkamer achterop de machine noemden. Wirtz had zich op een wereld in het Mioceen gevestigd; Duray, met vrouw en drie kinderen, had gekozen voor de rustiger omgeving van een eigentijdse nevenlijn, een wereld van het populaire Type A waarop de mens nooit was ontstaan.

Duray gaf Wirtz het werkrooster. "Min of meer hetzelfde als gister. Rechtuit over de Persimmonstraat naar de Waldenlaan, dan een blok naar rechts en weer terug."

Wirtz was een gesloten en laconiek man. Hij antwoordde alleen met een knikje. Op zijn Mioceenwereld woonde hij in zijn eentje op een huisboot in een bergmeer. Hij oogstte wilde rijst, plukte paddenstoelen en bessen: hij schoot ganzen, hoenders, herten, jonge bizons en hij had Duray eens verteld dat hij na zijn werkcontract van vijf jaar misschien nooit meer op Aarde terug zou komen, behalve misschien om kleren en munitie te kopen. "Er is hier verder niets dat ik hebben wil, helemaal niets."

Duray zei honend: "En wat wil je de hele dag dan doen?"

"Jagen, vissen, eten en slapen, en af en toe op het voordek over het meer zitten kijken."

"Verder niets?"

"Misschien, heel misschien leer ik nog eens viool spelen. Mijn naaste buur woont vijftien miljoen jaar verder."

"Je kunt natuurlijk niet voorzichtig genoeg zijn."

Duray klauterde naar de grond en overzag het werk dat hij die dag had gedaan: een flinke lap verwoeste Aarde. Duray stond zijn onderbewustzijn maar weinig uitspattingen toe, maar hij voelde toch een beetje heimwee naar vroeger, want ondanks alle nadelen was het toen wel wat levendiger geweest. Stemmen, fietsbellen, blaffende honden, knallende deuren, alles echode nog door de Persimmonstraat. De vroegere bewoners waren vermoedelijk blijer met hun nieuwe woonplaatsen. Degenen die voor zichzelf konden zorgen hadden privéwerelden genomen, en de mensen die meer van gezelschap hielden, hadden gemeenschappen gesticht op iedere denkbare soort wereld: vanaf het Carboon tot het eigentijdse Type A. Een paar waren er zelfs teruggegaan naar de nu bijna verlaten Aardse steden. Het was een opwindende tijd om in te leven: alles was in beweging. Duray was vierendertig en hij kende geen andere manier van leven; het oude bestaan, zoals dat belichaamd was in de Persimmonstraat, leek hem antiek, benauwend, bedompt.

Hij praatte wat met de bestuurder van de opruimer en keek even door de opening naar de Apathische Oceaan. Boven de horizon in het zuiden hing een zwarte regenbui en daarheen dreef een spoor van oud hout, dat uiteindelijk zou aanspoelen op een onbekende pre-Cambrische kust. Nooit zou er een inspecteur komen protesteren, want de wereld kende geen ander leven dan weekdieren en algen en al het afval van de Aarde zou de kloven in de zeebodem niet dempen. Duray gooide een steen door het gat en keek hoe het anderwereldse water opspatte. Toen ging hij de conducteurswagon in.

In de achterwand zaten vier deuren. Op de tweede van links stond zijn naam: G. Duray. Hij ontsloot de deur, trok hem open en verstijfde. Verbluft staarde hij naar de kale wand. Hij tilde de transparante plastic flap op die als luchtzegel werkte en pakte de metalen ring die de flens rondom zijn poort was geweest. De ring was een dood stuk metaal: toen hij erdoor keek zag hij alleen het inwendige van de conducteurswagon.

Er ging een lange minuut voorbij. Duray stond naar de nutteloze ring te staren alsof hij gehypnotiseerd was, terwijl hij probeerde te begrijpen wat de situatie betekende. Voor zover hij wist had geen enkele poort ooit geweigerd, tenzij hij met opzet gesloten was. Wie zou hem zo'n gemene, idiote streek leveren? In ieder geval niet Elizabeth. Zij had een hekel aan drastische pesterijen en net als Duray zelf was zij eerder iets te nuchter dan te speels. Hij sprong uit de wagon en beende weg door het bos van Cupertino: een stoere man van gemiddeld postuur met zware schouders. Hij had een grof gezicht, zijn bruine haar was kort en zijn ogen gloeiden goudbruin en maakten een dwingende indruk. Zijn rechte, dikke wenkbrauwen kruisten zijn lange, magere neus als de balk van de letter T, en daaronder vormde zijn gespannen mond een lagere horizontale streep. Hij was niet iemand die men lichtvaardig ergerde.

Hij sjouwde door het bos. Het vreemde en ongelukkige voorval liet hem niet los. Wat was er met de poort gebeurd? Tenzij Elizabeth vrienden op Thuis had uitgenodigd, zoals ze hun wereld noemden, was zij daar alleen, en de drie meisjes zaten op school...

Hij kwam uit op de Stevensbaaiweg. Het vrachtbusje van een boer stopte toen hij zijn duim opstak en bracht hem naar San Jose, dat nu weinig meer was dan een provincieplaatsje.

In het transportcentrum stopte hij een munt in de gleuf van het tourniquet en liep de hal in. In de muren zaten vier poorten met de opschriften *Lokaal*, *Californië*, *Noord-Amerika*, *Rest van de wereld*. Allemaal leidden ze naar een ander knooppunt op Utilis*.

Duray ging naar het knooppunt voor Californië, zocht daar de poort voor Oakland, ging naar het transportcentrum van Oakland op Aarde, nam de lokale poort naar het Oakland-knooppunt op Utilis, en arriveerde via de poort met het opschrift Montclair-West weer op Aarde,

---

* Utilis is een nevenwereld van de Aarde in het Paleoceen waar op gezag van Alan Robertson nu alle industrieën, instellingen, pakhuizen, tanks, opslagterreinen en kantoren van de oude Aarde waren gevestigd. De naam Utilis, zei men, paste precies bij Robertsons betweterige, ouderwetse en idealistische persoonlijkheid.

in een station dat een halve kilometer van de Thornhill-school* lag, waar hij naartoe liep.

In het kantoor van de school zei Duray wie hij was en hij vroeg of ze zijn dochter Dolly wilden laten komen.

De administrateur stuurde een boodschapper, die na een poosje terugkwam, alleen. "Dolly Duray is niet op school."

Dit verraste Duray, want Dolly was 's ochtends heel gewoon naar school gegaan en ze had niet geklaagd dat ze zich niet goed voelde. "Dan Joan of Ellen maar, dat is ook goed."

Weer kwam de boodschapper alleen terug. "Geen van beiden is in haar lokaal, meneer Duray. Uw kinderen zijn alle drie absent."

"Ik begrijp er niets van," zei Duray nu geërgerd. "Vanochtend zijn ze alle drie naar school gegaan."

"Ik zal het even aan mevrouw Haig vragen. Ik ben net begonnen." De administrateur pakte de telefoon, voerde een kort gesprek en zei toen tegen Duray: "De meisjes zijn om tien uur naar huis gegaan. Uw vrouw is ze komen halen en nam ze mee naar huis door de poort."

"Heeft ze niet gezegd waarom?"

"Volgens mevrouw Haig niet. Uw vrouw zei alleen dat ze de meisjes thuis nodig had."

Duray zuchtte van ergernis. "Kunt u me naar hun poort brengen? Dan ga ik zo naar huis."

"Dat is in strijd met het reglement van de school, meneer Duray. U begrijpt wel waarom, neem ik aan."

"Ik kan bewijzen wie ik ben," zei Duray. "Meneer Carr kent mij. Mijn poort heeft het namelijk begeven en ik ben juist hier gekomen omdat ik anders niet naar huis kan."

"Wilt u misschien even met meneer Carr spreken?"

---

* Alan Robertson had voorgesteld nog een gespecialiseerde wereld in te richten, met de naam Tutelar, waar de kinderen van alle gekoloniseerde werelden hun opleiding zouden moeten krijgen in een enorm netwerk van pedagogische instellingen. Tot zijn gekwetste verbazing stuitte hij op een storm van weerstand van vertoornde ouders. Men noemde zijn plan mechanistisch, immens, ontmenselijkend en weerzinwekkend. Welke wereld was beter geschikt om als school te dienen dan de oude Aarde? Dit was de bron van alle traditie; laat de Aarde dit 'Tutelar' worden! De ouders hielden voet bij stuk en Alan Robertson moest zich wel gewonnen geven.

"Graag, ja."

De man bracht Duray naar het kantoor van het schoolhoofd, aan wie hij de toestand uitlegde. Meneer Carr betuigde zijn deelneming en deed niet moeilijk. Hij bracht Duray naar de poort van zijn dochters.

In de hal aan de achterkant van de school zochten ze de kast met het nummer 382. "Hier is hij," zei Carr. "Het zal wel even persen worden." Hij ontsloot de metalen deur met zijn loper en opende hem. Duray keek naar binnen en zag daar alleen het zwarte metaal van de achterkant van de kast. De poort was dicht, net als die van hem.

Duray wist even geen woorden te vinden.

Carr zei verbaasd: "Wat een eigenaardige toestand! Ik geloof niet dat ik ooit zoiets heb meegemaakt! De meisjes zouden toch niet zo'n flauwe grap uithalen?"

"Ze weten wel beter. Ik heb ze vaak genoeg op het hart gedrukt dat ze niet aan de poort mogen komen. Weet u zeker dat dit de goeie kast is?"

Carr wees naar de kaart buitenop de deur, waarop drie namen waren getypt: *Dorothy Duray, Joan Duray, Ellen Duray*. "Geen vergissing mogelijk," zei hij, "en ik ben bang dat ik verder niets voor u kan doen. Woont u in een gemeenschap?"

"Nee, op een privéwereld."

Carr knikte zuinig, alsof hij zo'n koppige hang naar privacy maar zonderling vond. Hij grinnikte. "Ach, als u zich ook zo afzondert, dan kunt u eigenlijk wel rekenen op noodtoestanden."

"Juist niet," sprak Duray hem vastberaden tegen. "Wij leiden een heel rustig leven, omdat er niemand is die ons lastig kan vallen. Wij zijn gek op de wilde dieren, de rust, de schone lucht. We zouden niet anders willen."

Carr glimlachte dor. "Meneer Robertson heeft ons leven wel ingrijpend veranderd. Is hij niet uw grootvader?"

"Ik ben opgegroeid in zijn huis. Ik ben de pleegzoon van zijn neef, geen bloedverwant."

III

Uit *Memoires en overpeinzingen*:

Al vroeg vatte ik belangstelling op voor magnetische flux en het beheersen daarvan. Nadat ik gepromoveerd was werkte ik uitsluitend op dit gebied en bestudeerde alle soorten magnetische omhulsels en ontwikkelde methoden om hun vorming te regelen. Vele jaren lang was mijn horizon aldus beperkt en ik leidde een rustig bestaan.

Twee ontwikkelingen van mijn tijd dwongen mij mijn ivoren toren te verlaten. Ten eerste de schrikbarende overbevolking en het vooruitzicht dat de situatie nog verergerde. Kanker was al verleden tijd; hartziekten waren beteugeld en ik vreesde dat over nog eens tien jaar de onsterfelijkheid voor velen van ons wellicht een praktische realiteit zou zijn, gevolgd door een nieuwe toename van de bevolkingsdruk.

Ten tweede: het theoretische werk op het gebied van zwarte en witte gaten opperde de mogelijkheid dat materie die in een zwart gat werd samengeperst, door een barrière brak en in een ander heelal weer tevoorschijn kwam uit een wit gat. Ik berekende de spanningen en dacht na over de zichzelf scherpstellende magnetische kokers, kegels en spiralen waarmee ik experimenteerde. Door hun inherente eigenschappen snoerden deze dingen zich in tot de toppunten van een doorsnede die niet te onderscheiden was van een meetkundig punt. Wat gebeurde er, vroeg ik mij af, als twee of meer kegels als in contrapositie konden worden gerangschikt teneinde een evenwicht te vormen? In deze toestand moesten geladen deeltjes tot bijna de lichtsnelheid versneld worden en in het gezamenlijk brandpunt ingesnoerd worden en botsen. De aldus geschapen spanningen, zij het van geringe omvang, zouden die van de zwarte gaten verre overtreffen, met onbekend resultaat.

Ik kan nu melden dat de wiskunde van het veelvoudige brandpunt een hoogst verwarrend en onwaarschijnlijk struikgewas vormt, en het nuttig gebruik dat ik ontleende aan wat ik een serie absurde tegenstrijdigheden moet noemen, is een van mijn geheimen. Ik weet dat duizenden geleerden over de hele wereld hun best doen om mijn werk te dupliceren. Ik wens ze van harte geluk. Geen van hen zal slagen.

Waarom kan ik dit zo stellig beweren? Dat is mijn andere geheim.

—

Duray liep nijdig en verbouwereerd terug naar het station Montclair-West. Vier poorten leidden naar Thuis, en twee daarvan waren gesloten. De derde was te vinden in zijn kast in San Francisco; dit was zijn voordeur.

De laatste en oorspronkelijke opening zat in het archief in de kluis van Alan Robertson.

Duray probeerde het probleem redelijk te benaderen. De meisjes zouden het niet in hun hoofd halen aan de poorten te prutsen. En Elizabeth zou er net zomin over peinzen als de dochters. In ieder geval kon Duray niets bedenken waarom ze zoiets zou doen. Elizabeth, net als hij een pleegkind, was een knappe, hartstochtelijke vrouw, lang en met donker haar, glanzende donkere ogen en een brede mond die ieder moment een bekoorlijke scheve grijns in petto leek te hebben. Ze was ook verantwoordelijk, trouw, voorzichtig en ijverig; ze hield van haar gezin en het huis.

De theorie van een erotische intrige leek Duray even ongeloofwaardig als het bestaan van gesloten poorten. Maar het was wel waar dat Elizabeth onderhevig was aan grillige en onbegrijpelijke stemmingen. Stel dat zij een bezoeker had ontvangen die haar om een of andere reden had gedwongen de poorten te sluiten?…Duray schudde nijdig zijn hoofd.

Er zat natuurlijk iets heel eenvoudigs achter. Maar, peinsde hij, misschien was de reden wel heel ingewikkeld. Door deze gedachte kreeg hij als vanzelf een beeld voor ogen van zijn pleegvader-in-naam, de neef van Alan Robertson, Bob Robertson. Duray schudde somber zijn hoofd, alsof hij daarmee iets bevestigde dat hij al lang had moeten vermoeden. Hij liep naar de telefooncel en belde Bob Robertsons flat in San Francisco. Het scherm werd wit en even later verscheen

Robertsons knappe, gladgeschoren gezicht. "Goeiemiddag, Gil. Blij dat je belt; ik moet je nodig spreken."

Duray's argwaan nam toe. "Hoezo?"

"O, niets ernstigs, hoop ik tenminste. Ik ben bij je kast langs geweest om een paar boeken achter te laten die ik Elizabeth had beloofd, en toen zag ik door het glas dat je poort gesloten was. Opgeheven. Onbruikbaar."

"Wat gek," zei Duray. "Heel raar. Ik snap het niet. Jij wel?"

"Nee... eigenlijk niet."

Duray meende een subtiele intonatie in Robertsons stem te horen. Hij zei: "De poort op mijn werk was gesloten. De poort in de school van de meisjes ook. En nu vertel jij me dat de poort in de stad het ook niet meer doet."

Bob Robertson grijnsde. "Dat lijkt me wel een duidelijke wenk, vind je niet? Hebben Elizabeth en jij ruzie gehad?"

"Nee."

Bob streek over zijn lange, aristocratische kin. "Een mysterie. Maar er zal wel een heel gewone verklaring voor zijn."

"Of een heel buitengewone."

"Ja, misschien. Tegenwoordig moet je met letterlijk alles rekening houden. Tussen haakjes, morgenavond geef ik mijn Rumfuddle, en ik reken erop dat jij en Elizabeth allebei komen."

"Ik weet zeker dat ik de uitnodiging al een keer afgeslagen heb," zei Duray. De 'Rumfuddlers' was een club van Bobs vriendjes en Duray had het vermoeden dat hun activiteiten niet helemaal in de haak waren. "Sorry, ik moet ergens een open poort vinden, anders zitten Elizabeth en de kinderen opgesloten."

"Probeer het bij Alan," adviseerde Bob. "Hij heeft het origineel in zijn kluis."

Duray knikte. "Ik val hem niet graag lastig, maar er zit niets anders op."

"Laat me weten hoe het afloopt," zei Bob. "En vergeet de Rumfuddle morgenavond niet. Ik heb er met Elizabeth over gesproken en zij zei dat ze beslist kwam."

"Ja? En wanneer heb je haar gesproken?"

"O, een dag of wat geleden. Kijk niet zo gotisch, jongen."

"Ik vraag me af of jouw uitnodiging verband houdt met de dichte poorten. Ik weet dat Elizabeth een hekel heeft aan jouw feesten."

Bob lachte vlot, niet gekwetst. "Denk toch even na. Er gebeuren twee dingen. Ik nodig jou en je vrouw uit voor de Rumfuddle. Dat is gebeurtenis nummer één. Jouw poorten gaan dicht, en dat is gebeurtenis twee. Jij maakt een absurde gedachtesprong en brengt de twee in verband en geeft mij de schuld. Is dat nu redelijk?"

"Jij noemt het een 'absurde gedachtesprong'," zei Duray. "Ik noem het instinct."

Bob lachte opnieuw. "Niet erg overtuigend, hoor. Neem contact op met Alan en als hij je niet kan helpen, kom dan naar de Rumfuddle. Dan zullen wij onze hersens pijnigen en je probleem oplossen, of nieuwe en betere problemen bedenken."

Hij knikte opgewekt en voordat Duray boos uit kon vallen, was het scherm al grijs.

Hij was woedend. Bob wist beslist veel meer over het mysterie dan hij wilde toegeven. Duray ging op een bank zitten. Als Elizabeth hem buitengesloten had, moest ze daar een dwingende reden voor hebben gehad. Maar tenzij ze van plan was zich voorgoed af te zonderen, zou ze minstens één poort met rust laten, en wel het stamexemplaar in Alan Robertsons kluis.

Duray stond op. Met gebogen hoofd en afhangende schouders bleef hij even staan. Toen liep hij nijdig terug naar de telefooncel, waar hij een nummer aansloeg dat maar een tiental mensen kenden.

Het scherm bleef wit terwijl iemand aan de andere kant van de lijn hem inspecteerde. Toen kwam er een bleek, rond gezicht in beeld met lichtblauwe ogen die hem intens aankeken. "Hallo, Ernest," zei Duray. "Is Alan op dit moment bezet?"

"Ik geloof niet dat hij iets bijzonders doet — behalve uitrusten." Hij benadrukte de laatste twee woorden veelbetekenend.

"Ik heb een probleem," zei Duray. "Wat is de beste manier om hem te spreken te krijgen?"

"Kom maar hier. De code is veranderd. Het is nu MHF."

"Ik ben er over een paar minuten."

Terug in het Californië-knooppunt op Utilis ging Duray naar een kamer aan de zijkant van de grote zaal die bestemd was voor privé-kasten, die gemerkt waren met symbolen, namen, kleurige vlaggetjes of blank waren. Duray liep naar kast 122. Zonder zich aan het sleutelgat te storen draaide hij de codeknop op de letters MHF. De deur ging open en hij trad binnen, door de poort en stapte uit in het hoofdkwartier van Alan Robertson in de Hoge Sierra.

IV

Uit *Memoires en overpeinzingen*:

Als de kosmos geregeerd wordt door één Fundamenteel Axioma, dan moet het dit zijn:

In een oneindige situatie komt iedere mogelijke toestand voor, niet één keer, maar oneindig vaak.

Er is geen wiskundige of logische grens aan het aantal dimensies. Onze zintuigen verzekeren ons dat er maar drie zijn, maar er zijn genoeg aanwijzingen dat er meer bestaan: parapsychische voorvallen van honderd variëteiten, de witte gaten, de schijnbare eindigheid van ons heelal, wat inhoudt dat er meer dan één heelal moet zijn.

En dus, toen ik achter het loden blok ging staan en voor het eerst op de knop drukte, vertrouwde ik er vast op dat de proef zou slagen: juist een mislukking zou me verbaasd hebben!

Maar — *hoe* zou mijn proef slagen?

Stel eens dat ik een gat maakte dat uitkwam in interstellair vacuüm?

De kans daarop was groot, heel groot; maar ik had de machine omgeven met een sterk membraan om te voorkomen dat de lucht van de Aarde in de leegte werd gezogen.

Stel dat ik iets ontdekte dat mijn fantasie ver overtrof?

Andere voorzorgen wist ik niet te verzinnen.

Ik drukte op de knop.

—

Duray arriveerde in een grot onder vochtige granietwanden. Uit een donkerblauwe hemel stroomde het zonlicht naar binnen. Dit was Alan Robertsons verbinding met de buitenwereld; zoals veel mensen wilde hij geen poort hebben die midden in zijn huis uitkwam. Van de grot liep een pad van vijftig meter lengte over het kale graniet van de berg naar zijn huis. In het westen lag een uitgestrekt panorama van steeds kleinere bergruggen, dalen en wazige blauwe lucht; in het oosten rees een tweetal graniettoppen op met gevangen sneeuw in het zadel ertussen. Robertsons huis was vlak onder de boomgrens gebouwd naast een klein meer omzoomd met hoge, donkere sparren. Het huis bestond uit afgeronde granietblokken en had aan de voorkant een houten veranda.

Links en rechts van het huis rees een massieve schoorsteen op.

Duray was hier vaak geweest. Als jongen had hij de twee pieken ach-ter het huis beklommen en verwonderd over het stille land gekeken, dat op de oude Aarde een heel andere sfeer ademde dan op de onbe-woonde werelden zoals zijn Thuis.

Ernest kwam de deur opendoen. Hij was een man van middelbare leeftijd met een argeloos gezicht, kleine witte handen en zacht, voch-tig, muiskleurig haar. Ernest had een hekel aan het huis, de wildernis en de eenzaamheid in het algemeen, maar zelfs onder bedreiging met een marteling zou hij zijn baan van subaltern niet hebben willen opge-ven. Ernest en Duray verschilden hemelsbreed van elkaar. Ernest vond Duray bruusk, ruw, een beetje grof en vermoedelijk zou hij niet schro-men geweld te gebruiken als hij met iemand ruzie had en zijn woorden kracht wilde bijzetten. Duray zag Ernest, als hij aan hem dacht, als het soort man dat een kers in twee happen opeet. Ernest was nooit getrouwd geweest en toonde geen belangstelling voor vrouwen.

Als jongen had Duray zich vaak geërgerd aan Ernests overdreven voorzichtige verbodsbepalingen.

Ernest had het vooral niet begrepen op Duray's onbelemmerde toegang tot Alan Robertson. De macht om de talloze mensen die Alans aandacht kwamen vragen weg te sturen of toe te laten was Ernests geliefdste voorrecht, en Duray zorgde dat hij er niets aan had, door Ernest en zijn geregel eenvoudig te negeren. Ernest had zich er nooit bij Alan over beklaagd uit angst dat dan zou blijken dat Duray's invloed groter was dan de zijne. Er heerste een gewapende vrede tussen de twee, waarbij elk de ander zijn privileges liet.

Ernest begroette Duray beleefd en noodde hem binnen. Duray

keek om zich heen. Zolang hij leefde was het interieur niet veranderd. De vloer bestond uit gelakte planken met rode, zwarte en witte Navajokleden, het meubilair was van massief vurenhout met leren kussens, er waren een paar boekenplanken en op de schoorsteenmantel boven de grote schouw stonden een stuk of zes tinnen kroezen. De kamer was bijna ostentatief ontbloot van aandenkens en geliefde voorwerpen. Duray keerde zich naar Ernest: "Waar zit Alan ergens?"

"Hij is op zijn boot."

"Met gasten?"

"Nee," zei Ernest met een afkeurend gezicht. "Hij is alleen, helemaal alleen."

"Hoelang is hij al weg?"

"Pas een uur. Misschien is hij nog niet eens van de steiger weg. Wat scheelt eraan, als ik vragen mag?"

"De poorten naar mijn wereld zitten dicht. Alle drie. Er is er nog maar één over, in de kluis."

Ernest kromde zijn soepele wenkbrauwen. "Wie heeft ze dan dichtgedaan?"

"Ik weet het niet. Elizabeth en de meisjes zijn helemaal alleen, zover ik weet."

"Heel eigenaardig," zei Ernest effen. "Nou, kom maar mee." Hij ging voor naar een achterkamer. Met zijn hand op de deurknop bleef hij staan en keek over zijn schouder. "Heb je er met iemand over gesproken? Met Robert, bijvoorbeeld?"

"Ja," antwoordde Duray kort. "Precies. Waarom vraag je dat?"

Ernest aarzelde een moment. "Zomaar. Robert heeft af en toe een wat misplaatst gevoel voor humor, hij met zijn Rumfuddlers." Hij sprak het woord vol weerzin uit.

Duray begon niet over zijn eigen vermoedens. Ernest deed de deur open van een grote kamer met een bovenlicht. Er lag alleen een kleed op de gelakte vloer. In iedere muur zaten vier deuren. Ernest trok er een open en maakte een berustend gebaar. "Je zult Alan wel op de steiger vinden."

Duray keek in het inwendige van een primitieve hut met wanden van palmblad die op een platform op palen stond. Door de deur zag hij een pad dat onder schitterende groene bladeren naar een wit strand liep. Aan de rand van de blauwe oceaan rolde de branding, en verder was er nog een deel van de hemel te zien. Duray aarzelde, voorzichtig geworden door de gebeurtenissen van die morgen. Iedereen was verdacht, inclusief Ernest, die nu een smalend, geamuseerd geluidje maakte. Tussen de bladeren zag Duray een glanzend zeil. Hij stapte door de poort.

V

Uit *Memoires en overpeinzingen*:

De mens is een schepsel dat geëvolueerd is in de open lucht. Zijn zenuwen, spieren en zintuigen hebben zich gedurende drie miljoen jaar ontwikkeld in innige verbondenheid met de aarde, steen, levend hout, de wind en de regen. Nu is dit schepsel plotseling — geologisch gesproken zonder overgang — verplaatst naar een onnatuurlijk milieu van metaal en glas, plastic en triplex, waaraan zijn psychische onderlagen volstrekt niet aangepast zijn. Het wonder is niet dat wij zo veel geestelijke labiliteit kennen, maar zo weinig. Voeg hierbij de rare geluiden, elektrische pleziertjes, bizarre kleuren, kunstvoedsel en abstract vermaak! We zouden onszelf moeten feliciteren dat we zo taai zijn.

Ik begin hierover omdat ik met mijn apparaatje, zo eenvoudig, zo klein en zo flexibel, de last die ons arme voorhistorische brein moet torsen enorm verzwaard heb, en inderdaad vinden heel wat mensen de ogenblikkelijke verplaatsing van het ene decor naar het andere verwarrend, of zelfs bijzonder onaangenaam.

—

Duray stond op de veranda voor de hut onder een levendig baldakijn van bladeren waar de zon doorheen kierde. De lucht was zacht en warm en rook naar vochtige begroeiing. Hij luisterde. Het geruis van de branding en uit de verte een enkele roep van een vogel, meer hoorde hij niet.

Hij sprong op de grond en volgde het pad onder de hoge palmen naar de rivieroever. Naast een ruwe pier van palen en planken dreef een witte en blauwe trimaran met gehesen zeilen. Het waaide licht. Op het dek stond Alan Robertson, klaar om de meertouwen los te gooien. Duray riep hem aan. Robertson draaide zich verrast en geërgerd om, totdat hij Duray herkende.

"Hallo, Gil; leuk dat je er bent! Ik dacht even dat het iemand was die me lastig kwam vallen. Spring aan boord. Je bent net op tijd om mee te varen."

Duray stapte somber aan boord. "Ik ben bang dat ik je wel lastig kom vallen."

"O?" Alan Robertson keek hem meteen vragend en bezorgd aan. Hij was niet bijzonder lang, mager en voortdurend actief. Een lok van zijn grijswitte haar hing voor zijn voorhoofd; zijn vriendelijke blauwe ogen namen Duray onderzoekend op en iedere gedachte aan zijn zeiltocht was vergeten. "Wat is er gebeurd?"

"Wist ik het maar. Als het iets was dat ik zelf kon afhandelen, zou ik je niet storen."

"Maak je daar geen zorgen over; er is nog tijd genoeg om te zeilen. Vertel me wat er gebeurd is."

"Ik kan niet naar Thuis toe. Alle poorten zijn dicht. Hoe en waarom, ik heb geen idee. Elizabeth en de meisjes zitten daar helemaal alleen. Ik denk tenminste dat ze daar zijn."

Robertson zei verrast: "Wat vreemd! Ik kan me best voorstellen dat je je opwindt... Denk je dat Elizabeth ze gesloten heeft?"

"Het is idioot — maar wie anders?"

Alan keek hem sluw maar vriendelijk aan. "Geen kleine familie-ruzietjes? Niets waar ze wanhopig van kan zijn geworden?"

"Helemaal niets. Ik heb mijn best gedaan om een reden te bedenken, maar ik sta voor een raadsel. Ik dacht dat er misschien iemand bij haar op bezoek was gekomen die mijn rol over wilde nemen, maar waarom is ze dan naar de school gegaan om de meisjes op te halen? Dat kan het dus niet zijn. Een geheime liefde? Mogelijk, maar zó onwaarschijnlijk. Aangezien ze mij van de planeet wil weren, moet ze mij willen beschermen, of zichzelf, of de meisjes, tegen een of ander gevaar. Iets anders is uitgesloten. Maar dit betekent weer dat er nog iemand bij betrokken is. Wie? Hoe? Waarom? Ik heb met Bob gesproken. Hij beweert dat hij er niets van weet, maar hij wil dat ik naar zijn verdomde Rumfuddle ga en hij suggereert nogal opvallend dat Elizabeth er ook zal zijn. Ik kan niets tegen hem bewijzen, maar ik verdenk hem wel. Hij is altijd al gek geweest op zieke grappen."

Alan knikte treurig. "Dat zal ik niet bestrijden." Hij ging zitten en staarde over het water. "Bob heeft een gecompliceerd gevoel voor humor, maar ik denk toch niet dat hij jou buiten je eigen wereld zou sluiten... Ik geloof niet dat je gezin direct in gevaar verkeert, maar natuurlijk mogen we geen risico nemen. Het blijft mogelijk dat Bob er niets mee te maken heeft en dat er iets ergers aan de gang is." Hij sprong overeind. "Het eerste wat we moeten doen is de stampoort in de kluis gebruiken." Hij keek enigszins spijtig naar de oceaan. "Mijn boot kan wachten... Een prachtige wereld is het hier. Niet helemaal gelijk-op lopend met de Aarde, meer een neef, als het ware. De fauna en flora zijn min of meer eigentijds, behalve de mens. De hominiden hebben zich hier nooit ontwikkeld."

De twee mannen liepen over het pad naar de hut van palmbladeren. Robertson voerde luchthartig het woord, "— duizenden en nog eens duizenden werelden heb ik bezocht, en ik heb er nog veel meer van buiten bekeken, maar weet je dat ik nooit een goed classificatiesysteem heb kunnen bedenken? Er zijn vrijwel gelijke nevenlijnen — maar hoe gelijk precies weten we natuurlijk nooit. Dat zijn nog tamelijk simpele gevallen, maar dan komen de problemen... Ach! Ik denk er niet meer over na. Ik weet dat als ik alle factoren op nul hou, dan verschijnen de verwante werelden. Overdreven geïntellectualiseer is de vloek van deze en alle andere tijdperken. Toon mij iemand die zich alleen bezighoudt met abstracties, en ik zal je het dode, futiele eind van de evolutie laten zien..." Hij grinnikte. "Als ik de machine nauw genoeg kon laten luisteren om echt gelijke werelden te produceren, dan zouden onze problemen opgelost zijn... Heel verwarrend natuurlijk. Ik zou kunnen overstappen naar de nevenwereld op hetzelfde moment dat een echt gelijke Alan Robertson in onze wereld stapt, zodat het netto-effect nul is. Verbazende zaken, dat staat vast. Ik krijg er nooit genoeg van..."

Ze arriveerden in de transportkamer van het huis op de berg. Ernest kwam er bijna meteen bij. Duray dacht dat hij door de poort had staan kijken.

Robertson zei: "We zullen het een uur of twee druk krijgen, Ernest. Gilbert heeft moeilijkheden en we moeten de boel rechttrekken."

Ernest knikte een beetje met tegenzin, was Duray's indruk. "Het rapport over de vorderingen van het Ohioplan is gekomen. Er staat niets in dat bijzonder dringend is."

"Bedankt, Ernest. Ik zal het later wel bekijken. Kom mee, Gilbert, laten we uitzoeken wat er nu eigenlijk aan de hand is." Ze gingen naar de eerste deur en stapten over naar het knooppunt op Utilis. Alan liep voor Duray uit naar een kleine groene deur met een codeslot van drie cijfers dat hij met zwierige gebaren opende. "Mooi zo: daar gaan we dan." Hij deed de deur zorgvuldig weer op slot, waarna ze een korte gang afliepen. "Vervelend dat ik zo voorzichtig moet zijn," zei Alan. "Het is verbazend hoeveel krankzinnige verzoeken ik krijg van overigens heel normale mensen. Soms raak ik echt wel wat geïrriteerd... Maar ja, het zal wel niet te vermijden zijn."

Aan het eind van de gang draaide hij aan de codeknoppen van een rode deur. "Hierheen, Gilbert, je bent er al eerder geweest." Ze stapten door een poort in een gang die uitkwam op een ronde zaal van beton van vijftien meter doorsnede die, wist Duray, diep onder de Dollehondsbergen van de Mojavewoestijn lag. In de rots waren acht hallen uitgehold en elke hal stond in verbinding met twaalf gangen. In het midden van de zaal stond een ronde tafel van zes meter breed. Hieraan waren zes bedienden in witte jassen bezig met computers en collatiemachines. Gehoorzaam aan hun instructies schonken ze geen aandacht aan Robertson. Ze groetten hem zelfs niet.

Robertson ging naar de tafel toe. Dit was het teken voor een jonge man met een ei-kale schedel, de chef, om naar hem toe te gaan. "Goedemiddag, meneer."

"Dag Harry. Wil je de index van Gilbert Duray van mijn privélijst voor me opzoeken?"

De chef maakte een keurig buiginkje. Hij liep naar een instrument en liet zijn vingers over een toetsenbord spelen. Er kwam een kaart uit het toestel die hij aan Robertson overhandigde. "Alstublieft, meneer."

Robertson toonde de kaart aan Duray. De code luidde 4:8:10/6:13:29.

"Dat is jouw wereld," zei Robertson. "Nu weten we gauw genoeg wat eraan scheelt. Deze kant op, naar straal 4." Hij liep door de zaal en sloeg af naar de gang met het nummer 8 en vervolgens naar kast 10. "Zesde plank," zei hij. Hij keek weer op de kaart. "La 13. Hier is het." Hij trok de lade uit en liet zijn vingertoppen over de kaarten gaan. "Nummer 29. Dit moet Thuis zijn." Hij haalde een metalen kadertje van tien bij tien centimeter tevoorschijn en hield het voor zijn ogen. Er verscheen een ongelovige frons op zijn gezicht. "Hier is hij ook dicht." Hij keek Duray ontsteld aan. "Dit wordt ernstig!"

"Ik verwachtte het wel," zei Duray toonloos.

"Hier moet ik eens grondig over nadenken." Alan klakte geprikkeld met zijn tong. "Tsk, tsk..." Hij las de cijfers op de bovenkant van het raampje. "Vier, acht, tien, zes, dertien, negenentwintig. Een vergissing lijkt uitgesloten." Hij keek met half dichtgeknepen ogen naar de getallen, aarzelde, borg het raam toen langzaam op. Van gedachte veranderend haalde hij het er dan weer uit. "Kom mee, Gilbert," zei hij. "We drinken een kop koffie en overdenken de kwestie."

Ze gingen terug naar de centrale hal, waar Alan het lege raampje overdroeg aan de chef. "Controleer het archief, wil je. Ik wil weten hoeveel poorten er van de stam zijn geknepen."

Harry manipuleerde de toetsen van zijn computer. "Maar drie, meneer Robertson."

"Drie poorten en de stam — vier in totaal?"

"Dat klopt, meneer."

"Dank je, Harry."

VI

Uit *Memoires en overpeinzingen*:

Ik erkende dat talrijke wrede vormen van misbruik mogelijk waren, maar de goede kanten wogen zoveel zwaarder dan de slechte dat ik alle gedachten aan geheimhouding en exclusiviteit opzijzette. Ik zie mijzelf niet als Alan Robertson maar als een archetype van de Mens, een Prometheus, en mijn ontdekking moet alle mensen dienen.

Maar voorzichtig, voorzichtig, voorzichtig!

—

Ik sorteerde mijn ideeën. Ikzelf wilde dolgraag de ruimte van een privéwereld voor mij alleen hebben; zo'n verlangen was niet laaghartig, concludeerde ik. Waarom zou niet iedereen zoiets mogen hebben als hij dat verlangde, als de voorraad toch onbeperkt was? Ga maar na! De rijkdom en schoonheid van een complete wereld: bergen en vlakten, bossen en bloemen, oceanen en zeeën, winden en wolken — allemaal onschatbaar, maar toch niet meer waard dan een paar seconden werk en een paar watt energie.

Toen kreeg ik een idee dat mij zorgen baarde. Zou iedereen de oude Aarde in de steek laten zodat er een wanstaltige puinhoop achterbleef? Dat was een ondraaglijk denkbeeld... Ik ruil de toegang tot een wereld voor drie tot zes jaar herstellingsarbeid, afhankelijk van het aantal bewoners van de nieuwe wereld.

—

De kantine keek uit op de centrale hal. Alan gebaarde Duray naar een stoel en haalde twee bekers koffie uit een automaat. In zijn stoel gezeten richtte hij zijn blik op het plafond. "Wij moeten onze gedachten ordenen. De omstandigheden zijn enigszins ongebruikelijk, maar ik leef al bijna vijftig jaar met ongewone dingen.

"De situatie dus. We hebben geverifieerd dat er maar vier poorten naar Thuis zijn. Die zijn alle vier gesloten, hoewel we af moeten gaan op het woord van Bob dat de poort in de stad ook dicht is. Als dat echt het geval is, en als Elizabeth en de meisjes op Thuis zijn, dan zie je ze nooit meer terug."

"Bob heeft ermee te maken. Ik durf het niet te zweren, maar —"

Alan stak zijn hand op. "Ik zal met hem praten. Dat is natuurlijk het eerste wat we moeten doen." Hij ging naar de telefoon in de hoek van de kantine. Duray volgde hem. Alan zei in het toestel: "Geef me de flat van Robert Robertson in San Francisco."

Het scherm werd wit. Uit de luidspreker kwam de stem van Bob. "Sorry, ik ben niet thuis. Ik ben naar mijn wereld Fancy en daar ben ik niet te bereiken. Bel over een week terug, behalve als het dringend is, in welk geval u over een maand kunt terugbellen."

"Mfff," zei Alan terwijl ze terugliepen. "Bob is soms niet ernstig genoeg. Hij is iemand die te weinig met zijn verstand doet..." Hij trommelde op de leuningen van zijn stoel. "Is dat feest van hem morgenavond? Hoe noemt hij het ook weer? Een Rumfuddle?"

"Zoiets stoms, ja. Waarom wil hij mij daarbij hebben? Ik ben veel te saai voor feesten. Ik zit veel liever thuis en timmer een hekje om de tuin."

"Misschien moet je je er maar op voorbereiden dat je wel naar het feest gaat."

"Ofwel zwichten voor zijn chantage."

"Wil je je vrouw en kinderen terugzien?"

"Uiteraard. Maar wat hij van plan is, is niet iets gunstigs voor mij, of voor Elizabeth."

"Dat zou weleens kunnen. Ik heb een paar onsmakelijke verhalen over die Rumfuddlers gehoord... Maar de poorten blijven dicht. Alle vier."

Duray vroeg ongeduldig: "Kun je geen nieuwe opening voor ons maken?"

Robertson schudde zijn hoofd. "Ik kan de machine heel fijn afstemmen. Ik kan nauwkeurig op de klasse werelden zoals Thuis mikken, en een bepaalde wereldtoestand zo nauwkeurig mogelijk benaderen. Maar bij iedere instelling van de machine, hoe scherp ook, stuiten we op een oneindigheid van werelden. In de praktijk is het erg lastig om absoluut precies af te stemmen, door foutjes in de machine, speling, het grote formaat van elektronen, de verschillen tussen het ene elektron en het andere. Dus zelfs als we precies instelden op de klasse werelden zoals Thuis, is de waarschijnlijkheid dat we een gat maken naar jouw speciale Thuis één op oneindig, dus verwaarloosbaar klein."

Duray staarde voor zich uit. "Zou het kunnen zijn dat een eenmaal geopend heelal de tweede keer makkelijker opengaat?"

Alan glimlachte. "Dat weet ik echt niet. Ik denk van niet, maar ik weet maar zo weinig. Ik zie geen reden waarom dat zo zou zijn."

"Als we een opening hebben naar een nauw verwante wereld, dan kan ik er tenminste achter komen waarom de poorten dicht zijn."

Alan ging rechter zitten. "Dat is inderdaad een goed punt. Misschien kunnen we in die richting iets zinvols doen." Hij keek Duray zijdelings aan met een geestig gezicht. "Maar anderzijds — stel je voor dat we een gat maken naar een 'Thuis' dat bijna precies gelijk is aan dat van jou — bijna identiek, zodat het verschil bijna niet waarneembaar is. Daar vind je dan een Elizabeth, een Dolly, een Joan en een Ellen die niet te onderscheiden zijn van die van jou en hun Gilbert is gestrand op de Aarde. Je zou jezelf zelfs kunnen wijsmaken dat dit helemaal je eigen Thuis is."

"Ik zou het merken als er verschil was," zei Duray kortaf, maar Alan leek het niet te horen.

"Stel je voor! Een oneindig aantal Thuizen geïsoleerd van de Aarde, een oneindig aantal Elizabeths, Dolly's, Joans en Ellens die gestrand zijn; een oneindig aantal Gilberts Duray die thuis proberen te komen... Het netto-effect zou een algehele volksverhuizing van Gilberts kunnen zijn waarbij iedereen de situatie min of meer gemoedelijk opvat. Zou dit de grap kunnen zijn die Bob zijn Rumfuddlers wil voorzetten?"

Duray keek hem scherp aan. Sprak hij in ernst? "Het is helemaal niet grappig, en ik zou het niet erg gemoedelijk opvatten."

"Natuurlijk niet, stel je voor," zei Alan haastig. "Het was maar een idee — en niet erg aardig, sorry."

"In ieder geval suggereerde Bob dat Elizabeth op zijn verdomde feest zou zijn. Dan zou ze de poorten van deze kant gesloten moeten hebben."

"Zou kunnen," erkende Robertson, "maar niet redelijk. Want waarom zou ze jou de toegang tot Thuis willen beletten?"

"Ik weet het niet, maar ik wil het beslist uitzoeken."

Alan sloeg zich op zijn magere benen en sprong overeind, maar aarzelde toen. "Weet je zeker dat je in die nevenwerelden wilt gaan kijken? Misschien zie je iets dat je niet bevalt."

"Zolang ik de waarheid achterhaal, kan me dat niet schelen."

"Goed dan."

De machine stond in een ruimte achter het balkon. Alan Robertson bekeek het toestel trots en met genegenheid. "Dit is de vierde versie en waarschijnlijk de beste. Ik zie althans geen mogelijkheden meer voor zinvolle verbeteringen. Ik gebruik nu honderdzevenenzeventig stangen die samenkomen in het centrum van de reactorbol. Elke stang produceert een quotum energie en is onderworpen aan verschillende soorten bijregelingen, om het enorm grote aantal mogelijke toestanden te kunnen verwerken. Het aantal deeltjes dat je nodig hebt om het heelal vol te stouwen ligt in de orde van grootte van tien tot de zestigste macht; de mogelijke omzettingen van deze deeltjes tellen twee tot de tiende macht tot de zestigste macht. Het heelal is natuurlijk opgebouwd uit een heleboel verschillende deeltjes, waardoor het totale aantal mogelijke, of laten we zeggen denkbare, toestanden uitkomt op iets van x maal het vorige getal, waarbij x het aantal deeltjes is dat we beschouwen. Een groot, onhandelbaar getal, waar we ons niet mee bezig hoeven te houden omdat wij belang stellen in de mogelijke variaties van de planeet Aarde — en dat is een heel wat kleiner getal."

"Maar nog altijd enorm groot," zei Duray.

"Dat zeker. Maar de hele onhandelbare massa ervan wordt gereduceerd door een zelf-normaliserende eigenschap van de machine. Als hij ingesteld is op wat ik de 'zwevende vrijloop' noem, bereikt de machine de dichtstbijzijnde cycli, dat wil zeggen de oneindig grote klasse van naaste verwanten. In de praktijk, wegens allerlei bijna onmeetbare onzorgvuldigheden, bereikt de machine in deze instelling verwanten die min of meer onvolmaakt zijn, misschien doordat niet meer dan de vorm van een enkele zandkorrel anders is. Maar de 'zwevende vrijloop' levert een neutrale basis op, en door met de instrumenten aan de slag te gaan komen we bij steeds sterker van die basis afwijkende cycli. Wat ik doe is gewoonlijk het volgende: ik zoek een goede cyclus op en sla een groot aantal poorten, tot wel honderdduizend toe. Maar nu beginnen we." Hij ging naar een paneel opzij van de machine. "Wat was je codenummer ook weer?"

Duray pakte de kaart en las de getallen op: "Vier, acht, tien, zes, dertien, negenentwintig."

"Goed. Ik geef de code aan de computer, die in het archief gaat zoeken en automatisch de machine instelt. Kom nu hier staan, want bij het proces komt gevaarlijke straling vrij."

De twee mannen gingen achter loden platen staan. Alan drukte een knop in. Door een periscoop kijkend zag Duray een paarse vonk en hij hoorde een zwak, kreunend geluid dat uit de lucht zelf leek te komen.

Alan kwam achter de loden barrière uit en liep naar de machine. In de bak lag een verstelbare ring. Hij pakte hem en keek door het gat. "Dit lijkt wel te kloppen." Hij gaf de ring aan Duray. "Zie je iets dat je herkent?"

Duray hield de ring voor zijn oog. "Dat is Thuis."

"Mooi. Wil je dat ik meega?"

Duray dacht na. "Staat hij op Nu?"

"Ja. De tijdinstelling is neutraal."

"Ik denk dat ik maar alleen ga."

Alan knikte. "Wat je wilt. Kom zo gauw mogelijk terug, zodat ik weet dat je veilig bent."

Duray keek hem vragend aan. "Waarom zou ik niet veilig zijn? Er is daar toch niemand behalve mijn gezin?"

"Niet *jouw* gezin. Het gezin van een verwante Gilbert Duray. Het gezin hoeft niet volkomen identiek te zijn. De verwante Duray hoeft niet identiek te zijn. Je kunt niet voorspellen wat je er precies zult aantreffen — dus pas op."

VII

Uit *Memoires en overpeinzingen*:

> Als ik denk aan mijn machine en mijn uitstapjes door de oneindigheid, bekruipt mij een steeds terugkerend idee dat zo schrikbarend is dat ik mijn geest ervoor gesloten houd, en hier zal ik het zelfs niet aanstippen.

—

Duray stapte door de opening op de aarde van Thuis. Hij monsterde het zo vertrouwde landschap. Een groot grasveld dat in het zonlicht lag te baden liep golvend naar de brede Zilverrivier. Boven de andere oever van het water lag een rij heuveltjes met groepen bomen ertussen. Links leek het land zich oneindig ver uit te strekken en ten slotte op te lossen in de blauwe nevel van de verte. Rechts, een halve kilometer vanwaar Duray stond, hield het Roversbos op. Op een vlak stuk grond bij het bos, aan de oever van een smalle beek, stond een huis van steen en hout. Het leek Duray het mooiste gezicht dat hij ooit had gezien. Glanzende ruiten vonkten in de zon en de geraniumbedden gloeiden rood en groen. Uit de schoorsteen kringelde een rooksliert op. De lucht rook koel en zoet maar leek een andere geur te hebben — verbeeldde Duray zich — dan het grasland van zijn eigen Thuis. Hij kwam in beweging, maar stond meteen weer stil. Dit was zijn eigen wereld, en ook weer niet. Als hij het niet had geweten, zou hij dan gemerkt hebben dat het een andere wereld was? In zijn buurt kwam de grijze rots boven de grond uit en vormde daar een verweerde, bemoste plek waarop hij twee dagen geleden had zitten peinzen of hij een steiger zou aanleggen. Hij liep erheen en keek op de steen neer. Hier had hij gezeten, daar waren de afdrukken van zijn schoenen; hier was het plekje mos waar hij in gedachten verzonken een stukje had afgeplukt. Duray bukte zich en bekeek het mos van dichtbij. Het was intact. De man die hier had gezeten, de verwante Duray, had niet aan het mos zitten plukken. Dus deze wereld was merkbaar anders dan de zijne.

Het luchtte hem op, maar het stoorde hem eigenlijk ook. Als de wereld een exacte nabootsing van de zijne was geweest, had dat misschien emoties betekend die hij niet aankon — maar die mogelijkheid was nog niet uitgesloten. Hij liep naar het huis over het pad dat naar de rivier ging. Hij stapte op de veranda. Op een tuinstoel lag een boek: *Uit de diepte, een studie in satanisme* van J. K. Huysmans. Elizabeth had een eclectische smaak. Duray zag het boek voor het eerst. Was het misschien afkomstig van Bob Robertson?

Hij ging het huis in. Elizabeth stond aan de andere kant van de kamer. Ze had blijkbaar toegekeken terwijl hij aan kwam lopen. Ze zei niets en op haar gezicht was niets te lezen.

Duray bleef staan. Hij wist niet goed hoe hij deze vrouw moest aanspreken. "Goedemiddag," zei hij toen maar.

Elizabeth glimlachte heel licht. "Hallo, Gilbert."

In ieder geval, dacht Duray, werd hier dezelfde taal gesproken. Hij bestudeerde Elizabeth. Zou hij, als hij haar onvoorbereid had ontmoet, hebben gemerkt dat zij zijn Elizabeth niet was? Het waren allebei knappe vrouwen: lang en slank, met golvend zwart haar tot op de schouders, los gedragen. Hun huid was bleek met een bruine ondertoon, hun mond breed en hartstochtelijk en koppig. Duray wist dat zijn Elizabeth soms onverklaarbare stemmingen had, en deze Elizabeth was vast niet anders. Maar toch was er een of ander verschil, dat hij niet kon benoemen, misschien veroorzaakt doordat haar atomen vreemd waren, materiaal van een ander heelal. Hij vroeg zich af of zij een soortgelijk verschil aan hem opmerkte.

Hij vroeg: "Heb je de poorten gesloten?"

Ze knikte zonder dat haar uitdrukking veranderde.

"Waarom?"

"Dat leek me het beste," zei Elizabeth zacht.

"Dat is geen antwoord."

"Eigenlijk niet. Hoe ben je hier gekomen?"

"Alan heeft een opening gemaakt."

Ze keek verbaasd. "Ik dacht dat dat niet kon."

"Inderdaad. Dit is een andere wereld dan die van mij. Dit huis is gebouwd door een andere Gilbert Duray. Ik ben je man niet."

Ze was met stomheid geslagen. Wankelend ging ze een stap achteruit met haar hand tegen haar hals gedrukt. Dat was een maniertje dat Duray zich van zijn eigen Elizabeth niet herinnerde. Het gevoel dat alles vreemd was, werd steeds sterker. Hij voelde zich een indringer. Elizabeth keek hem gefascineerd aan. Ze mompelde: "Ik wou dat je wegging. Ga alsjeblieft terug naar je eigen wereld!"

"Als je alle poorten afgesloten hebt, ben je hier geïsoleerd," zei Duray met een zwaar gemoed. "Misschien voorgoed."

"Wat ik ook doe," zei Elizabeth, "het zijn jouw zaken niet."

"Jawel, al was het maar om de meisjes. Ik zal niet toestaan dat ze hier hun hele leven moeten slijten."

"De meisjes zijn niet hier," zei Elizabeth effen. "Ze zijn ergens waar jij en geen enkele andere Gilbert Duray ze kan vinden. En ga nu terug naar je eigen wereld en laat mij hier in de rust die mijn ziel me wil toestaan."

Duray stond de knappe vrouw nijdig aan te kijken. Zijn eigen Elizabeth had hij nooit zo heftig horen spreken. Hij vroeg zich af of op zijn eigen wereld een andere Gilbert Duray een soortgelijke confrontatie met zijn Elizabeth doormaakte. De vrouw tegenover hem wekte zijn ergernis op. Wat een merkwaardige situatie. Met een kalme stem zei hij: "Goed. Jij en mijn eigen Elizabeth hebben besloten je af te zonderen. Ik kan me niet voorstellen waarom."

Elizabeth lachte wild. "Om een heel reële reden."

"Dat is nu misschien waar, maar over tien jaar, over veertig jaar, lijkt het misschien niet meer reëel. Ik kan je geen toegang geven tot je eigen Aarde, maar als je wilt kun je mijn poort gebruiken om naar de Aarde te gaan waar ik net vandaan kom, en dan hoef je me nooit meer te zien."

Elizabeth wendde zich af. Ze ging voor het raam staan. Duray zei: "Wij hebben nooit geheimen voor elkaar gehad, jij en ik — of ik bedoel Elizabeth en ik. Waarom nu wel? Zijn jullie verliefd op een andere man?"

Elizabeth zei snuivend, ironisch: "Beslist niet... Ik walg van het hele mensenras."

"Inclusief mij, neem ik aan."

"Inderdaad, en ik reken mezelf er ook onder."

"En je wilt me niet vertellen waarom?"

Woordeloos schudde ze haar hoofd zonder hem aan te kijken.

"Goed dan," zei Duray koud. "Wil je me dan zeggen waar je de meisjes naartoe hebt gestuurd? Zij zijn net zo goed van mij als van jou, weet je."

"Deze meisjes zijn helemaal niet van jou."

"Kan wel zijn, maar het effect is hetzelfde."

Toonloos zei Elizabeth: "Als jij jouw eigen meisjes wilt zoeken, praat dan met je eigen Elizabeth. Ik kan alleen voor mezelf spreken... Om je de waarheid te zeggen vind ik het helemaal niet leuk om een soort dubbelganger te zijn, en ik ben niet van plan me als een dubbelganger te gedragen. Ik ben gewoon mezelf. Jij bent een vreemdeling die ik nog nooit gezien heb. Dus ik zou het op prijs stellen als je vertrok."

Duray beende het huis uit. Hij keek eenmaal om zich heen naar het weidse land, schudde toen nijdig zijn hoofd en marcheerde het pad af.

VIII

Uit *Memoires en overpeinzingen*:

Het verleden ligt bloot voor onze onderzoekende blikken; wij kunnen door de tijdperken dolen als edellieden door een tuin, sereen in ons domein. Wij debatteren met de edele wijzen en weerleggen hun moeizaam ontwikkelde denkbeelden, mochten wij zo onaardig willen zijn. Houd (minstens) twee dingen voor ogen. Ten eerste: hoe verder wij van ons Nu komen, hoe geringer ons vermogen om een bepaald ogenblik aan te boren. Wij kunnen doorbreken naar een exact bepaalde seconde van gisteren; tijdens het Eoceen is plus of min tien jaar de limiet van onze accuratesse; wat het Krijttijdperk of vroeger betreft, als we daar binnen de driehonderd jaar voor of na een gekozen datum terechtkomen, mogen we tevreden zijn. Ten tweede: het verleden dat we binnenvallen is nimmer ons eigen verleden, maar op zijn best het verleden van een neven-wereld, zodat ieder licht dat op geschiedkundige problemen wordt geworpen van twijfelachtige aard en misschien zelfs bedrieglijk is. De toekomst kunnen wij niet sonderen, want dat proces houdt een negatieve stroom van energie in, wat onuitvoerbaar is. Er is schert-send geopperd dat een instrument van antimaterie de oplossing daarvoor zou zijn, maar wij zouden daar geen profijt van hebben. De toekomst blijft gelukkig voor eeuwig in het duister gehuld.

———

"Aha, je bent terug," riep Alan Robertson uit. "Wat ben je te weten gekomen?"

Duray beschreef zijn ontmoeting met Elizabeth. "Ze verontschul-digt zich niet voor wat ze gedaan heeft en ze legt een vijandigheid aan de dag die niet reëel lijkt, want ik kan er geen enkele reden voor vin-den." Alan wist er niets op te zeggen.

"De vrouw daar is mijn vrouw niet, maar hun motief moet gelijk zijn. Als ik al niet één verklaring voor hun gedrag kan bedenken, kan ik er natuurlijk helemaal geen twee verzinnen."

"Leek Elizabeth vanochtend gewoon?" vroeg Alan.

"Ik heb niets ongewoons opgemerkt."

Alan ging weer naar het regelbord van zijn machine. Hij keek over zijn schouder. "Hoe laat ga je naar je werk?"

"Om negen uur ongeveer."

Alan stelde een knop in en draaide aan twee andere, tot een groene lichtbal precies halverwege een glazen buis danste. Hij gebaarde dat Duray weer achter de loden barrière moest gaan staan en drukte een knop in. In het centrum van de machine botsten honderdzevenenzestig krachtkerntjes op elkaar en het weefsel van de dimensies scheurde kreunend open.

Alan haalde de nieuwe poortring. "Het is 's ochtends. Je zult zelf moeten beslissen hoe je het behandelt. Je kunt proberen te kijken zonder dat iemand je ziet, je kunt zeggen dat je thuis moet blijven om je administratie bij te werken, dat Elizabeth net moet doen of je er niet bent en gewoon haar gang gaan, terwijl jij onopvallend toekijkt wat er gebeurt."

Duray zei fronsend: "Ik neem aan dat elk van deze werelden een Gilbert Duray heeft die in mijn situatie verkeert. Stel dat elk van hen zijn best doet om onopvallend in de wereld van een ander te stappen om uit te zoeken wat er gebeurt. Stel dat elke Elizabeth hem op heterdaad betrapt en hem woedend beschuldigt dat hij haar bespioneert — dat zou al de reden kunnen zijn van haar boosheid."

"Nou, wees zo discreet mogelijk. Het zal wel een paar uur duren, dus ik ga maar terug naar mijn boot. Kom dan bij me via kast vijf in mijn privé-knooppunt daar verderop. Ik zal de deur openlaten."

Opnieuw stond Duray op de golvende grasvlakte bij de rivier op tweehonderd meter van het huis, dat door weer een andere Gilbert Duray gebouwd was. Aan de hoogte van de zon te oordelen was het plaatselijk ongeveer negen uur, iets vroeger dan nodig. Uit de ene schoorsteen steeg rook op. Elizabeth had het vuur in de keuken aangestoken. Duray herinnerde zich dat zijn Elizabeth dat 's ochtends niet had gedaan. Ze had klaargestaan om een lucifer af te strijken maar vond toen dat het warm genoeg was. Duray wachtte tien minuten om zeker te zijn dat de plaatselijke Gilbert vertrokken was en toen liep hij naar het huis. Bij de grote platte steen bleef hij staan om het mos te inspecteren. De geul waarin het mos groeide was smaller dan hij hem zich herinnerde, en het mos was dor en verkleurd. Hij haalde diep adem. De naar gras en kruiden ruikende lucht leek ook nu vreemd.

Langzaam liep hij verder naar het huis, onzeker of hij wel verstandig deed.

De voordeur stond open. Elizabeth keek verbaasd naar buiten. "Jij bent snel klaar met je werk!"

Duray zei lam: "De machine moet gerepareerd worden. Ik wou maar wat aan de papierhandel gaan doen. Ga rustig door met wat je aan het doen was en let niet op mij."

Elizabeth keek hem nieuwsgierig aan. "Ik was eigenlijk niet iets speciaals aan het doen."

Hij ging het huis in. Ze droeg een zwarte broek en een oud grijs jasje. Hij probeerde zich voor de geest te halen wat zijn Elizabeth die morgen had aangehad, maar het was iets geweest waar hij zo aan gewend was dat er geen beeld bovenkwam.

Elizabeth schonk koffie in twee aardewerkkroezen en Duray pakte een stoel bij de keukentafel terwijl hij probeerde te bepalen hoe deze Elizabeth van de zijne verschilde. Als er verschil was. Ze leek rustiger en nadenkender; haar mond was misschien iets zachter. "Waarom kijk je me zo vreemd aan?" vroeg ze opeens.

Duray lachte. "Ik zat te denken hoe knap je bent."

Ze kwam op zijn schoot zitten en kuste hem. Duray's hart begon te bonzen. Hij beheerste zich. Dit was zijn vrouw niet en hij wilde geen complicaties. En als hij voor de verleiding zwichtte, zou dan een andere Gilbert die bij zijn Elizabeth op bezoek was dan niet hetzelfde doen...? Hij trok een lelijk gezicht.

Nu er geen verder bewijs van liefde volgde, ging Elizabeth tegenover hem zitten. Zwijgend dronk ze koffie. Toen zei ze: "Toen je net weg was, belde Bob aan."

"O." Nu een en al aandacht vroeg hij: "Wat wilde hij?"

"Het ging over dat stomme feest van hem — de Rumbluffers of zoiets. Hij wil dat wij komen."

"Ik heb al drie keer nee gezegd."

"Ik nu ook weer. Zijn feesten zijn altijd zo eigenaardig. Hij zei dat hij een heel speciale reden had om ons erbij te vragen, maar hij wilde niet zeggen wat. Ik heb hem bedankt."

Duray keek om zich heen. "Heeft hij soms boeken achtergelaten?"

"Nee. Waarom zou hij mij boeken komen brengen?"

"Ik wou dat ik het wist."

"Gilbert," zei Elizabeth, "je doet heel gek."

"Ja, dat zal wel," zuchtte hij. Het duizelde hem. Stel dat hij nu naar de school ging en de meisjes naar huis haalde en dan alle poorten sloot, zodat hij weer een Elizabeth en drie dochters had die min of meer van hem waren — dan was alles weer bij het oude. En een andere Gilbert, die nu vrolijk bezig was de huizen van Cupertino te vermalen, zou merken dat hij alles kwijt was...Duray moest weer denken aan de vijandige houding van de vorige Elizabeth. De poorten in die ene wereld waren beslist niet gesloten door een Gilbert die er niet thuishoorde...Plotseling viel hem een schokkende mogelijkheid in. Als er een Gilbert naar het huis was gekomen, en bezweken voor de verleiding, en alle poorten had gesloten behalve die naar zijn eigen wereld;

en als die Elizabeth had gemerkt dat ze met een bedrieger te maken had en hem had gedood... Deze theorie leek heel geloofwaardig en het effect ervan was dat ieder verlangen om hier te blijven in de grond werd geboord.

Elizabeth zei: "Gilbert, waarom kijk je me zo vreemd aan?"

Duray wist een zwakke grijns op te brengen. "Ben zeker met het verkeerde been uit bed gestapt. Stoor je niet aan mij. Ik ga aan het werk." Hij liep de brede, koele woonkamer in die tegelijk bekend en vreemd was en pakte de werkpapieren van die andere Gilbert Duray... Hij bekeek het handschrift. Net als dat van hem was het stevig en zonder krullen, maar toch anders — misschien wat hoekiger, scherper. De drie Elizabeths waren niet identiek, en de Gilberts ook niet.

Het volgende uur was Elizabeth in de keuken bezig en Duray deed alsof hij een rapport schreef.

De bel ging. "Er is iemand bij de poort," zei Elizabeth.

"Ik ga wel," zei Duray.

Hij ging naar de poortkamer, stapte door de poort en keek door het kijkgat in de kastdeur — in het grote, uitdrukkingsloze, gebruinde gezicht van Bob Robertson.

Duray deed de deur open. Even keken de twee mannen elkaar aan. Bobs ogen werden klein. "Hé, hallo, Gilbert. Wat voer jij thuis uit?" Duray wees naar het pakje dat Bob bij zich had. "Wat heb je daar?"

"O, deze?" Robertson keek ernaar alsof hij vergeten was dat hij het bij zich had. "Alleen een paar boeken voor Elizabeth."

Duray kon zijn stem nauwelijks in bedwang houden. "Jij bent met iets vervelends bezig, jij met je Rumfuddlers. Luister, Bob: blijf uit mijn buurt en val Elizabeth niet lastig. Kom hier niet meer en kom geen boeken brengen. Is dat duidelijk genoeg?"

Bob trok zijn gebleekte wenkbrauwen op. "Duidelijk zat, niet mis te verstaan. Maar vanwaar plotseling die woede? Ik ben gewoon je vriendelijke ouwe oom Bob, weet je wel."

"Het dondert niet hoe je jezelf noemt, als je maar wegblijft."

"Net wat je wilt, uiteraard. Maar zou je deze onverhoedse verbanning misschien willen uitleggen?"

"Dat is heel simpel. Wij willen met rust gelaten worden."

Bob maakte een gespeeld gebaar van wanhoop. "En dat allemaal om een simpele uitnodiging voor een simpel feestje. Ik zou het zo leuk vinden als jullie kwamen."

"Reken maar niet op ons. Wij komen niet."

Bob liep opeens rood aan. "Je staat wel hoog van de toren te blazen, makker, en dat valt slecht. Als je niet oppast krijg je misschien de kous op je kop. De situatie is niet helemaal zoals jij denkt."

"Het kan me geen lor schelen," zei Duray. "Kras maar op." Hij deed de deur dicht, ging door de poort en liep terug naar de woonkamer. Elizabeth riep uit de keuken: "Wie was dat, liefje?"

"Bob Robertson, met een paar boeken."

"Boeken? Waarom?"

"Daar heb ik niet naar gevraagd. Ik heb hem gezegd uit onze buurt te blijven. Als hij nog een keer voor de poort staat, doe dan niet open."

Elizabeth keek hem intens aan. "Gil — je doet zo vreemd vandaag! Je hebt iets dat me bijna bang maakt!"

"Je haalt je dingen in je hoofd."

"Waarom zou Bob mij boeken willen brengen? Wat voor soort boeken? Heb je dat gezien?"

"Demonologie. Zwarte magie. Dat soort werk."

"Mfff. Wel interessant — maar ook weer niet zó interessant... Zouden er op een wereld zoals deze, waar nooit iemand gewoond heeft, kabouters en geesten zijn?"

"Ik denk het niet," zei Duray. Hij keek naar de deur. Hier kon hij verder niets doen en het werd tijd om terug te gaan. Hoe moest hij vertrekken zonder een scène uit te lokken? En wat zou er gebeuren als Elizabeth's Gilbert, die nu aan het werk was, thuiskwam?

Hij zei: "Elizabeth, ga hier even zitten."

Langzaam liet zij zich op de stoel naast de keukentafel zakken terwijl ze hem verbaasd aankeek.

"Misschien schrik je van wat ik ga zeggen. Ik ben Gilbert Duray, maar niet de jouwe. Ik kom uit een nevenwereld."

Elizabeth's ogen werden grote, donkere vijvers.

"Op mijn eigen wereld heeft Bob Robertson mij en mijn Elizabeth last bezorgd. Ik ben hier gekomen om uit te zoeken wat hij gedaan heeft en waarom, en om te voorkomen dat hij het hier ook deed."

Elizabeth vroeg: "Wat heeft hij gedaan?"

"Weet ik nog steeds niet. Hij zal je wel niet meer lastigvallen. Je kunt tegen je eigen Gilbert zeggen wat je wilt, of desnoods je beklag doen bij Alan."

"Ik snap er niets van!"

"Ik ook niet." Hij ging naar de deur. "Ik moet terug. Dag."

Elizabeth rees vlug van haar stoel en kwam impulsief naar hem toe. "Zeg dat niet. Het klinkt zo eenzaam, zo verloren... Net alsof mijn eigen Gilbert niet meer terugkomt."

"Wat kunnen we anders doen? Ik kan moeilijk doen wat ik het liefst deed, hier bij jou intrekken. Wat heb je aan twee Gilberts? Wie zou er aan het hoofd van de tafel mogen zitten?"

"We kunnen een ronde tafel nemen," zei Elizabeth. "Met plaats voor zes of zeven. Ik mag mijn Gilberts wel."

"En jouw Gilberts mogen hun Elizabeths." Duray zuchtte en zei: "Ik moet maar gaan."

Elizabeth stak haar hand uit. "Dag, verwante Gilbert."

IX

Uit *Memoires en overpeinzingen*:

Het oosterse wereldbeeld verschilt van het onze — en in het bijzonder van het mijne — in talrijke opzichten en al vroeg werd ik geconfronteerd met een hele serie dilemma's. Ik dacht na over de Aziatische apathie en het tegendeel ervan: despotisme, rovende generaals en hersenspoelen, onverschilligheid voor ziekte, vuil en ellende, heilige koeien en onverantwoordelijke vruchtbaarheid.

Verder wilde ik mijn machine in dienst van alle mensen stellen.

Uiteindelijk besloot ik de 'fout' te maken die velen voor mij hadden gemaakt: ik legde mijn eigen ethische standpunt op aan de oosterse levenswijze.

Aangezien dit precies overeenkwam met wat er van mij werd verwacht en ik als een idioot en een zacht ei beschouwd zou zijn als ik iets anders had gedaan, en aangezien samenwerking veel meer opleverde dan halsstarrigheid en hoon, zijn mijn programma's tot dusver een daverend succes.

—

Duray liep over de rivieroever naar Alan Robertsons boot. Een lichte wind dreef twinkelende driehoeken over het water en liet de zeilen bollen die Alan had gehesen. De boot trok aan de meertouwen.

Gekleed in een witte korte broek en met een slappe witte hoed op zijn hoofd keek Alan op van het oog dat hij in het eind van een val maakte. "Aha, Gil! Ben je er alweer. Kom erbij en pak een biertje."

Duray ging in de schaduw van het zeil zitten en leegde het halve flesje in één teug. "Ik weet nog altijd niet wat er aan de gang is — behalve dat Bob er op de een of andere manier verantwoordelijk voor is. Hij kwam toen ik er was. Ik zei dat hij op moest rotten. Dat beviel hem niet."

Alan slaakte een trieste zucht. "Ik besef heel goed dat Bob in staat is om nare streken uit te halen."

"Maar ik zie nog steeds niet in hoe hij Elizabeth zo ver heeft weten te krijgen dat ze de poorten dichtdeed. Hij had een paar boeken bij zich, maar wat kunnen die ermee te maken hebben?"

Dit wekte meteen Alans belangstelling. "Welke boeken waren dat?"

"Iets over satanisme, zwarte magie. Ik weet het niet precies."

"Zo, zo!" mompelde Alan. "Heeft Elizabeth belangstelling voor dat onderwerp?"

"Ik geloof het niet. Zulke dingen maken haar bang."

"En terecht. Dat is vervelend nieuws." Hij schraapte zijn keel en maakte een gebaar alsof hij Duray wilde opmonteren en verdraagzaam stemmen. "Maar goed, je moet Bob niet te hard vallen. Hij heeft wel de neiging om je vervelende streken te flikken, maar —"

" 'Vervelende streken'!" riep Duray verontwaardigd. "Als hij zorgt dat ik mijn huis niet in kan en mijn vrouw en kinderen opsluit? Dat is geen kinderachtige grap meer!"

Alan glimlachte. "Hier, neem nog een biertje. Dan koel je wat af. Laten we even recapituleren. Ik betwijfel dat Bob Elizabeth en de meisjes werkelijk heeft geïsoleerd, of heeft gezorgd dat Elizabeth dat deed."

"Waarom zijn alle poorten dan dicht?"

"Dat kan verklaard worden. Hij heeft toegang tot de kluis en hij kan jouw stamopening verwisseld hebben voor een blanco raampje. Dat is in ieder geval een mogelijkheid."

Duray kon nauwelijks uit zijn woorden komen van woede. "Hij heeft het recht niet om dat te doen!" bracht hij ten slotte uit.

"Precies. Ik heb het vermoeden dat hij jou alleen wil dwingen om naar zijn feest te gaan."

"En ik wil er niet heen, vooral niet als hij mij onder druk zet."

"Je bent koppig, Gil. Het makkelijkst is natuurlijk als je je zorgen van je afzet en er even gaat kijken. Misschien amuseer je je wel."

Duray keek hem woedend aan. "Wou je voorstellen dat ik meedoe aan dat feest?"

"Nou — nee. Ik opper alleen een bepaalde mogelijkheid."

Duray dronk bier terwijl hij nijdig naar het water keek. Alan zei: "Over een dag of wat, als dit opgelost is, vind ik dat wij — wij allemaal — eens een luie zeiltocht moeten gaan maken, daar tussen de eilanden. Zonder iets om ons zorgen over te maken, geen gedoe, geen problemen. De meisjes zouden het heerlijk vinden."

Duray gromde: "Ik wil ze eerst terugzien voor ik plannen maak. Wat doen ze eigenlijk bij die Rumfuddle-toestanden?"

"Ik ben er nooit bij geweest. De leden lachen en maken grappen en eten en drinken en kletsen over de werelden die ze bezocht hebben en vertonen elkaars films, zoiets. Zullen we het feest van vorig jaar eens bekijken? Ik wil het ook weleens zien."

Duray aarzelde. "Hoe wou je dat precies doen?"

"We stemmen af op een nevenlijn van Bobs wereld Fancy die een jaar achterloopt en kijken wat er precies gebeurt. Wat zeg je ervan?"

"Het kan denkelijk geen kwaad," zei Duray weerspannig.

Alan stond op. "Help me dan even de zeilen op te vouwen."

X

Uit *Memoires en overpeinzingen*:

De problemen die de geschiedkundigen lange tijd hebben dwarsgezeten, zijn nu opgelost. Wie waren de Cro-Magnons, waar hebben zij zich ontwikkeld? Wie waren de Etrusken? Waar lagen de legendarische steden van de proto-Sumeriërs voordat zij migreerden naar Mesopotamië? Vanwaar de overeenkomst tussen de ideogrammen van het Paaseiland en Mohenjodaro? Al deze fascinerende vragen zijn nu beantwoord en onthullen ons het complete spectrum van onze vroege geschiedenis. Wij hebben de bibliotheek van het oude Alexandrië gered van de Mohammedanen en de boeken van de Inca's van de christenen. De Guanchen van de Canarische Eilanden, de Aino van Hokkaido, de Mandan van Missouri, de blonde Kaffirs van Bhutan: allen kennen wij nu. Wij kunnen de ontwikkeling van iedere taal lettergreep voor lettergreep volgen vanaf de allereerste formulering tot het heden. Wij hebben de Helleense helden geïdentificeerd en ikzelf heb de bossen van het oude Noord-Europa doorzocht en kwam in hun eigen stenen forten oog in oog te staan met de machtige mannen die de Oudnoorse mythen hebben geïnspireerd.

—

Voor zijn machine staand zei Alan Robertson op een opgewekte, zichzelf kleinerende toon: "Ik ben niet zo goed van vertrouwen en recht door zee als ik wel zou willen zijn. Soms schaam ik me zelfs om mijn listen. Nu heb ik het over de situatie met Bob. Allemaal hebben wij onze gebreken, en daar heeft Bob beslist zijn deel van. Zijn fantasie is misschien zijn grootste handicap. Hij verveelt zich nogal gauw en dan neemt hij meer hooi op zijn vork dan hij aankan. Dus terwijl ik hem niets ontzeg, zorg ik er wel voor dat ik de mogelijkheid heb om hem raad te geven of zelfs tegenwerpingen te maken als dat nodig is. Iedere keer als ik een poort sla volgens een van zijn specificaties, maak ik in het geheim een duplicaat dat ik in mijn privé-archief bewaar. Daarom zal het geen moeite kosten om een bezoek te brengen aan een nevenlijn van Fancy."

Duray en Alan Robertson stonden op het eind van een bleek wit strand. De zon was net ondergegaan. Achter hen rees een lage basaltrots op. Rechts weerspiegelde de oceaan de nagloed van de zon en het glinsterspoor van de afnemende maan terwijl zich links zwarte palmensilhouetten tegen de hemel aftekenden. Honderd meter verder op het strand waren tientallen lampionnen opgehangen tussen de bomen. Hun licht viel op een lange tafel beladen met fruit, gebak en punch in kristallen kommen. Om de tafel stonden dertig of veertig mannen en vrouwen in geanimeerde gesprekken gewikkeld. Muziek en vrolijke geluiden waaiden over het strand naar waar Duray en Alan stonden.

"We zijn mooi op tijd," merkte Alan op. Hij dacht even na. "Ik weet zeker dat we welkom zouden zijn, maar het kan geen kwaad om ons op de vlakte te houden. We slenteren gewoon over het strand in de schaduw van de bomen. Pas op dat je niet struikelt of valt, en wat je ook ziet of hoort, doe niets! We schieten niets op met gênante taferelen."

In de schaduw van de begroeiing blijvend benaderden de twee de feestende groep. Op vijftig meter afstand stak Alan zijn hand op. "Dichterbij hoeven we niet te gaan. Je kent de meesten, of beter gezegd hun verwanten. Daar heb je bijvoorbeeld Royal Hart, en daar staan James Parham en de tante van Elizabeth, Emma Bathurst, en haar oom Peter, en Maude Granger, en nog veel meer mensen."

"Ze lijken zich allemaal opperbest te vermaken."

"Ja. Voor hen is dit een belangrijke gebeurtenis. Jij en ik zijn stijve buitenstaanders die niet snappen wat er zo leuk aan is."

"Is dit alles wat ze doen, eten en drinken en praten?"

"Ik denk het niet. Kijk daar verderop: Bob schijnt een projectiescherm neer te zetten. Jammer dat we niet wat dichterbij kunnen komen." Hij keek ingespannen naar de feestvierenden. "Beter dat we geen risico nemen. Als ze ons ontdekten, zou iedereen zich generen."

Ze keken zwijgend toe. Weldra ging Bob Robertson naar de filmapparatuur en drukte een knop in. Op het scherm werden rode en blauwe, trillende ringen geprojecteerd. De gesprekken verstomden en de mensen keerden zich naar het doek. Bob sprak, maar voor de twee toeschouwers in het duister was hij onverstaanbaar. Bob gebaarde naar het scherm, waar nu een stadje op het platteland op was te zien, gefilmd vanuit een vliegtuig. Rondom lag vlak bouwland, een ruim gebied met een verre horizon. Duray dacht dat het ergens in het Middenwesten van Noord-Amerika lag. Het beeld veranderde in een blik op de plaatselijke middelbare school met scholieren die op de treden zaten. Daarna kwam het rugbyveld waarop een wedstrijd aan de gang was, een belangrijke wedstrijd, te oordelen aan het gedrag van de toeschouwers. Het plaatselijke team werd voorgesteld en een voor een renden de jongens het veld op, waar ze tegen de herfstzon stonden te knipogen. Toen dromden ze bij elkaar om te overleggen voordat het spel begon.

Rumfuddle

Bob Robertson ging bij het scherm staan als deskundig commentator en wees sommige spelers aan en analyseerde het spel. De wedstrijd gaf de Rumfuddlers kennelijk veel plezier. In de pauze marcheerden de bands keurig heen en weer en door elkaar, en toen werd de wedstrijd hervat. Het verveelde Duray al lang en hij maakte norse opmerkingen tegen Alan, die alleen maar zei: "Ja, ja; waarschijnlijk wel," en "Moet je dat zien, wat is die middenspeler snel!" en "Heb je gezien hoe precies ze zich opstellen? Werkelijk heel goed!" Eindelijk was de wedstrijd afgelopen. Het winnende team ging onder een bord staan met de tekst:

DE TORNADO'S VAN SHOWALTER
Kampioen van Texas
1951

De spelers traden aan om trofeeën in ontvangst te nemen, er kwam een laatste beeld van het hele team, dat trots en triomfantelijk keek, toen eindigde de film met een uitbarsting van rood en goud licht. De Rumfuddlers stonden op en feliciteerden Bob Robertson, die bescheiden lachte. Daarna werd er weer gedronken bij de tafel.

Duray zei geprikkeld: "Is dat nou zo'n beroemd feest van Bob? Waarom doet hij dan alsof het iets geweldigs is? Ik rekende op een of ander soortement orgie."

Alan zei: "Ja, vanuit ons standpunt is er niet veel aan. Is je nieuwsgierigheid bevredigd? Zullen we dan teruggaan?"

"Ik vind het best."

Terug in de kantine onder de Dollehondsbergen zei Alan: "Eindelijk hebben we dan een van Bobs vermaarde Rumfuddles meegemaakt. Ben je nog steeds vastbesloten om er morgenavond niet naartoe te gaan?"

Duray zei nijdig: "Als ik ernaartoe moet om mijn gezin terug te krijgen, dan moet het maar. Maar ik zou best eens mijn kalmte kunnen verliezen."

"Bob is te ver gegaan," vond Alan. "Dat ben ik met je eens. En ik moet toegeven dat wat we vanavond gezien hebben, me enigszins verbaasd heeft."

"Alleen maar enigszins? Begreep je er dan wel *iets* van?"

Alan schudde zijn hoofd en grijnsde een beetje cryptisch. "Erop los fantaseren is zinloos. Blijf je vannacht bij mij logeren?"

"Waarom niet," mopperde Duray. "Ik kan nergens anders naartoe."

Alan gaf hem een klap op zijn rug. "Beste kerel! We leggen een paar biefstukken op het vuur en denken vanavond niet aan problemen."

XI

Uit *Memoires en overpeinzingen*:

Toen ik de eerste versie van de machine voor het eerst in werking stelde, stond ik grote angsten uit. Wat wist ik immers van de krachten die ik mogelijk opriep?...Met alle schakelaars in de nulstand boorde ik een poort naar een verwante Aarde. Dit was maar al te eenvoudig. Bijna een anticlimax...Stukje bij beetje leerde ik mijn prachtige speelgoed beheersen en onze eigen wereld en al zijn vroegere stadia werden mij vertrouwd. Hoe stond het met andere werelden? Ik weet zeker dat wij te zijner tijd in een wip van wereld naar wereld zullen reizen, van de ene melkweg naar de andere, via een speciaal ruimteknooppunt op Utilis. Momenteel durf ik, als ik oprecht mag zijn, geen poorten in het wilde weg te maken. Wat gebeurt er als ik middenin een zon uitkom? Of in het centrum van een zwart gat? Of in een heelal van antimaterie? Dan zou ik beslist mijzelf en de machine en misschien wel de hele Aarde vernietigen.

Maar de mogelijkheden zijn te boeiend om ze te negeren. Met angstvallige voorzorgsmaatregelen omkleed en met een groot aantal technische veiligheidsvoorzieningen, zal ik proberen een weg te banen naar nieuwe werelden en dan zal voor het eerst het reizen tussen de sterren een realiteit zijn.

⁓

Alan Robertson en Duray zaten 's ochtends in het felle zonlicht naast het staalblauwe meer. Ze hadden hun ontbijt mee naar buiten genomen en dronken nu koffie. Alan voerde een vrolijk gesprek waaraan hij zelf het meeste bijdroeg. "De laatste paar jaar heb ik het rustiger gehad; ik heb een heleboel verantwoordelijkheid gedelegeerd. Ernest en Harry kennen mijn opvattingen even goed als ik, zo niet beter. En zij springen nooit uit de band en zijn nooit inconsequent." Alan grinnikte. "Ik heb twee wonderen gedaan. Eerst mijn machine, en in de tweede plaats dat ik het zo eenvoudig heb kunnen houden. Ik weiger vaste uren aan te houden; ik maak geen afspraken; ik doe niet aan boekhouding; ik betaal geen belasting; ik oefen grote politieke en sociale invloed uit, maar alleen informeel; ik weiger eenvoudig me lastig te laten vallen met bureaucratisch gedoe en bijgevolg slaag ik erin van het leven te genieten."

"Nog een wonder dat je niet door een of andere godsdienstfanaat vermoord bent," zei Duray zuur.

"Nee hoor, dat is helemaal geen mysterie! Ik geef ze allemaal een privéwereld en mijn beste wensen en dan hebben ze geen energie meer over voor geweld. En zoals je weet, blijf ik helemaal buiten de publiciteit en zo. Op straat herkennen mijn vrienden me nauwelijks." Hij gebaarde zorgeloos. "Maar jij zult wel zitten te piekeren. Heb je al een besluit genomen over de Rumfuddle?"

"Ik heb geen keus," zei Duray dof. "Het liefst zou ik Bob zijn nek omdraaien. Als ik een verklaring wist voor het gedrag van Elizabeth, zou ik niet zo ongerust zijn. Ze heeft niet de minste interesse voor zwarte magie. Waarom heeft Bob haar dan die boeken over satanisme gegeven?"

"Tja — het is een fascinerend onderwerp," opperde Alan zonder veel overtuiging. "De naam 'Satan' is afkomstig van het Hebreeuwse woord voor 'tegenstander' en nooit bedoeld voor een bepaald individu. Maar ik dwaal weer af."

Duray haalde zwijgend zijn schouders op.

"Goed dan, jij gaat dus naar de Rumfuddle," zei Alan. "Het lijkt me wel het beste wat je kunt doen, hoe het ook uitpakt."

"Ik geloof dat je mij niet alles vertelt wat je weet."

Alan schudde met een glimlach zijn hoofd. "Ik leef met te veel onzekerheid in mijn verwante en bijna verwante werelden. Niets is zeker; verrassingen vind je overal. Het beste plan is volgens mij: voldoen aan de eisen van Bob. Als Elizabeth dan inderdaad aanwezig is, kun je de geschiedenis met haar bespreken."

"En jij? Ga je er ook heen?"

"Ik weifel nog. Zou je het prettig vinden als ik ging?"

"Ja," zei Duray. "Jij hebt meer overwicht op Bob dan ik."

"Overschat mijn invloed niet! Hij is sterk, ondanks zijn luie leven. Als ik het eerlijk moet zeggen, ben ik maar al te blij dat hij zich bezig-houdt met spelletjes in plaats van met..." Hij aarzelde.

"Met wat?"

"In plaats dat zijn fantasie hem tot minder onschuldige dingen ver-leidt. Misschien ben ik in dit verband al te naïef geweest. We moeten maar zien."

XII

Uit *Memoires en overpeinzingen*:

> Als het Verleden een huis met veel kamers is, dan is het Heden de recentste verflaag.

—

Om vier uur verlieten Duray en Alan Robertson het huis bij het berg-meer en reisden via Utilis naar het station van San Francisco. Duray had een somber, donker pak aangetrokken terwijl Alan een minder formeel blauw jasje en een lichtgrijze broek droeg. Ze gingen naar de kast van Bob, waar ze een bordje vonden met de mededeling:

NIET THUIS!

GA VOOR DE RUMFUDDLE NAAR ROGER WAILLE'S KAST, RC3-96 EN STAP OVER NAAR EKSHAYAN!

Op kast RC3-96 stond een bordje met:

RUMFUDDLERS, TREED BINNEN!
ALLE ANDEREN: OPZOUTEN!

Duray haalde verachtelijk zijn schouders op en trok het gordijn opzij. Via de poort keek hij binnen in een rustieke hal van natuurhout, beschilderd met zwarte, rode, gele, blauwe en witte bloemmotieven.

Een open deur onthulde een open landschap en een watervlakte die onder het middagzonlicht lag te glinsteren. Duray en Alan stapten door de poort, liepen de hal door en keken uit over een brede, trage rivier die van noord naar zuid stroomde. Naar het oosten en over de horizon strekte zich een golvende vlakte uit. De westelijke oever van de rivier lag wazig in het zonlicht. Naar het noorden liep een pad tot aan een hoog huis van een excentrieke bouwstijl. Een tiental koepels en koepeltjes staken tegen de lucht af en spitse daken en nokken schiepen honderd onverwachte hoeken. De muren waren gedekt met handgezaagde plankjes en gedraaide zuilen ondersteunden de entablementen van de eerste en tweede verdieping. Daarop snauwden, vochten, jankten en dansten met stoere bogen en vlakken uitgesneden wolven en beren. Aan de kant van de rivier zorgde een begroeide pergola voor schaduw.

Hier zaten de Rumfuddlers.

Alan keek naar het huis, over de rivier, over de vlakte. "Te zien aan de architectuur, de vegetatie, de hoogte van de zon en de kenmerkende nevel, moet de rivier de Don of de Wolga zijn en daarachter liggen de steppen. Het ontbreken van bewoners, boten en andere structuren geeft aan dat het ongeveer 2000 of 3000 voor Christus moet zijn, een kleurig tijdperk. De bewoners van de steppen zijn nomaden. Scythen in het oosten, Kelten in het westen en in het noorden het land van de Germaanse en Scandinavische stammen. En daar ligt het huis van Roger Waille, en boeiend is het ook, in de extravagante traditie van de Russische barok. En daar — 't is niet waar! Ik geloof echt dat ik een os aan het spit zie! Misschien wordt het nog leuk ook!"

"Doe maar wat je wilt," mopperde Duray. "Ik eet net zo lief thuis."

Alan tuitte zijn lippen. "Ik begrijp je standpunt natuurlijk, maar misschien kan het geen kwaad als we ons een beetje ontspannen. Het decor is koninklijk, het huis is heerlijk schilderachtig; het geroosterde vlees zal vast wel verrukkelijk zijn en waarom zouden we de situatie niet behandelen zoals hij zich aandient."

Duray kon geen antwoord vinden dat hem bevredigde, en daarom hield hij zijn mening maar voor zich.

"Gelijkmoedigheid is de leus," zei Alan. "Laten we nu maar eens kijken wat Bob en Roger in hun schild voeren." Hij liep het pad naar het huis op. Duray drentelde humeurig een paar passen achter hem aan.

Onder de pergola sprong een man overeind. Hij zwaaide uitbundig. Duray herkende de lange, magere gestalte van Bob Robertson. "Net op tijd," riep Bob vrolijk. "Niet te vroeg en niet te laat. We zijn blij dat jullie konden komen."

"Ja, we bleken je uitnodiging ten slotte toch nog te kunnen aanvaarden," zei Alan. "Laat eens kijken, ken ik iemand van de aanwezigen? Hallo, Roger!... En William... Ah! De lieftallige Dora Gorski!... Cypriano..." Hij keek de kring van deelnemers langs en wuifde naar zijn kennissen.

Bob sloeg Duray op zijn schouder. "Echt heel blij dat je kon komen! Wat wil je drinken? De plaatselijke bevolking distilleert drank uit gegiste paardenmelk, maar die kan ik je niet aanraden."

"Ik ben hier niet om te drinken," zei Duray. "Waar is Elizabeth?"

Bobs mondhoeken vertrokken. "Kom kom, ouwe kerel, laten we niet grimmig doen. Dit is de Rumfuddle! Een tijd van vreugde en zelfvernieuwing! Ga een beetje dansen! Dartel wat rond! Giet een fles champagne over je hoofd! Stoei met de meisjes!"

Duray keek diep in de blauwe ogen van de man. Zich inspannend om kalm te blijven vroeg hij: "Waar is Elizabeth?"

"Ergens in de buurt. Een charmant meisje, jouw Elizabeth! We zijn verrukt dat jullie er allebei zijn!"

Duray draaide zich op zijn hakken om. Hij ging naar Roger Waille, een donkere en knappe man. "Zou je zo vriendelijk willen zijn me bij mijn vrouw te brengen?"

Waille keek hem fronsend aan alsof Duray's toon hem verbaasde. "Ze zit zich binnen op te tutten en met de andere vrouwen te kleppen. Zo nodig zou ik haar wel even naar buiten kunnen slepen."

Duray begon zich een idioot te voelen, alsof hij niet buiten zijn eigen wereld gesloten was, niet onderworpen was geweest aan ergernis en twijfel, niet het slachtoffer van een duistere grap was. "Het is inderdaad nodig," zei hij. "We gaan naar huis."

"Maar je bent er net!"

"Weet ik."

Waille haalde geamuseerd, verbluft zijn schouders op en ging naar het huis. Duray volgde hem. Via een hoge, smalle deur kwamen ze in een vestibule die betimmerd was met een prachtige goudbruine houtsoort, die hij automatisch herkende als kastanjehout. Vier hoge ruiten van geelbruin glas op het westen lieten een rokerig, bijna melancholiek licht door. Links en rechts stonden aan de rand van een zwart, bruin en grijs tapijt twee eiken banken met leren bekleding tegenover elkaar. Aan weerskanten van de banken stonden taboeretten met daarop een bewerkelijke gouden kandelaar in de vorm van een gestileerde herten-kop. Waille wees ernaar. "Heel bijzonder, niet? De Scythen hebben ze voor me gemaakt. Ik betaal ze met ijzeren messen. Zij denken dat ik een groot magiër ben, en dat ben ik ook." Hij stak zijn hand in de lucht en plukte er een sinaasappel uit, die hij op een van de banken gooide. "En hier komt Elizabeth, samen met de andere maenaden."

Elizabeth kwam binnen met drie jonge vrouwen die Duray vage-lijk herkende van een andere gelegenheid. Toen zij hem zag, bleef Elizabeth abrupt staan. Ze probeerde een glimlach, en ze zei met een lichte, geforceerde stem: "Hallo, Gil. Dus je bent toch gekomen." Ze lachte nerveus en voor zijn gevoel onnatuurlijk. "Ja, natuurlijk ben je hier. Ik dacht niet dat je zou komen."

Duray keek even naar de andere vrouwen, die samen met Waille verwachtingsvol stonden te kijken. Duray zei: "Ik wil graag even met jou alleen spreken."

"Wij gaan wel naar buiten," zei Waille.

Ze vertrokken. Elizabeth keek hen verlangend na. Ze speelde met een knoop.

"Waar zijn de kinderen?" vroeg Duray kortaf.

"Boven. Ze zijn zich aan het verkleden." Ze keek neer op haar eigen kostuum, de feestkleren van een Transsylvanisch boerenmeisje: een groene rok met rode en blauwe geborduurde bloemen, een witte bloes, een zwart fluwelen jakje en glanzende zwarte laarzen.

Duray voelde dat hij bezig was zijn geduld te verliezen. Met een kla-gende stem vroeg hij: "Ik begrijp er helemaal niets van. Waarom heb je de poorten gesloten?"

Elizabeth probeerde nonchalant te glimlachen. "De sleur verveelde me."

"O ja? Waarom heb je daar gisterochtend dan niets over gezegd? Je had de poorten toch niet dicht hoeven te doen."

"Gilbert, laten we er alsjeblieft niet over praten."

Duray was zo verbouwereerd dat hij niets wist te zeggen. "Goed," zei hij eindelijk. "We spreken er niet over. Ga jij de meisjes halen. Dan gaan we naar huis."

Elizabeth schudde haar hoofd. Op een effen toon zei ze: "Dat kan niet. Er is nog maar één poort open. En ik heb hem niet."

"Wie dan? Bob?"

"Ik denk het wel, maar ik weet het niet zeker."

"Hoe is hij daaraan gekomen? Er waren er maar vier, en alle vier waren dicht."

"Heel eenvoudig. Hij heeft de poort uit onze kast in de stad verplaatst en er een niet functionerende poort voor in de plaats achtergelaten."

"En wie heeft de andere drie dichtgedaan?"

"Ik."

"Waarom?"

"Omdat Bob zei dat ik dat moest doen. Ik wil er niet over praten. Ik ben doodziek van de hele geschiedenis." En fluisterend vervolgde ze: "Ik weet niet wat ik verder moet."

"Ik weet wel wat ik ga doen," zei Duray. Hij wilde naar buiten gaan.

Elizabeth hief haar handen op en drukte haar vuisten tegen haar borst. "Maak geen scène, alsjeblieft! Dan doet hij de laatste poort ook nog dicht!"

"Ben je daarom bang voor hem? Dat is nergens voor nodig. Alan zou het nooit goed vinden."

Elizabeth barstte bijna in huilen uit. Ze drong zich langs Duray en liep snel het terras op. Duray volgde haar verbijsterd en woedend. Hij keek in het rond. Bob zag hij nergens. Elizabeth was naar Alan toegegaan en ze stond gehaast en met gedempte stem tegen hem te praten. Duray voegde zich bij hen. Elizabeth hield haar mond en wendde zich af. Ze vermeed Duray's blik.

Alan zei vlot en gemoedelijk: "Is dit geen zalig plekje? Kijk eens hoe de ondergaande zon in de rivier schijnt!"

Roger Waille kwam langs met een karretje met ijs, glazen en een dozijn flessen. Nu zei hij: "Dit is mijn meest favoriete plek op alle Aardes. Ik noem het 'Ekshayan', wat de Scythische naam voor deze streek is."

Een vrouw vroeg: "Is het hier in de winter niet koud en naargeestig?"

"Ontzettend!" antwoordde Waille. "De sneeuwstormen komen

huilend uit het noorden stuiven; dan houden ze op en is het land volkomen stil. De dagen zijn kort en de zon komt als een papaver op. De wolven sluipen het bos uit en in de schemer cirkelen ze om het huis. Als het volle maan is, janken ze als geesten, of misschien janken de geesten! Ik zit betoverd bij het vuur."

"Volgens mij," zei Manfred Funk, "openbaart iedereen door de plek die hij voor zijn huis kiest, een heleboel over zichzelf. Dat gold al op de oude Aarde, waar iemands huis een symbolisch afgietsel van de bewoner was; nu iedereen uit alles kan kiezen, is iedereen gelijk aan zijn huis."

"Dat is zeker waar," zei Alan, "en Roger hoeft niet te vrezen dat hij onappetijtelijke aspecten van zichzelf heeft ontbloot door ons zijn nogal groteske huis op de eenzame steppen van het prehistorische Rusland te laten zien."

Roger Waille lachte. "Het groteske huis, dat ben ik niet: ik vond alleen dat het bij de omgeving paste... Hier, Duray, je drinkt niets. Dat is gekoelde wodka. Je kunt het mixen of het aloude gebruik navolgen en het puur drinken."

"Ik niet, dank je."

"Je zegt het maar. Sorry, ik word geroepen." Hij verdween met zijn karretje. Elizabeth wekte de indruk dat ze hem wilde volgen, maar ze bleef naast Alan staan en tuurde peinzend naar de rivier.

Duray zei tegen Alan alsof zij er niet bij was: "Elizabeth weigert weg te gaan. Bob heeft haar gehypnotiseerd."

"Dat is niet waar," zei zij zacht.

"Op de een of andere manier dwingt hij haar om hier te blijven. Ze wil niet zeggen waarom."

"Ik wil de poort terug hebben," zei Elizabeth. Maar haar stem klonk gesmoord en onzeker.

Alan schraapte zijn keel. "Ik weet echt niet wat ik zeggen moet. Het is een heel vervelende situatie. Geen van ons wil herrie schoppen —"

"Daar vergis je je," zei Duray.

Alan ging er niet op in. "Na het feest zal ik een hartig woordje met Bob wisselen. Ondertussen zie ik geen reden om ons niet te vermaken in het gezelschap van onze vrienden en die ongelooflijke os aan het spit! Wie staat eraan te draaien? Ik ken die man ergens van."

Duray's woede verstikte zijn stem. "Na wat hij ons aangedaan heeft?"

"Hij is te ver gegaan, veel te ver," beaamde Alan. "Maar hij is nu eenmaal een losbol, een eigengereide kerel en het zou me verbazen als hij volledig begreep wat een ongemakken hij jullie heeft bezorgd."

"Hij begrijpt het best. Het kan hem eenvoudig niets schelen."

"Misschien," zei Alan treurig. "Ik had altijd gehoopt — maar dat doet er nu niet toe. Ik vind toch dat we ons moeten beheersen. Niets doen is veel makkelijker dan iets ongedaan maken."

Elizabeth liep plotseling naar de voordeur van het hoge huis, waar haar drie dochters waren verschenen: Dolly van twaalf, Joan van tien en de acht jaar oude Ellen. Ze droegen groene, witte en zwarte jurkjes en glanzende zwarte laarsjes. Duray vond dat ze er schattig uitzagen. Hij ging naar ze toe.

"Daar is papa!" schreeuwde Ellen en ze stortte zich in zijn armen. De twee anderen, die niet achter wilden blijven, volgden haar voorbeeld.

"We dachten dat je niet op het feest kwam," riep Dolly. "Maar ik ben zo blij dat je er toch bent."

"Ik ook."

"En ik ook."

"En ik ben blij dat ik jullie weer zie, vooral in die mooie kleren. Laten we naar grootvader Alan gaan." Hij voerde ze over het terras en na een korte aarzeling ging Elizabeth mee. Duray kreeg in de gaten dat iedereen opgehouden was met praten om naar hem en zijn gezin te kijken, met naar het leek een buitengewone, gretige nieuwsgierigheid, alsof ze rekenden op iets vermakelijks. Duray begon te gloeien van nijd. Lang geleden toen hij een keer een straat in de binnenstad van San Francisco overstak, was hij aangereden door een auto, wat hem een gebroken been en een gekneusd sleutelbeen opleverde. Bijna direct nadat hij geraakt was, verdrongen de voetgangers zich om hem heen en toen hij opkeek, had hij alleen de kring van witte gezichten en aandachtige ogen gezien, net vliegen rond een plasje bloed. In hysterische woede was hij overeind gewankeld en had naar alle gezichten binnen zijn bereik geslagen, mannen en vrouwen zonder onderscheid. Hij haatte hen meer dan de man die hem had aangereden, deze smeerlappen die kwamen genieten van zijn pijn. Als hij een wonderbaarlijke macht had bezeten, dan had hij ze allemaal tot een krijsende bundel

vlees en botten geknepen en de hele walgelijke handel twintig kilometer de oceaan op geslingerd...Nu voelde hij een zwakke schim van die
emotie van toen, maar dit keer had hij ze geen onnatuurlijk plezier te
bieden. Hij bestreek de hele groep met een enkele verachtelijke, koele
blik en loodste zijn drie dochters toen naar een bank achterop het terras. Elizabeth volgde hen als een opwindpop. Ze ging op het eind van
de bank zitten en keek naar de rivier. Duray staarde keihard terug naar
de Rumfuddlers, zodat ze gedwongen waren hun blik af te wenden naar
de os die boven een laag steenkolen geroosterd werd. Het spit werd
rondgedraaid door een jongeman in een wit jasje terwijl een andere het
vlees bedroop met een borstel aan een lange steel. Twee oosterlingen
droegen een tafel aan waarop het vlees gesneden kon worden, een
derde kwam met voorsnijgereedschap aanzetten terwijl een vierde een
karretje voortduwde met salades, knapperige ronde broden, schalen
met kaas en haring. Een als Transsylvanische zigeuner verklede man
kwam het huis uit met een viool. Hij posteerde zich op de hoek van het
terras en begon melancholieke steppemuziek te spelen.

Bob Robertson en Roger Waille inspecteerden de os, die werkelijk
een luisterrijk gezicht was. Duray deed zijn best om onbewogen te
blijven als een steen, maar zijn neus stoorde zich daar niet aan. De geur
van geroosterd vlees, knoflook en kruiden pijnigde hem genadeloos.
Bob Robertson ging op het terras staan en hief zijn handen op om de
aandacht te vragen. De vioolspeler legde zijn instrument neer. "Hou
uw eetlust nog even in bedwang; we moeten nog een paar minuten
wachten en in die tijd kunnen we onze volgende Rumfuddle bespreken.
Onze vernuftige collega Bernard Ulman raadt ons een hotel in de
Adirondacks aan, het Saffiermeerhotel. Het is gebouwd in 1902 volgens
de hoogste Edwardiaanse maatstaven van comfort. De clientèle is
afkomstig uit de zakelijke kringen van New York. De keuken is koosjer
en de bedrijfsleiding handhaaft een keurige, aangename sfeer. Het is er
1930. Bernard heeft voor foto's gezorgd. Roger, als je wilt..."

Waille trok een gordijn opzij waar een projectiedoek achter bleek te
staan. Hij bediende de projector en op het scherm verscheen een foto
van het hotel. Het was een wijdlopig, gedeeltelijk van hout opgetrokken gebouw naast een rimpelloos meer in het midden van een park van
enkele hectaren.

"Dank je wel, Roger. We hebben geloof ik ook een foto van het personeel..."

Er volgde een foto van een stijf poserende groep van dertig mannen en vrouwen, die allemaal vriendelijk glimlachten. De Rumfuddlers amuseerden zich en sommige van hen giechelden.

"Bernard prijst de keuken, de verzorging en de prettige omgeving. Klopt dat, Bernard?"

"Helemaal," beaamde Bernard Ulman. "De staf is heel attent en efficiënt en de clientèle van goede stand."

"Uitstekend," zei Bob. "Tenzij iemand een vermakelijker voorstel heeft, houden we onze volgende Rumfuddle in het Saffiermeerhotel. En nu denk ik dat het vlees wel klaar zal zijn."

"Precies," zei Roger Waille. "Zoals altijd heeft Tom zich uitstekend van zijn taak aan het spit gekweten."

De os werd op de snijtafel getild. De man met de messen toog ijverig aan het werk. Duray ging naar Alan, die hem onbehaaglijk kijkend zag komen. Duray vroeg: "Begrijp jij de zin van deze feesten? Hebben ze jou ingewijd in het grappige ervan?"

Alan antwoordde heel precies: "Ik ben bepaald niet 'ingewijd', zoals jij het noemt." Na een aarzeling vervolgde hij: "De Rumfuddlers zullen jou en je gezin in ieder geval nooit meer het leven zuur maken. Dat kan ik je verzekeren. Bob is al te uitbundig geweest en heeft onverstandig gehandeld. Ik heb me voorgenomen hem erover te onderhouden. We hebben onze mening zelfs al uitgewisseld. Op dit moment doe jij er goed aan je onbekommerd en ongeïnteresseerd te gedragen."

Duray zei ijzig kalm: "Vind je dan dat ik en mijn gezin Bobs grappen maar moeten verduren?"

"Het is wat ruw geformuleerd, maar mijn antwoord moet 'ja' luiden."

"Mijn relatie met Elizabeth is niet meer hetzelfde. Dat heeft Bob op zijn geweten."

"Om een oude, kernachtige spreuk aan te halen: hoe minder gezegd, hoe eerder geheeld."

Duray stapte van het onderwerp af. "Toen Waille die foto van het personeel van het hotel liet zien, kwamen een paar van de gezichten me bekend voor. Maar de foto was alweer weg voordat ik het goed kon zien."

Alan knikte ongelukkig. "Laten we er niet over beginnen, Gilbert. In plaats daarvan —"

"Ik zit er al te diep in," zei Duray. "Ik wil alles weten."

"Goed dan," zei Alan vreugdeloos. "Je hebt het goed gezien. Het personeel van het Saffiermeerhotel heeft in verwante werelden een slechte reputatie verworven. Zoals je al geraden hebt, vormen zij de leiding van de Duitse Nationaalsocialistische Partij in 1938 of daaromtrent. De directeur is natuurlijk Hitler, de receptionist Goebbels, de oberkelner Goering, de piccolo's zijn Himmler en Hess, enzovoort. Natuurlijk weten zij niets van de activiteiten van hun dubbelgangers op andere werelden. Een bijkomstigheid is dat het hotel voornamelijk joodse klanten heeft, wat voor de macabere humoristische noot zorgt."

"Dat staat vast," zei Duray. "En hoe zat dat met het feest dat we uit de verte bekeken hebben?"

"Je bedoelt het schoolteam? De kampioenen van Texas van 1951, als ik het me goed herinner." Hij grijnsde. "Dat mochten ze ook wel zijn. Bob heeft me gezegd wie de spelers waren. Belangstelling?"

"Nou en of."

Alan trok een stuk papier uit zijn zak. "Ik geloof dat dit — ja, dit is het." Hij gaf het papier aan Duray. Er stond een rij namen op.

ACHILLES, KAREL DE GROTE, HERCULES, GOLIATH, SAMSON, RICHARD LEEUWENHART, BILLY THE KID, MACHIAVELLI, SIR GALAHAD, GERONIMO, CUCHULAINN.

Duray legde het papier neer. "Keur je dit goed?"

"Laat ik het zo zeggen," zei Alan niet helemaal op zijn gemak. "Op een dag toen ik met Bob zat te kletsen, begon ik erover dat het mensenras een heleboel ellende bespaard zou kunnen blijven als de beruchtste booswichten vroeg in hun leven verplaatst werden naar een omgeving die een constructieve uitlaat voor hun energie bood. Ik vroeg me af of wij, aangezien we het vermogen hadden om dat te doen, misschien niet ook de plicht hadden om het te doen. Bob kreeg er belangstelling voor en vormde zijn groep, de Rumfuddlers, om te doen wat ik had geopperd. In alle eerlijkheid moet ik zeggen dat ik geloof dat Bob en zijn vrienden meer werden aangetrokken door de mogelijkheid om zich te amuseren dan dat ze door altruïsme gedreven werden, maar het effect was gelijk."

"De spelers van dat team waren toch geen booswichten," zei Duray. "Sir Galahad, Karel de Grote, Samson, Richard Leeuwenhart..."

"Precies, helemaal waar, en dat zei ik ook tegen Bob. Hij beweerde dat het allemaal ruziemakers en herrieschoppers waren, misschien met uitzondering van Sir Galahad. Karel de Grote bijvoorbeeld heeft een heleboel land veroverd zonder er iets bijzonders mee te bereiken, Achilles was een volksheld voor de Grieken maar een wrede vijand voor de Trojanen, enzovoort. Misschien niet helemaal terecht... Maar het is beter dat deze jongelieden zich bezighouden met sport dan met moord."

Na een poosje vroeg Duray: "Hoe gaat dit in zijn werk?"

"Ik weet het niet helemaal zeker. Ik geloof dat ze de gewenste baby's op de een of andere manier verwisselen voor andere die erop lijken. De geroofde baby wordt grootgebracht in de gewenste omgeving."

"Het lijkt me een langdradige, zielige grap."

"Kun je een betere methode bedenken om te zorgen dat iemand als Bob op het rechte pad blijft?"

"Jazeker. Angst voor de gevolgen." Hij keek naar Bob, die met Elizabeth stond te praten. Zij en de drie meisjes stonden op.

Duray beende erheen. "Wat gebeurt hier?"

"Niets bijzonders," zei Bob. "Elizabeth en de meisjes helpen de gasten te bedienen." Hij keek naar de snijtafel en vroeg toen aan Duray: "Wil jij helpen het vlees aan te snijden?"

Duray's arm schoot uit, als vanzelf. Zijn vuist raakte Bob op zijn kaak en dreef hem achterover tegen een van de oosterlingen, die een blad met eten droeg. De twee vielen op de grond. De Rumfuddlers schrokken, maar keken geamuseerd en aandachtig toe.

Bob kwam sierlijk overeind en gaf de bediende een hand. Toen keek hij Duray hoofdschuddend aan. Duray zag zijn ogen fel schitteren, maar meteen gedroeg Bob zich weer zorgeloos en joviaal.

Elizabeth zei vertwijfeld: "Waarom kon je niet gewoon doen wat hij vroeg? Het zou zo eenvoudig zijn geweest."

"Elizabeth zou best gelijk kunnen hebben," zei Alan.

"En waarom?" vroeg Duray heftig. "Wij zijn zijn slachtoffers! Je hebt

Rumfuddle

hem laten proeven hoe het is om andere mensen boosaardig te kwellen, en nu heb je hem niet meer in de hand."

"Dat is niet waar!" verklaarde Alan. "Ik ben van plan de Rumfuddlers strenge beperkingen op te leggen en ik zal erop toezien dat ze mij gehoorzamen."

"De schade is al aangericht, wat mij betreft," zei Duray bitter. "Kom mee, Elizabeth, we gaan naar huis."

"We kunnen niet naar huis. Bob heeft de poort."

Alan haalde diep adem en nam een besluit. Hij ging naar Bob toe, die met een glas wijn in zijn ene hand stond en met de andere zijn kaak masseerde. Alan sprak hem vriendelijk maar beslist toe. Bob reageerde langzaam. Alan sprak opnieuw, nu op scherpe toon. Bob haalde alleen zijn schouders op.

Alan wachtte nog even, en toen liep hij terug naar Duray, Elizabeth en de drie kinderen.

"De poort is in zijn flat in San Francisco," zei hij. "Hij zal hem jullie teruggeven na het feest. Hij heeft geen zin om hem nu te gaan halen."

Weer verzocht Bob de Rumfuddlers om aandacht. "Op veler verzoek zullen we nu de film van onze op één na laatste Rumfuddle draaien, waarvan het onderwerp bedacht is door een van onze ijverigste en vindingrijkste Rumfuddlers, Manfred Funk. Plaats van handeling: de Red Barn, een wegrestaurant twintig kilometer buiten Urbana in Illinois: het is op het eind van de zomer van 1926, en de gelegenheid is een Charleston-danswedstrijd. De muziek wordt verzorgd door de legendarische Wolverines en u zult de fabuleuze hoorn van Leon Bismarck Beiderbecke horen." Bob glimlachte wrang alsof deze muziek niet zijn smaak was. "Dit was een van onze geslaagdste fantasieën, en hier ziet u hem weer."

Het scherm beeldde een danszaal af die vol opgewonden jonge mannen en vrouwen stond. Op het podium zaten de Wolverines in smoking, voor in het beeld stonden de deelnemers aan de wedstrijd. Het waren acht keurig aangeklede jongemannen en acht knappe meisjes in korte rokken. Een ceremoniemeester trad naar voren en sprak de menigte toe door een megafoon. "De deelnemers zijn genummerd van een tot en met acht! Wil het publiek hen alstublieft niet aanmoedigen. De prijs bestaat uit deze magnifieke trofee en vijftig dollar. De uitreiking geschiedt door de winnaar van vorig jaar, Boozy Horman. U weet dat er na het eerste nummer vier deelnemers afvallen en na het tweede nummer twee; en na het derde nummer kiezen wij de winnaar. En nu: Bix en de Wolverines met *Sensation Rag!*"

De band maakte muziek en de deelnemers bewogen zich geagiteerd. Duray vroeg: "Wie zijn die mensen?"

Alan antwoordde rustig: "De jongemannen zijn plaatselijke figuren en niet belangrijk. Maar kijk naar de meisjes. Je zult ze wel aantrekkelijk vinden. Dan ben je niet de enige. Het zijn Helena van Troje, Deirdre, Marie-Antoinette, Cleopatra, Salomé, Lady Godiva, Nefertete en Mata Hari."

Duray bromde wat. De muziek stopte en het applaus van het publiek wegend elimineerde de ceremoniemeester Marie-Antoinette, Cleopatra, Deirdre, Mata Hari en hun partners. De Wolverines speelden *Fidgety Feet*, de vier overgebleven paren dansten levendig en toegewijd. Helena en Nefertete werden weggestuurd. De Wolverines speelden *Tiger Rag*. Salomé en Lady Godiva en hun jonge partners spanden zich enorm in. Na een zorgvuldige vergelijking van het applaus-volume riep de ceremoniemeester Lady Godiva en haar jongeman tot winnaars uit. Op het scherm kwam een close-up van de twee overgelukkige gezichten. Ze knuffelden en kusten elkaar in een uitbarsting van triomfantelijk plezier.

De film was afgelopen. Na de geanimeerde omgeving van de Red Barn leek het terras bij de Don saai en kleurloos.

De Rumfuddlers slaakten uitroepen om aan te geven dat ze vrolijk waren of staarden over de brede, verlaten rivier.

Duray keek naar Elizabeth, maar zij zat niet meer naast hem. Hij zag haar tussen de gasten, samen met drie andere jonge vrouwen, waar ze wijn uit Scythische karaffen schonk.

"Een knap gezicht, wat?" zei een rustige stem. Duray merkte dat Bob achter hem stond. Zijn mond was vertrokken tot een vlotte, flauwe glimlach, maar zijn ogen glinsterden lichtblauw.

Duray wendde zich af. Alan zei: "De situatie is helemaal niet aangenaam, Bob, en van charme is hij zelfs totaal gespeend."

"Misschien dat bij nieuwe Rumfuddles, als mijn gezicht weer normaal aanvoelt, de charme terugkomt... Neem me niet kwalijk. Ik zie dat ik de bijeenkomst moet opvrolijken." Hij richtte zich tot alle aanwezigen. "Wij hebben nog een laatste potpourri van restanten en improvisaties, schetsen en losse doorkijkjes, allemaal op hun eigen manier vermakelijk en leerzaam. Roger, start het mechanisme, wil je."

Roger aarzelde en keek van opzij naar Alan Robertson.

"Je moet nummer tweeënzestig hebben, Roger," zei Bob kalm. Waille talmde nog een ogenblik. Toen ging hij met een schouderophalen naar de projector.

"Dit materiaal is nieuw," zei Bob, "en daarom zal ik er commentaar bij leveren. Eerst krijgen we een episode uit het leven van Richard Wagner, de dogmatische en soms opvliegende componist. Het is het jaar 1843 in Dresden. Wagner gaat op een zomeravond naar een nieuwe opera, *Der Sängerkrieg*, van de hand van een onbekende componist. Voor de schouwburg stapt hij uit zijn koets, hij gaat naar binnen, hij neemt plaats in zijn loge. Kijk hoe waardig zijn houding is, wat een gezag er uit zijn gebaren spreekt! De muziek begint: luister!" Uit de projector kwam muziek. "De ouverture," zei Bob. "Maar kijk naar Wagner: waarom is hij met stomheid geslagen? Waarom kijkt hij zo verwonderd? Hij luistert naar de muziek alsof hij die nog nooit heeft gehoord. En dat is ook zo. Pas gister heeft hij een paar noten op papier gezet voor dit opus, dat hij *Tannhäuser* had willen noemen. En vandaag hoort hij hem als door een wonder in zijn voltooide vorm. Vanavond zal Wagner langzaam naar huis lopen en diep in gepeins zal hij misschien de hond Schmutzi een schop verkopen... Nu komt er een andere scène. St. Petersburg in het jaar 1880, de stallen achter het Winterpaleis. De vergulde koets rolt naar buiten om de tsaar en zijn vrouw naar een receptie op de Britse ambassade te rijden. Kijk naar de koetsiers: gestrenge mannen, keurig verzorgd, vol aandacht voor hun werk. Marx' baard is netjes geknipt; Lenins geitensik is minder opvallend. Hier kijkt een lakei de koets na. Hij heeft een vriendelijk lichtje in zijn ogen, die beste Stalin." Het beeld werd even donker en toen verscheen er een straat in een stad met een aantal showrooms van autohandelaren en winkels met occasions. "Dit is een van Shawn Hendersons projecten. De vier occasionbedrijven worden gedreven door mannen die in andere omstandigheden vooraanstaande religieuze figuren waren: profeten en zo. Die man met dat scherpe gezicht voor

'Kwaliteitsauto's' bijvoorbeeld is Mohammed. Shawn is bezig met een grondige studie en bij onze volgende Rumfuddle zal hij verslag uitbrengen over zijn transacties met deze vier beroemdheden."

Alan Robertson stond op. Met enige schroom begon hij: "Ik hou er niet van om voor spelbreker te spelen, maar ik vrees dat ik wel moet. Er worden geen nieuwe Rumfuddles meer gehouden. Ons oorspronkelijke doel is verwaarloosd en ik heb veel te veel voorbeelden van zinloze frivoliteit en zelfs wreedheid gezien. Misschien verbazen jullie je om wat een plotseling besluit lijkt, maar ik denk al een paar dagen over de kwestie na. De Rumfuddles zijn een ongezonde richting ingeslagen en hebben de mogelijkheid in zich om tot een groteske nieuwe zonde te worden, wat natuurlijk niets te maken heeft met het ideaal waarmee wij begonnen. Ik weet zeker dat iedereen die verstandig is, na even nadenken met mij eens zal zijn dat het nu tijd is om te stoppen. Volgende week mogen jullie mij alle poorten teruggeven behalve die van de werelden waarop jullie wonen."

De Rumfuddlers begonnen over het verbod te discussiëren. Sommigen keken Alan Robertson nijdig aan, anderen schepten zich een nieuwe portie vlees en brood op. Bob kwam bij Alan en Duray zitten. Op een vlotte toon zei hij: "Ik moet zeggen dat je vermaningen de subtiele kracht van een bliksemschicht hebben. Ik kan me voorstellen dat Jehova de gevallen engelen op zo'n manier doodsloeg."

Alan glimlachte. "Kom kom, Bob, nu zit je te zwetsen. Die twee situaties lijken helemaal niet op elkaar. Jehova handelde in razernij, terwijl ik mijn beperkingen heel gemoedelijk bekend maak, zodat we onze energie weer op een constructief doel kunnen richten."

Bob wierp lachend zijn hoofd in zijn nek. "Maar de Rumfuddlers zijn het werken ontwend. Wij willen onszelf alleen maar amuseren en wat is er nu eigenlijk zo schadelijk aan onze bezigheden?"

"Het gaat in een verkeerde richting, Bob," zei Alan op een redelijke toon. "Jullie pretjes krijgen onaangename elementen, zo geleidelijk dat je het misschien niet eens merkt. Waarom moest die arme Wagner bijvoorbeeld gekweld worden? Dat was toch nodeloos wreed, en dat alleen om jullie een paar momenten te amuseren. En als we het daar toch over hebben, jouw behandeling van Gilbert en Elizabeth keur ik hartgrondig af. Je hebt ze allebei uiterst onplezierig behandeld en

Elizabeth heeft er echt onder geleden. Gilbert heeft een beetje wraak genomen, en in zijn geval staan jullie ongeveer quitte."

"Gilbert is veel te impulsief," zei Bob. "Eigenzinnig en egocentrisch, zoals altijd."

Alan stak zijn hand op. "Het is niet nodig om erop door te gaan, Bob. Ik stel voor dat je je mond houdt."

"Uitstekend, al is ons werk wat praktische heropvoeding betreft wel een succes. Wij kunnen het werk van de Rumfuddlers makkelijk rechtvaardigen."

Duray vroeg kalm: "Hoe bedoel je dat precies, Bob?"

Alan maakte een waarschuwend geluid, maar Duray zei: "Laat hem zeggen wat hij wil, dan zijn we ervan af. Hij houdt toch zijn mond niet."

Het was even stil. Bob keek naar waar de drie oosterlingen het restant van het vlees op een dienwagentje laadden.

"Nou?" vroeg Alan zacht. "Heb je je keus gemaakt?"

Bob maakte een gebaar van gespeelde verbijstering. "Ik begrijp je niet! Ik wil alleen bewijzen dat mijn Rumfuddlers en ik goed werk hebben gedaan. Volgens mij zijn wij een schitterend succes. Vandaag hebben we Torquemada een dode os laten roosteren in plaats van een levende ketter; de Markies de Sade heeft zijn duistere verlangens kunnen botvieren door bradend vlees te liefkozen; en heb je gezien met wat een ijver Ivan de Verschrikkelijke het karkas aan stukken hakte? Nero, die echt talent heeft, speelde viool; Attila, Dzjengis Khan en Mao Zedong hebben de gasten heel netjes bediend. De wijn is ingeschonken door Messalina, Lucrezia Borgia, Delila en Gilberts charmante vrouwtje Elizabeth. Alleen Gilbert heeft niet bewezen dat hij gerehabiliteerd is, maar in ieder geval heeft hij voor een ontroerend en gedenkwaardig plaatje gezorgd: Gilles de Rais, Elisabeth Báthory en hun drie maagdelijke dochters. Dat was genoeg. In alle gevallen hebben wij aangetoond dat heropvoeding geen lege frase is."

"Niet in alle gevallen," zei Alan. "In het bijzonder niet in jouw geval."

Bob keek hem achterdochtig aan. "Ik kan je niet volgen."

"Jij weet net zomin als Gilbert iets van je achtergrond. Nu zal ik dat onthullen, zodat je misschien iets van jezelf gaat begrijpen en de neigingen leert onderdrukken waardoor jouw verwant een toonbeeld van wreedheid, gniepigheid en verraad was."

Bob lachte. Het was een bros geluid alsof er ijs brak. "Ik moet zeggen dat ik met angst en beven toeluister."

"Ik heb jou uit een woud duizend kilometer ten noorden van hier gehaald, terwijl ik de afstamming van de Oudnoorse goden natrok. Jouw naam was Loki. Om redenen die nu niet belangrijk zijn, heb ik je meegenomen naar San Francisco en daar ben je volwassen geworden."

"Dus ik ben Loki."

"Nee. Je bent Bob Robertson. Precies zoals hij Gilbert Duray is, en zijn vrouw Elizabeth is. Loki, Gilles de Rais en Elisabeth Báthory: dat zijn alleen maar namen van mensen die lang niet zo goed gefunctioneerd hebben. Al het bewijsmateriaal duidt erop dat Gilles de Rais aan een hersentumor leed en hij verviel pas na een lang en eerzaam leven tot zijn misstappen. Het geval van prinses Elisabeth Báthory is minder duidelijk na te gaan, maar het vermoeden rijst dat het bij haar om syfilis en daaruit voortvloeiende hersenstoringen ging."

"En waaraan leed de arme Loki?" vroeg Bob met overdreven pathos.

"Loki leed aan niets anders dan ouderwetse gemenigheid."

Bob leek bezorgd. "En dus heb ik dat ook?"

"Je bent niet noodzakelijk identiek aan je verwant. Maar ik raad je wel aan eens grondig over jezelf na te denken, inventaris op te maken, en wat mij betreft moet je je maar gedragen alsof je in een proefperiode zit."

"Uitstekend, prima." Bob keek over Alans schouder. "Neem me niet kwalijk; je hebt het feest bedorven en iedereen gaat weg. Ik moet Roger nog iets zeggen."

Duray wilde hem de weg versperren, maar Bob duwde hem met zijn schouder opzij en liep snel over het terras weg. Duray keek hem smeulend na.

Elizabeth zei triest: "Ik hoop dat we nu alles achter de rug hebben."

Duray gromde: "Je had nooit naar hem moeten luisteren."

"Ik heb niet geluisterd; ik las het in een van Bobs boeken. Ik zag je foto en ik kon niet —"

Alan kwam ertussen. "Val die arme Elizabeth niet te hard. Ik vind dat zij zich heel verstandig en dapper gedragen heeft en ze heeft gedaan wat ze kon."

Bob kwam terug. "Alles is geregeld," zei hij monter. "Op een paar kleine bijzonderheden na."

"En de eerste daarvan is dat je de poort moet teruggeven. Gilbert en Elizabeth, en niet te vergeten Dolly, Joan en Ellen, willen graag naar huis."

"Ze kunnen hier met jou blijven," zei Bob. "Dat is waarschijnlijk de beste oplossing."

"Ik ben niet van plan hier te blijven," zei Alan licht verwonderd. "Wij gaan meteen weg."

"Je zult je plannen moeten wijzigen," zei Bob. "Jouw verwijten beginnen mij eindelijk te vervelen. Roger heeft niet veel zin om zijn huis in de steek te laten, maar hij is het met mij eens dat dit het moment is om de kwestie definitief af te handelen."

Alan fronste misnoegd. "Een heel ongepaste grap, Bob."

Roger Waille kwam het huis uit met een enigszins sip gezicht. "Ze zijn allemaal dicht. Alleen de hoofdpoort is nog open."

Alan zei tegen Gilbert: "Ik denk dat we Bob en Roger maar in de waan van hun Rumfuddle-fantasieën zullen laten gaarkoken. Als hij weer bij zijn verstand is halen we je poort wel. Kom, Elizabeth. Meisjes!"

"Alan," zei Bob zacht, "je blijft hier. Voorgoed. Ik neem de macht over."

Alan vroeg vriendelijk: "Hoe wil je me hier houden? Met geweld?"

"Je kunt hier levend of dood achterblijven. Kies maar."

"Heb je dan wapens?"

"Jazeker." Bob liet een pistool zien. "En de bedienden zijn er ook nog. Geen ervan heeft syfilis of een hersentumor; ze zijn gewoon puur slecht."

Roger zei moeilijk: "Laten we opschieten en ervandoor gaan."

Alan vroeg nu met een scherpere stem: "Je bent serieus van plan ons hier aan ons lot over te laten, zonder eten?"

"Reken maar."

"Ik ben bang dat ik je zal moeten straffen, Bob, en Roger ook."

Bob lachte opgetogen. "Jij lijdt zelf aan een hersenziekte — megalomanie. Je hebt de macht niet om iemand te straffen."

"O nee? Ik heb de macht over de machine, Bob."

"De machine is niet hier. En nu —"

Alan keek vol verwachting om zich heen. "Eens kijken. Ik zou waarschijnlijk uit de hoofdpoort komen, en Gilbert met een groep vanachter het huis. Ja: daar zijn we."

Over het pad vanaf de hoofdpoort kwamen monter lopend twee Alan Robertsons met zes met geweren en gasgranaten gewapende mannen. Tegelijkertijd verschenen er vanachter het huis twee Gilbert Duray's en nog eens zes gelijk bewapende mannen.

Bob staarde er beduusd naar. "Wie zijn dat?"

"Verwanten," zei Alan met een glimlach. "Ik zei toch dat ik de macht over de machine had, en dat geldt ook voor al mijn verwanten. Zodra Gilbert en ik terug zijn op onze Aarde, moeten ook wij op pad gaan en op onze beurt onze rol spelen op andere aan deze verwante werelden... Roger, wees zo vriendelijk je bedienden te roepen. Die nemen we mee terug. Jij en Bob moeten hier blijven."

Waille's mond viel open van ellende. "Voorgoed?"

"Je verdient niet beter," zei Alan. "Bob verdient eigenlijk iets slechters." Hij richtte zich tot de verwante Alan Robertsons. "Waar is Gilberts poort?"

Beiden antwoordden: "In de flat van Bob in San Francisco in een doos op de schoorsteenmantel."

"Uitstekend," zei Alan. "Nu gaan we. Dag Bob. Dag Roger. Jammer dat onze relatie niet zo vrolijk afliep."

"Wacht!" riep Roger. "Neem me mee!"

"Dag," zei Alan. "Kom nu, Elizabeth. Meisjes! Ren maar vooruit."

XIII

Elizabeth en de meisjes waren teruggegaan naar Thuis. Alan en Duray zaten in de kantine bij de machine. "Het eerste wat we moeten doen," zei Alan, "is onze verplichting nakomen. Er bestaat natuurlijk een oneindig groot aantal Rumfuddles in Ekshayans en een oneindig groot aantal Alans en Gilberts. Als we één enkele Rumfuddle bezochten, zouden wij volgens de wetten van de waarschijnlijkheid een zeker aantal van de noodsituaties mislopen. Het totale aantal mogelijkheden, rekening houdend met oneindig veel Alans en Gilberts die een willekeurige keuze doen uit oneindig veel Ekshayans, is oneindig tot de oneindige macht. Welk percentage hiervan niets oplevert voor een gegeven Ekshayan, heb ik niet uitgerekend. Als wij net zo lang Ekshayans bezochten tot wij op eigen kracht minstens één Alan-en-Gilbert hadden gered, zouden we daarvoor misschien vijftig of honderd werelden moeten aflopen, of meer. Of misschien lukt het al bij het eerste bezoek een Alan en een Gilbert te redden. Ik denk dat 't het verstandigst is als jij en ik zeg twintig Ekshayans bezoeken. Als elk stel Alans en Gilberts dat ook doet, dan is de kans dat een gegeven stel Alan-en-Gilbert over het hoofd gezien wordt één op de twintig maal negentien maal achttien maal zeventien, etc. En dan nog zal ik maar regelen dat iemand nog eens vijf- of tienduizend werelden controleert om ook die ene kans erbij te pakken…"

Verantwoording

De nieuwe Eerste
Oorspronkelijk verschenen als "Brain of the Galaxy", *Worlds Beyond*,
Vol. 1:3, februari 1951, p. 2–26
Voorkeurstitel van de auteur: "The New Prime"
Vertaling: Warner Flamen
Eerder verschenen in *Telek*, Meulenhoff, 1972

De mensen keren terug
Oorspronkelijk verschenen als "The Men Return", *Infinity*, Vol. 2:4,
juli 1957, p. 58–65
Vertaling: Warner Flamen
Eerder verschenen in *Telek*, Meulenhoff, 1972

Ullwards toevluchtsoord
Oorspronkelijk verschenen als "Ullward's Retreat", *Galaxy*,
Vol. 17:2, december 1958, p. 67–89
Vertaling: Warner Flamen
Eerder verschenen in *Sulwens Planeet*, Meulenhoff, 1976

Dodkins baantje
Oorspronkelijk verschenen als "Dodkin's Job", *Astounding Science
Fiction*, Vol. 64:2, oktober 1959, p. 52–83
Vertaling: Evert Jan de Groot
Eerste publicatie in deze bundel

De Maanvlinder
Oorspronkelijk verschenen als "The Moon Moth", *Galaxy*,
Vol. 19:6, augustus 1961, p. 159–194
Vertaling: Warner Flamen
Eerder verschenen in *Sulwens Planeet*, Meulenhoff, 1976

Groene magie

Oorspronkelijk verschenen als "Green Magic", *Fantasy & Science Fiction*, Vol. 24:6, juni 1963, p. 72–83

Vertaling: Warner Flamen

Eerder verschenen in *Alfa een*, Meulenhoff, 1973

Alfreds ark

Oorspronkelijk verschenen als "Alfred's Ark", *New Worlds*, No. 150, mei 1965, p. 89–95

Vertaling: Jaime Martijn

Eerder verschenen in *Morreion*, Meulenhoff, 1978

Sulwens Planeet

Oorspronkelijk verschenen als "Sulwen's Planet", *The Farthest Reaches*, samengesteld door Joseph Elder, Trident Press, New York, augustus 1968, p. 200–217

Vertaling: Warner Flamen

Eerder verschenen in *Sulwens Planeet*, Meulenhoff, 1976

Rumfuddle

Oorspronkelijk verschenen als "Rumfuddle", *Three Trips in Time and Space*, samengesteld door Robert Silverberg, Hawthorn, New York, 1973, p. 128–193

Vertaling: Jaime Martijn

Eerder verschenen in *Morreion*, Meulenhoff, 1978

Jack Vance werd in 1916 geboren in een welgesteld Californisch gezin dat tegen het einde van zijn kindertijd moeilijke tijden doormaakte. Als jonge man probeerde hij een aantal onbevredigende baantjes uit alvorens aan de Universiteit van Californië in Berkeley mijnbouw-kunde, natuurkunde, journalistiek en Engels te gaan studeren. Hij ging van school toen de oorlog uitbrak en werd matroos op de koopvaardij. Later werkte hij als rolbrugmachinist, landmeter, keramist en timmer-man, voordat hij zich door het produceren van een gestage stroom aan SF, mysterieromans en korte verhalen als voltijds schrijver vestigde.

Hij was meer dan zestig jaar actief als schrijver, en voor zijn werk ontving hij onder andere drie *Hugo Awards*, een *Nebula Award*, een *World Fantasy Award* œuvreprijs, en een *Edgar* van de *Mystery Writers of America*. De *Science Fiction & Fantasy Writers of America* kroonden hem tot Grootmeester, en hij werd opgenomen in de roemruchte *Science Fiction Hall of Fame*.

In zijn werk overschreed Jack Vance vaak de grenzen van het genre: van weemoedige fantastiek (de zeer invloedrijke *Stervende Aarde* verhalen) tot interstellaire space opera (de vijfdelige *Duivelsprinsen* reeks), van heldhaftige fantasy (de *Lyonesse* trilogie) tot de mysterieuze moorden die een sheriff in landelijk Californië moet oplossen (de *Joe Bain* boeken).

Toen hij reeds op leeftijd was, vormde zich een internationale groep van Vance-fans die zich tot doel stelde om het complete œuvre van Vance in de oorspronkelijke staat te herstellen, daarbij tientallen jaren van redactionele ingrepen en ongewenste wijzigingen ongedaan makend. Dit resulteerde in de toonaangevende Engelse *Vance Integral Edition* die als 44 hardcover delen in een beperkte oplage verscheen.

In 2013, kort nadat hij zijn eerste jazz-album had opgenomen, overleed Jack Vance op 96-jarige leeftijd in het huis dat hij eigenhandig had gebouwd in de beboste heuvels buiten Oakland. In het jaar van zijn honderdste geboortedag begint Spatterlight met het uitgeven van een nieuwe Nederlandse editie. In 62 paperbacks verschijnen zowel alle Vance verhalen die al eerder zijn uitgegeven, alsook alle titels die nog niet eerder in het Nederlands verkrijgbaar waren.

COLOFON

Dit boek is gezet uit 11,5 pt Adobe Arno Pro.

Deze uitgave kwam tot stand met de hulp van Wil Ceron
en Arjen Broeze.

Omslagontwerp: Howard Kistler

Typografisch ontwerp: Joel Anderson

Zetwerk: Joel Anderson

Management: John Vance, Koen Vyverman